MÉLANGES

DE

LITTÉRATURE.

II.

MÉLANGES

DE

LITTÉRATURE;

Publiés par J. B. A. SUARD,

Secrétaire perpétuel de la Classe de la Langue et de la Littérature françaises, de l'Institut national de France, Membre de la Légion d'honneur.

SECONDE ÉDITION REVUE ET CORRIGÉE.

TOME SECOND.

PARIS,

DENTU, Impr.-Libraire, quai des Augustins, n.º 17.

1806.

VOYAGE

DE FERNEY.

LETTRE DE L'AUTEUR,

POUR SERVIR DE PRÉFACE.

Vous voulez donc, mon ami, publier
ces lettres, qui n'ont été écrites que pour
vous seul, et qui n'étaient guères destinées
aux honneurs de l'impression ? Vous connaissez mon enthousiasme pour M. de Voltaire : vous saviez que j'avais été nourrie,
pour ainsi dire, dans l'admiration pour ce
grand homme ; que dans un voyage qu'il
avait fait en Flandres, il était allé voir mon
père, qui avait un très - beau cabinet de
physique. Cette visite avait laissé des traces ; on se la rappelait souvent dans ma
famille, où ses beaux ouvrages étaient vive-

ment appréciés et sentis. Entourée , depuis mon mariage , de tous les amis et de tous les admirateurs de M. de Voltaire ; amusée , ou enchantée sans cesse par le charme de ses écrits , mon enthousiasme pour lui n'a pu que s'accroître encore. Comment ne pas admirer celui qui emploie son génie à défendre les opprimés ; à parler de Dieu comme du père commun de tous les hommes ; de la tolérance comme du plus sacré de leurs droits et du plus cher de leurs devoirs ? J'ai toujours été disposée à croire que les vertus sont en proportion du sentiment de bonté et d'humanité que chaque homme porte dans le cœur. Eh ! en quel homme trouve-t-on ce sentiment plus profond , plus agissant que dans M. de Voltaire ? Cet intérêt généreux qu'il portait aux opprimés, l'a accompagné jusqu'à son dernier souffle ; et dans son agonie même , ses dernières pen-

sées ont été adressées à M. de Lally-
Tolendal, sur l'heureux succès d'une cause
qui devait triompher, puisqu'elle était dé-
fendue par la piété filiale et l'éloquence
la plus noble et la plus touchante.

En adorant le génie et l'ame passionnée
de Voltaire pour les intérêts de ses semblables, je ne prétends pas approuver les
excès où l'a souvent entraîné la violence
de ses passions. Je ne le considère point
comme un modèle de vertu dans sa vie,
quoique remplie d'actions nobles et géné-
reuses ; je l'envisage encore moins comme
un exemple de sagesse dans tous ses ouvrages. Je réserve le culte que nous devons à la parfaite vertu, pour les Antonins,
les Marc-Aurèle et les Fénélons. Mais notre reconnaissance et notre admiration s'attachent encore à ceux qui, malgré leurs
erreurs et leurs fautes, ont employé tous
les moyens d'un génie bienfaisant et actif

à faire disparaître des erreurs funestes et dangereuses, et ont constamment travaillé à faire naître parmi leurs semblables de nouvelles vertus.

LETTRE PREMIÈRE.

Genève, juin 1775.

J'ai enfin obtenu le but de mes desirs et de mon voyage : j'ai vu M. de Voltaire. Jamais les transports de sainte Thérèse n'ont pu surpasser ceux que m'a fait éprouver la vue de ce grand homme : il me semblait que j'étais en présence d'un dieu, mais d'un dieu dès long-tems chéri, adoré, à qui il m'était donné enfin de pouvoir montrer toute ma reconnaissance et tout mon respect. Si son génie ne m'avait pas portée à cette illusion, sa figure seule me l'eût donnée. Il est impossible de décrire le feu de ses yeux, ni les grâces de sa figure : quel sourire enchanteur ! Il n'y a pas une ride qui ne forme une grâce. Ah ! combien je fus surprise quand à la place de la figure décrépite que je croyais voir, parut cette physionomie pleine de feu et d'expression ; quand au lieu d'un vieillard voûté, je vis un homme d'un maintien droit, élevé et noble quoiqu'abandonné, d'une démarche

ferme et même leste encore, et d'un ton ;
d'une politesse qui, comme son génie, n'est
qu'à lui seul ! Le cœur me battait avec violence en entrant dans la cour de ce château
consacré depuis tant d'années par la présence d'un grand homme. Arrivée à l'instant si vivement désiré, que j'étais venue
chercher de si loin, et que j'obtenais par
tant de sacrifices, j'aurais voulu différer un
bonheur que j'avais toujours compris dans
les vœux les plus chers de ma vie ; et je me
sentis comme soulagée quand madame Denis nous dit qu'il était allé se promener.
Madame Cramer, qui nous avait accompagnés, alla au-devant de lui pour m'annoncer ainsi que mon frère, et lui porter les
lettres de mes amis. Il parut bientôt, en
s'écriant : Où est-elle cette dame ? où est-
elle ? C'est une ame que je viens chercher.
Et comme je m'avançai : On m'écrit, Madame, que vous êtes toute ame. — Cette
ame, Monsieur, est toute remplie de vous,
et soupirait, depuis long - tems, après le
bonheur de s'approcher de la vôtre.

Je lui parlai d'abord de sa santé, de l'inquiétude qu'elle avait donnée à ses amis. Il
me dit ce que ses craintes lui font dire à

tout le monde, qu'il était mourant, que je venais dans un hôpital, car madame Denis était elle-même malade, et qu'il regrettait de ne pouvoir m'y offrir un asile.

Dans ce moment, il y avait une douzaine de personnes dans le salon : notre cher Audibert était de ce nombre. J'avais été désolée de ne pas le trouver à Marseille ; je fus enchantée de le rencontrer à Ferney. M. Poissonnier venait aussi d'y arriver ; il n'avait pas encore vu M. de Voltaire : il alla se placer à ses côtés, et ce fut pour lui parler sans cesse de lui. M. de Voltaire lui dit qu'il avait rendu un grand service à l'humanité, en trouvant des moyens de dessaler l'eau de la mer. Oh, Monsieur ! lui dit-il, je lui en ai rendu un bien plus grand depuis ; j'étais fait pour les découvertes : j'ai trouvé le moyen de conserver des années entières de la viande sans la saler. Il semblait qu'il fût venu à Ferney pour se faire admirer, et non pour rendre hommage à M. de Voltaire. Oh ! combien il me paraissait petit ! Que la médiocrité vaine est une misérable chose à côté du génie modeste et indulgent ! car M. de Voltaire paraissait l'écouter avec indulgence ; pour moi j'étais impatientée à

l'excès. J'avais les oreilles tendues pour ne
rien perdre de ce qui sortait de la bouche
de ce grand homme , qui dit· mille choses
aimables et spirituelles avec cette grâce
facile qui charme dans tous ses ouvrages ,
mais dont le trait rapide frappe plus encore
dans la conversation. Sans empressement
de parler , il écoute tout le monde avec
une attention plus flatteuse que celle qu'il
a peut-être jamais obtenue lui-même. Sa
nièce dit quelques mots : ses yeux pleins de
bienveillance étaient fixés sur elle , et le
plus aimable souris sur sa bouche. Dès que
M. Poissonnier eut assez parlé de lui , il
voulut bien céder sa place. Pressée par un
vif desir , par une sorte de passion qui sur-
monta toute ma timidité , j'allai m'en em-
parer. J'avais été un peu encouragée par
une chose aimable qu'il avait déjà dite sur
moi ; son air , ses regards , sa politesse
avaient banni toutes mes agitations , et me
laissaient toute entière à mon doux enthousiasme. Jamais je n'avais rien éprouvé de
semblable ; c'était un sentiment nourri ,
accru pendant dix ans , dont , pour la
première fois , je pouvais parler à celui qui
en était l'objet : je l'exprimai dans tout le

désordre qu'inspire un si grand bonheur. M. de Voltaire en parut jouir : il arrêtait de tems en tems ce torrent par des paroles aimables : *Vous me gâtez, vous voulez me tourner la tête* : et quand il put me parler de tous ses amis, ce fut avec le plus grand intérêt! Il me parla beaucoup de vous, de sa reconnaissance pour vos bontés [1], c'est le mot dont il se servit; du maréchal de Richelieu. Combien, me dit-il, sa conduite m'a surpris et affligé ! Il parla beaucoup de M. Turgot : il a, dit-il, trois choses terribles contre lui, les financiers, les fripons et la goutte. Je lui dis qu'on pouvait y opposer ses vertus, son courage et l'estime publique. — Mais, Madame, on m'écrit que

---

[1] M. Suard, dans son discours de réception à l'Académie, en 1774, avait fait un grand éloge de M. de Voltaire. En 1772, M. l'abbé Delille et M. Suard avaient été élus le même jour par l'Académie. Le maréchal de Richelieu, qui voulait y faire entrer ses protégés, poursuivit Louis XV pour l'engager à rejeter l'un et l'autre choix, et y parvint en les lui représentant comme deux encyclopédistes. C'est à l'occasion de cette nomination, qui avait si fort contrarié le maréchal, qu'il renonça à venir aux séances de l'Académie : *C'est*, disait-il, *un despotisme intolérable : chacun y fait ce qu'il veut.*

vous êtes de nos ennemis. — Eh bien !
Monsieur, vous ne croirez pas ce qu'on
vous écrit, mais vous me croirez peut-être.
Je ne suis l'ennemie de personne. Je rends
hommage aux vertus et aux lumières de
M. Turgot; mais je connais aussi à M. Necker
de grandes vertus et de grandes lumières
que j'honore également. J'aime d'ailleurs sa
personne, et je lui dois de la reconnaissance. Comme je prononçai ces paroles d'un
ton sérieux et pénétré, M. de Voltaire eut
l'air de craindre de m'avoir affligé. « Allons,
Madame, me dit-il d'un air aimable, calmez-
vous. Dieu vous bénira; vous savez aimer
vos amis. Je ne suis point l'ennemi de
M. Necker, mais vous me pardonnerez
de lui préférer M. Turgot. N'en parlons
plus. »

En quittant le salon, il m'a priée de regarder sa maison comme la mienne. Déjà
il avait oublié qu'il venait de me dire qu'il
était désolé de ne pouvoir m'y offrir un
asile.... Je vous en supplie, Madame, en re-
grettant bien de ne pouvoir vous en faire
les honneurs. Je me suis bornée à lui demander la permission de venir passer quelquefois une heure à Ferney pour demander

des nouvelles de sa santé, de celle de madame Denis : je l'ai assuré (car je sais qu'il craint les visites) que je m'en irais contente, si je l'apercevais seulement de loin ; et comme il paraissait fatigué, je l'ai conjuré, en lui baisant les mains, de se retirer. Il a serré et baisé les miennes avec sensibilité, et il a passé dans son cabinet. Je crois qu'il a achevé d'y lire les lettres de mes amis qui m'ont si bien traitée ; car peu de tems après il est revenu me joindre dans son jardin. Je me suis long-tems promenée seule avec lui. Vous pouvez imaginer combien j'étais heureuse de m'entretenir avec liberté avec ce génie sublime, dont les ouvrages avaient fait le charme de ma vie, et dans ces beaux jardins, devant ces riches côteaux qu'il a si bien chantés ! Je ne lui parlai que de ce qui pouvait le consoler de l'injustice des hommes, dont je voyais qu'il ressentait encore l'amertume. Ah ! lui ai-je dit, si vous pouviez être témoin des applaudissemens, des acclamations qui s'élèvent aux assemblées publiques, lorsqu'on y prononce votre nom, combien vous seriez content de notre reconnaissance et de notre amour ! qu'il me serait doux de vous voir

assister à votre gloire ! que n'ai-je, hélas !
la puissance d'un dieu pour vous y transporter un moment ! — J'y suis, j'y suis !
s'est-il écrié : je jouis de tout cela avec vous ;
je ne regrette plus rien.

Pendant cette conversation, j'étais aussi
étonnée qu'enchantée de le voir marcher à
mes côtés, du pas le plus ferme et le plus
leste, et de manière que je n'aurais pu le
devancer sans me fatiguer (il avait alors
quatre-vingts ans), moi qui, comme vous le
savez, marche très-bien. Mon inquiétude
m'arrêtait de tems en tems. Monsieur, n'êtes-
vous point fatigué? de grace ne vous gênez
point.—Non, Madame, je marche très-bien
encore, quoique je souffre beaucoup. La
crainte qu'il a du parlement lui fait tenir ce
langage à tous ceux qui arrivent à Ferney.
Ah ! comment pourrait-il concevoir l'idée
de troubler les derniers jours de ce grand
homme ! Non, sa retraite, son génie, notre
amour sauvera à ma patrie un crime si
lâche. Avant de le quitter, je l'ai remercié
de sa réception si pleine de bonté, et qui
me payait, avec usure, les deux cents lieues
que je venais de faire pour le venir chercher.
Il ne voulait pas croire que je vous eusse

quitté, ainsi que mes amis, pour le voir
uniquement. Je l'ai assuré que les lettres de
mes amis le trompaient en tout, excepté
en cela ; enfin je l'ai quitté si remplie du
bonheur que j'avais goûté, que cette vive
impression m'a privée du sommeil pendant
toute la nuit.

LETTRE II.

Genève, juin 1775.

Nous sommes allés dîner aujourd'hui, mon ami, chez M. et Mme de Florian, parens de M. de Voltaire, et qui ont une fort-jolie maison de campagne auprès de Ferney; ce sont deux personnes dont le plus grand mérite est de lui appartenir; M. de Voltaire, qui le sait sûrement mieux que personne, les traite cependant avec une bonté extrême. Je bouillais d'impatience de les quitter après le dîner pour aller voir le grand homme. M. Hennin, notre résident à Genève, m'a donné la main.

Après avoir causé un moment avec madame Denis, nous avons été très-promptement admis : nous l'avons trouvé assis au coin du feu, un livre à la main : je lui trouvais l'air abattu; ses yeux qui, la dernière fois, lançaient des éclairs, étaient voilés comme d'un nuage. Il me dit, avec ce ton de politesse qui le distingue autant par ses manières qu'il l'est par son génie : Ah ! Madame, que vous êtes bonne ! vous n'aban-

donnez pas un vieillard, vous daignez le visiter. Concevez-vous rien de plus adorable ?
lui qui fait grace à tous ceux qu'il consent
à voir, se charger de toute la reconnaissance ! Je lui parlai de sa santé; il avait,
me dit-il, mangé des fraises qui lui avaient
donné une indigestion. Hé bien ! en lui prenant la main et en la lui baisant, vous n'en
mangerez plus, n'est-ce pas? vous vous mé-
nagerez pour vos amis, pour le public dont
vous faites les délices. Je ferai, dit-il, tout
ce que vous voudrez. Et comme je conti-
nuai mes petites caresses : Vous me rendez
la vie ! qu'elle est aimable ! s'écriait-il; que
je suis heureux d'être si misérable ! elle ne
me traiterait pas si bien si je n'avais que
vingt ans. Je lui dis que je ne pourrais l'aimer davantage, et que je serais bien à
plaindre de ne pouvoir lui montrer toute
la vivacité des sentimens qu'il m'inspire.
En effet, ces quatre-vingts ans mettent ma
passion bien à l'aise, sans lui rien faire
perdre de sa force. Nous parlâmes de Ferney, qu'il a peuplé, qui lui doit son existence; il s'en félicitait. Je me rappelai ce
vers, que je lui citai :

J'ai fait un peu de bien, c'est mon plus bel ouvrage.

Notre résident lui dit que, si jamais ses ouvrages se perdaient, on les retrouverait tout entiers dans ma tête : Ils seront donc corrigés ? dit-il avec une grâce inimitable ; et comme il m'avait abandonné sa main, que je baisai : Voyez donc, en baisant la mienne, comme je me laisse faire ; c'est que cela est si doux ! Je lui demandai ce qu'il pensait des Barmécides, que M. de la Harpe m'avait chargé de lui porter. Il les loua modérément, et me laissa entrevoir qu'il y désirait beaucoup de choses, sur lesquelles il écrirait à M. de la Harpe. Pour l'Eloge de Pascal, par M. de Condorcet, il me dit, qu'il le trouvait si beau qu'il en était épouvanté.—Comment donc, Monsieur?— Oui, Madame, si cet homme-là était un si grand homme, nous sommes de grands sots, nous autres, de ne pouvoir penser comme lui. M. de Condorcet nous fera un grand tort, s'il fait imprimer cet ouvrage tel qu'il me l'a envoyé. Que Racine, ajouta-t-il, fût un bon chrétien, cela n'était pas extraordinaire ; c'était un poëte, un homme d'imagination ; mais Pascal était un raisonneur, et il ne faut pas mettre les raisonneurs contre nous ; c'était, au reste, un

enthousiaste malade, et peut-être d'aussi
peu de bonne foi que ses antagonistes. Je ne
m'avisai point de vouloir lui prouver qu'un
grand homme pouvait encore être un chrétien; j'aimai mieux continuer de l'entendre.
Il nous parla de son frère le janséniste, qui
avait, dit-il, un si beau zèle pour le mar-
tyre, qu'il disait un jour à un ami qui pensait comme lui, mais qui ne voulait pas
qu'on se permît rien qui exposât à la persécution : « Parbleu, si vous n'avez pas
« envie d'être pendu, au moins n'en dé-
« goûtez pas les autres ! »

Après avoir passé une heure délicieuse,
je craignis d'avoir abusé de sa bonté. Tout
le bonheur que je goûte à le voir, à l'entendre, cédera toujours à la crainte de le
fatiguer. Quand l'intérêt qu'il m'inspire ne
m'engagerait pas à veiller tous ses mouvemens, à lui épargner la plus légère contrainte, je les observerais encore par amour-
propre ; car on m'avait prévenu qu'il avait
une manière de témoigner sa fatigue, que
j'aurais toujours soin de prévenir. Il me
reconduisit jusqu'à la porte de son cabinet,
malgré toutes mes instances. Quand j'y fus,
je lui dis : Monsieur, je vais faire bientôt

un long voyage ; donnez-moi, je vous
prie, votre bénédiction ; je la regarderai
comme un préservatif aussi sûr contre tous
les dangers, que celle de notre Saint-Père.
Il sourit avec une grâce infinie, appuyé
contre la porte de son cabinet ; il me regardait d'un air fin et doux, et paraissait em-
barrassé de ce qu'il devait faire ; enfin il
me dit : Mais je ne puis vous bénir de mes
doigts, j'aime mieux vous passer mes deux
bras autour du cou, et il m'a embrassée. Je
suis retournée auprès de madame Denis qui
me comble d'honnêtetés. Demain je vien-
drai dîner ici et j'y coucherai : j'ai cédé
aux instances de madame Denis, avec d'autant moins de scrupule qu'on dit que M. de
Voltaire n'est jamais plus aimable et de
meilleure humeur, que lorsqu'il a pris son
café à la crême, il ne paraît plus à table et
ne dîne plus ; il reste couché presque tout
le jour, travaille dans son lit jusqu'à huit
heures ; alors il demande à souper ; et depuis trois mois, c'est toujours avec des
œufs brouillés qu'il soupe ; il a pourtant
toujours une bonne volaille toute prête, en
cas qu'il en ait la fantaisie. Tous les villageois qui passent par Ferney, y trouvent

aussi un dîner prêt et une pièce de vingt-
quatre sous pour continuer leur route.
Adieu, mon ami, je ne vous parle que
du grand homme, lui seul peut m'intéresser ici.

LETTRE III.

Ferney, dimanche, 1776.

JE viens de passer deux jours chez M. de
Voltaire; j'ai donc beaucoup à vous en
parler; il passa presque toute l'après-dînée
du premier jour dans le salon. On parla
d'abord de l'émeute sur les grains, sur
laquelle je lui appris quelques détails qu'il
ignorait. Un ~~négociant qui se~~ trouvait à
Ferney en prit occasion de déplorer la
destitution de M. L**, qui l'aimait, qui lui
avait rendu plusieurs services importans, et
qui était au moment de lui en rendre un
plus essentiel encore, au moment où il fut
renvoyé; enfin il ne cessait de déplorer
cette perte relativement à lui, quoique
M. de Voltaire lui répéta trois fois : Vous
ressemblez à cette femme du peuple qui
maudissait Colbert toutes les fois qu'elle
faisait une omelette, parce qu'il avait mis
un impôt sur les œufs. Ce négociant se trouvait être encore un ami de Linguet : il en
fit un pompeux éloge; et M. de Voltaire,

ou par complaisance, ou par sensibilité
pour un suffrage qu'il devrait dédaigner,
en parla comme d'un homme plein de
goût et de génie. Comme mes oreilles étaient
un peu blessées par ces mots de goût et de
génie, accordés par un oracle du goût
à un homme qui n'en montra jamais la
trace, je pris la liberté de le combattre. Il
me semblait, dis-je à M. de Voltaire, que
la base essentielle du génie et même du
goût, ce doit être le bon esprit, et jamais
je ne le sens dans Linguet. Sa mauvaise
foi, ajoutai-je, achève de le rendre, pour
moi, un écrivain insupportable. M. de
Voltaire ne défendit pas son opinion par
un seul mot. Pourquoi, Monsieur, lui
dis-je, adorai-je votre génie? c'est qu'il
n'est pas seulement beau, étendu, lumineux; c'est qu'il a toujours la raison pour
base; c'est qu'il a encore cette bonne foi
qui donne au génie toute sa force et toute
sa chaleur; c'est pour cela qu'il a eu des
succès si universels; c'est parce que vous
aimez véritablement l'humanité, que vous
détestez le fanatisme, que vous lui avez
arraché son poignard. Vous étiez digne
d'une pareille victoire; vous avez consacré

votre vie entière à l'obtenir ; c'est seulement à ceux qui aiment les hommes qu'appartient la gloire d'en être les bienfaiteurs.
Linguet est un écrivain corrompu dans ses
principes de morale , comme dans ses principes de politique : il ne sème que des faus-
setés , ou des erreurs dangereuses ; il ne
doit recueillir que du mépris ; et j'avoue
que vous m'avez affligée en l'honorant de
votre suffrage. La bouche de M. de Voltaire resta toujours muette ; mais il ne cessa
de me regarder avec des yeux dont il est
impossible de peindre la finesse et l'obli-
geante attention. Cependant ce négociant
entreprenait de défendre et même de louer
encore Linguet ; ce qui, ajoutant au mépris
dont je me sentais animée au souvenir de
ses bassesses, j'en fis un petit résumé à
M. de Voltaire ; je lui montrai Linguet,
parmi ses confrères, le jour où l'on devait
décider de son sort au palais, s'arrachant
les cheveux, et s'écriant qu'il était entouré
d'assassins. Je le lui montrai peint d'après
lui-même dans la Théorie du Libelle, se
comparant tantôt à Curtius, tantôt à Héctor,
et parlant de sa conduite avec le duc d'Ai-
guillon, comme d'un modèle de générosité

et de grandeur d'âme, quoique cette impudence fût démentie par ses lettres que le duc avait entre ses mains ; enfin je lui parlai des outrages dont il avait accablé ses confrères les plus estimables ; et M. de Voltaire levait les yeux et les mains au ciel avec les signes du plus grand étonnement.

Il revint plusieurs fois dans le salon cette même après-dînée : ma joie de ces apparitions inattendues me portait toujours audevant de lui ; toujours je lui prenais les mains et je les lui baisai à plusieurs reprises. Donnez-moi votre pied, s'écriait-il, donnez-moi votre pied, que je le baise : je lui présentai mon visage. Il me reprocha de n'être venue à Ferney que pour le gâter, le corrompre. C'est vous, lui dis-je, qui nous gâtez beaucoup, Monsieur, en vous donnant à nous si long-tems et si souvent. Comme je lui montrai quelque inquiétude sur la fatigue qu'il pouvait en éprouver : Madame, me dit-il avec une inclination de tête d'une galanterie qu'il n'est pas possible de rendre, je vous ai entendue, cela est impossible.

Cet homme chargé de tant de gloire et de tant d'années, qui, en éclairant l'Europe,

est encore le dieu bienfaisant de Ferney, à
qui on pardonnerait de se regarder comme
le centre de tous les mouvemens qui l'environnent, qui serait, ce me semble, ma
première pensée, mon premier besoin, si
j'avais le bonheur qu'une partie du sien me
fût confiée, reçoit une prévenance, une
marque d'attention, comme les autres reçoivent une grace et une marque de bonté.
Ce même jour, il voulait prendre une taba-
tière qui se trouvait sur la cheminée ; je vis
son mouvement, car je ne puis le perdre de
vue ; je m'avançai pour la lui remettre :
il se mit presque à mes pieds pour me remercier; et il faut voir de quelle grâce cette
politesse est accompagnée. Cette grâce est
dans son maintien, dans son geste, dans
tous ses mouvemens ; elle tempère aussi le
feu de ses regards, dont l'éclat est encore
si vif qu'on pourrait à peine le supporter,
s'il n'était adouci par une grande sensibilité. Ses yeux, brillans et perçans comme
ceux de l'aigle, me donnent l'idée d'un
être sur-humain : mais ces regards ne
semblent exprimer que la bienveillance
et l'indulgence lorsqu'ils s'attachent sur
sa nièce ; comme ils appellent les égards

de tout ce qui l'entoure ! car c'est presque
toujours avec le sourire de l'approbation
qu'il l'écoute. Sa bonté attire aussi à M. et
madame de F. des attentions qu'ils ne trou-
veraient pas ailleurs qu'à Ferney. Madame
de F. a avec elle une jeune sœur qui rit de
tout, et qui rit toujours. M. de Voltaire
l'appelle *quinze ans*, et se prête à sa gaîté
enfantine avec une bonté charmante ; quelquefois elles vont l'embrasser le soir dans
son lit : il se plaint gaîment qu'elles laissent
dans une couche solitaire un homme si
jeune et si joli. Mais adieu, mon ami, je
vais trouver aussi le mien, car je suis fatiguée, et il faut que je me lève de bonne
heure pour ne pas perdre l'occasion de voir
notre aimable patriarche dans les momens
de sa plus belle humeur.

LETTRE IV.

M. DE VOLTAIRE eut la bonté d'envoyer
savoir de mes nouvelles dès qu'il sut que
j'étais levée ; et l'espérance de le voir m'a-
vait réveillée de bien bonne heure. Je lui
en fis demander la permission, qu'il m'ac-
corda tout de suite. Dès que je parus il me
dit, avec sa grâce ordinaire : Ah ! Madame,
vous faites ce que je devrais faire. — Monsieur, j'achèterais d'une partie de ma vie
le bonheur que vous m'accordez ; et je
n'exagérais point en lui parlant ainsi. Je
m'assis à côté de son lit, qui est de la
plus grande simplicité et de la propreté
la plus parfaite. Il était sur son séant,
droit et ferme comme un jeune homme de
vingt ans ; il avait un bon gilet de satin
blanc, un bonnet de nuit attaché avec un
ruban fort propre. Il n'a, dans ce lit où
il travaille toujours, d'autre table à écrire
qu'un échiquier. Son cabinet me frappa par
l'ordre qui y règne : ce n'est pas, comme

le vôtre, des livres pêle-mêle et de grands
entassemens de papiers; tout y est en ordre,
et il sait si bien la place que ses livres oc-
cupent, qu'à propos du procès de M. de
Guines, dont nous parlâmes un moment,
il voulut consulter un mémoire. Vanière,
dit-il à son secrétaire, mon cher Vanière,
prenez, je vous prie, ce mémoire à la
troisième tablette à droite ; et le mémoire
y était en effet. Ce qui abonde le plus sur
son secrétaire, c'est une grande quantité
de plumes. Je le priai de me permettre d'en
prendre une que je garderais comme la
plus précieuse des reliques ; et il m'aida
lui-même à chercher une de celles avec
laquelle il avait le plus écrit. Il a à côté de
son lit le portrait de madame du Châ-
telet, dont il conserve le plus tendre souvenir. Mais dans l'intérieur de son lit il a
les deux gravures de la famille des Calas.
Je ne connaissais pas encore celle qui représente la femme et les enfans de cette
victime du fanatisme, embrassant leur père
au moment où on va le mener au supplice ;
elle me fit l'impression la plus douloureuse,
et je reprochai à M. de Voltaire de l'avoir
placée de manière à l'avoir sans cesse sous

ses yeux. *Ah ! Madame , pendant onze ans j'ai été sans cesse occupé de cette malheureuse famille et de celle des Sirvens ; et pendant tout ce tems , Madame , je me suis reproché comme un crime le moindre sourire qui m'est échappé.* Il me disait cela avec un accent si vrai, si touchant, que j'en étais pénétrée. Je lui pris la main , que je baisai; et remplie de vénération et de tendresse, j'arrêtai sa pensée sur tous les biens qu'il avait faits à ces deux familles; sur les grands, sur les signalés services qu'il avait rendus à l'humanité ; sur le bonheur dont il devait jouir en se trouvant le bienfaiteur de tant d'hommes , le bienfaiteur du monde entier, qui lui devrait peut-être de n'être plus souillé par les horreurs du fanatisme.

Il me dit que le triomphe des lumières était bien loin d'être assuré; il me parla des arbitres de la destinée des hommes et des préjugés qui avaient entouré leur enfance. *La nourrice , me dit-il , fait des traces comme cela , en me montrant la longueur de son bras ; et la raison, quand elle arrive à sa suite, n'en fait que de la longueur de mon doigt.* Non , Madame, nous

devons tout craindre d'un homme élevé
par un fanatique. Ce sujet le conduisit à
s'égayer sur la vie de Jésus-Christ et sur
ses miracles. Je n'osais pas relever sérieusement ses sarcasmes, et je voulais encore moins paraître les approuver. Je dé-
fendis Jésus-Christ comme un philosophe
selon mon cœur, dont la doctrine était
divine et la morale indulgente. J'admire, disai-je à M. des Voltaire, son amour
pour les faibles et les malheureux ; les
paroles que plusieurs fois il avait adressées
à des femmes, et qui sont ou d'une philosophie sublime, ou de la plus touchante
indulgence. Oh ! oui, me dit-il, avec un
regard et un sourire remplis de la plus aimable malice, vous autres femmes, il vous
a si bien traitées que vous lui devez de
prendre toujours sa défense. Nous avons
aussi beaucoup causé de tous nos amis,
d'Alembert, La Harpe, Saint-Lambert,
notre bon Condorcet. Il parle de M. de La
Harpe comme de notre espérance pour le
théâtre, de M. Condorcet comme du plus
digne apôtre de la philosophie ; il estime
beaucoup les talens et la personne de M. de
Saint-Lambert. Je lui ai parlé des journées

si douces que j'avais passées dans sa solitude
d'Aubonne ; de son jardin si plein de fleurs
et de fruits, de son amabilité pour ses convives, de cette table si parfaite et si volup-
tueuse, dirigée par les principes de Sarah,
et où la raison, le cœur et l'appétit étaient
également satisfaits. C'est-là, m'a-t il dit,
que je voudrais me transporter, préféra-
blement au spectacle ou au souper des
grands seigneurs ; je dînerais à côté de
vous et ne serais entouré que d'amis, de
votre mari, que je voudrais connaître après
vous avoir vue, et dont les bontés me seront
toujours chères. Ces bontés, car il se servit
de ce mot-là, le rappelèrent à M. de Richelieu qui avait voulu écarter de l'Académie des hommes si dignes d'en être, deux
bons écrivains et deux hommes sans préjugés. C'est là, je crois, la base d'après
laquelle il forme son opinion sur ses semblables. Je sentis tout ce que cette association
avec l'abbé de Lille avait de flatteur pour
vous. Il me parla du maréchal comme d'un
homme qui, après avoir fait une longue
route, n'avait recueilli aucune lumière dans
la traversée, et arrivait à la vieillesse
avec toute la frivolité des goûts du pre-

mier âge ; cela me donna l'occasion de lui
citer ces vers :

> Qui n'a pas l'esprit de son âge,
> De son âge à tout le malheur.

Hélas ! Madame, m'a-t-il dit, cela est
bien vrai.

C'est tout ce qu'on peut faire que de lui
citer un de ses vers. Je n'ai pas encore
trouvé le moment de lui parler de ses ouvrages. Bien loin de ressembler à ces
hommes dont la conversation, dit Montesquieu, est un miroir qui représente sans
cesse leur impertinente figure, jamais je ne
l'ai vu encore appeler l'attention sur lui-
même. Le génie est, je crois, au-dessus de
ce misérable besoin d'occuper sans cesse
les autres ; besoin qui rend la médiocrité si
insupportable. Satisfait de lui-même, il se
repose dans une noble confiance de sa
force ; il jouit trop de sa pensée pour sentir
le besoin continuel d'une puérile vanité :
c'est par des choses utiles aux hommes
qu'il les attache à son souvenir.

Quand, fatigué d'un long travail, M. de
Voltaire entre dans son salon, il se prête à
l'objet de la conversation sans chercher à
la diriger. Si les jeunes femmes causent, il

se délasse avec elles, et ajoute à leur gaîté
par des plaisanteries vives et aimables; il
se donne aux choses et à vous avec la plus
grande simplicité; mais s'il arrive de Paris
une nouvelle, s'il apprend un événement
intéressant, son âme s'y attache à l'instant
toute entière. Comme le soir de mon arrivée, M. Audibert lui apprit qu'on venait
de mettre à la Bastille l'abbé du B** et se
saisir de ses papiers, il versa des larmes
sur son malheur, et parla avec la plus
vive indignation de cet acte de despotisme.
C'est cette sensibilité si vraie qui me le
fait adorer; c'est ce feu sacré qui éclaire
et échauffe tout ce qu'il touche; c'est cette
imagination si vive, si facile à émouvoir, qui
le transforme à l'instant dans la personne
opprimée pour lui prêter l'appui de tout
son génie, et crée peut-être son génie; car
je crois, avec Vauvenargues, que le génie
vient de l'accord et de l'harmonie entre
l'âme et l'esprit. Qui jamais a pris en main
la cause des opprimés avec plus de chaleur
et l'a poursuivie, à travers les obstacles,
avec plus de constance? Eh! qu'on ne dise
point que c'était la gloire qu'il poursuivait
en cherchant à les sauver; non; c'en était

le bonheur ! L'amour de la gloire se laisse
rebuter par toutes les choses où le génie ne
peut se montrer ; ce n'est que l'amour de
l'humanité qui se soumet à cette multitude
de détails nécessaires au succès des affaires,
et qui peut seul y trouver sa plus douce récompense.

Vous me dites, mon ami, de lui parler de
M. Détalonde, pour qui son zèle auprès du
roi de Prusse et de notre parlement s'exerce
sans relâche depuis un an. Je l'ai déjà fait :
j'ignorais qu'il fût chez lui ; je lui en demandai des nouvelles. N'avez-vous pas remarqué, me dit-il, le jour où je vous vis pour
la première fois, un jeune homme d'une
figure douce, honnête, d'un maintien modeste ? — Je vous demande pardon, Monsieur ; je n'avais dans ce moment, des yeux
que pour vous. — Eh bien ! faites - y attention ; sa figure vous peindra son ame. En effet, j'ai beaucoup causé depuis avec M. Détalonde, qui me paraît aussi digne par son
ame que par son malheur, de tout l'intérêt
de M. de Voltaire. Son admiration pour ce
grand homme est sans bornes, comme sa
reconnaissance ; et lorsqu'il paraît devant
son bienfaiteur, celui-ci lui présente la

main. Bonjour, mon cher ami, lui dit-il
avec un air de bonté et de tendresse attendrissante. C'est, je crois, le meilleur des
hommes. Oh! combien je l'admire! Je l'aime
davantage depuis que je l'ai vu; avec quel
regret je m'en séparerai, sans doute, hélas!
pour ne plus le revoir! Que dirai-je à vos
amis, lui disais-je, qui, à mon retour, vont
tous m'entourer pour me parler de vous?
—Vous leur direz que vous m'avez trouvé
dans le tombeau, et que vous m'avez res-
suscité.

LETTRE V.

Genève , vendredi au soir,

Nous venons de Ferney , où nous avons
dîné. Mon admiration et mon enthousiasme
pour M. de Voltaire sont si bien établis que ,
lorsque j'arrive , on ne parle que de cela.
Je lui ai fait demander la permission de le
voir un moment avant la promenade que
nous devions faire ensemble dans ses bois ,
et j'ai été bientôt admise. Je suis entrée , je
l'ai caressé , je lui ai parlé de lui , car je ne
puis guères parler d'autre chose , pendant
un bon quart-d'heure. C'est comme une
passion qui ne peut se soulager que par
ses épanchemens. Il m'a donné les noms
les plus tendres , m'a appelée sa chère enfant, sa belle reine. Il m'a paru aussi touché
que persuadé de ma tendre vénération pour
lui. Nous avons parlé ensuite de nos amis
communs , de MM. d'Alembert, la Harpe,
Saint-Lambert , Condorcet. Ce dernier est
celui pour lequel il me paraît avoir le plus
d'estime et de tendresse. C'est , me dit-il ,

de tous les hommes celui qui lui ressemble
le plus : il a la même haine, disait-il, pour
l'oppression et le fanatisme, le même zèle
pour l'humanité, et le plus de moyens pour
la protéger et la défendre. Je goûtais un
véritable plaisir d'entendre ce grand homme
me parler ainsi de l'ami qui répand un
charme si doux sur ma vie. J'ai été bien
touchée du conseil qu'il a ajouté à ses éloges : Conservez cet ami, Madame ; c'est
celui de tous qui est le plus digne de votre
ame et de votre raison. Oh ! Monsieur, lui
ai-je dit, l'amitié de mon bon Condorcet
est pour moi d'un prix au-dessus de tous
les trésors, et je ne la sacrifierais pas à l'empire de l'univers. Il est revenu à vous de
lui-même, et m'a encore répété qu'il voulait vous voir. Je lui ai parlé, avec mon
ame, du meilleur ami de mon cœur. Il m'a
demandé depuis combien de tems j'étais
mariée : il m'a félicitée d'être unie à l'homme
que j'avais préféré, et que ma raison aurait
encore choisi. Je lui ai montré votre portrait : il vous trouve une figure spirituelle
et douce. Il n'y a, lui disais-je pendant qu'il
regardait votre portrait, il n'y a qu'une destinée, Monsieur, qui eût pu bâlancer, dans

mon cœur, celle d'être la femme de M.***,
c'eût été d'être votre nièce et de vous dé-
vouer ma vie entière. Eh ! ma chère enfant, je vous aurais unis, je vous aurais
donné ma bénédiction ! Il était superbe aujourd'hui. Quand je suis arrivée, madame
de Luchet m'a dit : M. de Voltaire, Madame, qui sait que vous le trouvez fort beau
dans toute sa parure, a mis aujourd'hui sa
perruque et sa belle robe - de - chambre.
Voyez-vous, a-t-elle dit quand il est sorti
de son cabinet, voyez-vous comme il est
beau ? C'est une coquetterie dont vous êtes
l'objet. M. de Voltaire sourit avec bonté,
et une sorte de honte aimable de s'être
prêté à cet enfantillage. Ce sourire, si rempli de grâce, me rappela la statue de Pi-
galle, qui en a saisi quelques traces. Je lui
dis que j'avais été empressée d'aller la voir,
et que je l'avais baisée. — Elle vous l'a bien
rendu, n'est-ce pas ? Et comme je ne ré-
pondais qu'en lui baisant les mains : Mais
dites-moi donc, avec un ton d'instance,
dites-moi donc qu'elle vous l'a rendu. —
Mais il me semble qu'elle en avait envie.
Nous sommes montés en carrosse pour parcourir ses bois : j'étais à ses côtés, j'étais

dans le ravissement ; je tenais une de ses
mains , que je baisai une douzaine de fois.
Il me laisse faire , parce qu'il voit que c'est
un besoin et un bonheur. Nous avions avec
nous un russe qui le félicitait d'être encore
si vivement aimé d'une jeune , et vous pardonnerez l'épithète , et jolie femme. — Ah !
Monsieur , je dois tout cela à mes quatre-
vingts ans. Il se compara au vieux Titon à
qui je rendais la vie , que je rajeunissais.
— Je le voudrais bien , lui dis-je , car vous
ne vieilliriez plus. Il causa avec M. Soltikof
des russes et de Catherine. Il dit que c'est
de tous les souverains de l'Europe celui qui
a le plus d'énergie et de tête. Je ne sais s'il
a raison ; mais sa tête , à lui , me paraît le
plus beau phénomène de la nature.

Ses bois, qu'il a plantés , et qu'il aime
beaucoup , sont très-vastes ; il a fait par-
tout des percées fort agréables : ils nous ont
conduits à sa ferme, qui est grande, belle
et tenue avec une grande propreté. Je le
voyais , avec plaisir , parcourir tout son domaine , droit , ferme sur ses jambes et presque leste : il jetait par-tout des regards perçans ; et en parcourant sa grange , qui est
très-longue , il montra , avec un bâton qu'il

tenait à la main, une réparation à faire au
sommet. Sa basse-cour présente le même
air de propreté ; il y a beaucoup de belles
vaches, et il a voulu que je busse de leur
lait : il a été me le chercher lui-même et
me l'a présenté avec toutes ses grâces. Vous
sentez combien j'étais touchée de tant de
bontés et de quel ton je l'en remerciai. Cette
petite course était une véritable débauche
pour lui, qui ne sort presque plus de Ferney ; aussi dit-il bientôt qu'il ne se trouvait
pas bien, qu'il désirait s'en retourner : je
trouvais ce besoin bien naturel. Son cabinet
est ce qu'il aime le mieux : c'est là qu'il vit,
parce que c'est là qu'il pense ; c'est là aussi
qu'il trouve ce repos dont la vieillesse a
souvent besoin ; aussi, loin de le presser de
rester un moment de plus, je le priai de remonter promptement dans son carrosse, et
lui présentai mon bras, qu'il accepta pour
l'y conduire : mais comme il allait y monter, il voulut absolument me reconduire
jusqu'au mien que nous avions fait suivre.
Pourquoi, me dit-il, ne couchez-vous pas
à Ferney ? Quand viendrez-vous me voir ?
— J'aurai ce bonheur dimanche prochain.
— Eh bien ! je vais donc vivre dans cette

espérance : il m'a embrassée. Je vois, avec
peine, que les personnes qui l'entourent,
et sa nièce même, n'ont point d'indulgence
pour les choses qui tiennent à son âge et à
sa faiblesse. On le regarde souvent comme
un enfant capricieux ; comme si, à quatre-
vingts ans, il n'était pas permis, quand on
s'est donné trois heures à la société, de
sentir le besoin du repos ; n'est-ce pas
même un besoin réel ? On ne veut presque
jamais croire qu'il souffre ; il semble qu'on
veuille se dispenser de le plaindre. Cet air
d'insouciance, qui m'a plus frappée encore
aujourd'hui, m'a indignée et touchée jusqu'au fond du cœur.

LETTRE VI.

Genève.

Mais parlons donc du grand homme ; je ne sais comment j'ai eu le courage de vous parler d'autres plaisirs que de ceux dont je lui suis redevable : j'ai regardé comme perdus les jours que j'ai passés sans le voir, et je ne l'ai jamais vu qu'avec transport. J'ai été hier souper et coucher à Ferney. Il avait été malade presque tout le jour ; il avait pris médecine ; il vint cependant dans le salon quand on lui dit que j'étais arrivée. Je le trouvai abattu, mais il reçut, avec la sensibilité la plus aimable, toutes les preuves de mon tendre intérêt. Sa conversation se ressentit de son état physique ; elle était mélancolique. Il parla des maux de sa vie ; mais il en parla sans amertume, quoique avec tristesse. Je me rappelai les chagrins que lui avait donnés sa patrie ingrate, dans le tems qu'il l'honorait par tant de chefs-d'œuvres ; l'acharnement avec lequel on lui avait opposé Cré-

billon, qu'on ne pouvait lui comparer avec
justice, et qu'on affectait cependant d'élever
au-dessus de lui ; je pensai qu'il pouvait se
rappeler notre ingratitude, et je lui reprochai, avec douceur, de ne pas goûter une
destinée unique et qui remplissait l'Europe
entière. Je conviens, Monsieur, lui dis-je,
qu'avec une manière de sentir aussi vive,
vous avez dû éprouver de grands chagrins ; mais convenez aussi que vous avez
eu de grandes jouissances. — Ah ! guères,
Madame, guères ! — *Nul de nous n'a vécu
sans connaître les larmes* [1], ajoutai-je. —
Hélas ! me dit-il, cela est bien vrai. Mais
comme je voulais toujours le ramener sur
des idées douces et agréables : Votre passion dominante, Monsieur, a été satisfaite ;
peu d'hommes, vous le savez, ont pu se
vanter de cet avantage. Vous avez aimé la
gloire ; je pourrais vous dire, comme le
père Canaye au maréchal d'Hocquincourt,
elle vous a aimé beaucoup aussi, elle vous
a comblé d'honneurs. — Eh ! Madame, je ne
savais ce que je voulais ; c'était mon joujou,
ma poupée. Nous sommes bienheureux,

---

[1] Vers de son poëme sur la Loi naturelle.

lui dis-je, que votre poupée n'ait pas seulement servi à vos plaisirs, comme il en est
de la plupart des hommes, mais qu'elle ait
fait les délices de tous ceux qui savent
penser et sentir.

Le lendemain matin.

J'avais une si grande peur de ne pas voir
M. de Voltaire après son déjeûner, que je
me suis levée à six heures : tout le monde
dormait encore : je suis entrée dans le salon
dans lequel donne son cabinet : tout était
dans le silence : je me suis jetée sur une
chaise longue, où je me suis endormie jusqu'à huit heures, que M. de Voltaire a envoyé savoir de mes nouvelles. Je lui ai fait
demander la permission de le voir un moment, et il me l'a sur-le-champ accordée.
Vous serez jaloux si vous voulez, mais il est
certain que j'ai pour lui une véritable passion. Mon premier besoin, dès que je l'approche, c'est de lui parler du bonheur qu'il
me donne en me permettant de le voir dans
toute sa bonté et son amabilité naturelle. Il
m'a fait mille caresses de sa jolie main pendant que je la baisais, et m'a dit les choses
les plus aimables. Conservez-moi vos bontés;

et puis, — mais vous m'oublierez dès que
vous serez à Paris ! — Oh ! Monsieur, vous
ne le croyez pas ; je serais bien malheureuse
si vous le croyiez. Vous savez qu'occupée
de vous avant que d'avoir le bonheur de
vous voir, votre présence et vos bontés me
rendront ce souvenir mille fois plus cher
encore. Il m'a ensuite parlé de vous et du
desir de vous voir avec tous ses amis. Il
était fort bien ce matin ; le sommeil l'avait
parfaitement rétabli ; il souffrait moins,
disait-il ; ses yeux étaient pleins de feu et
même de gaîté. Il était occupé à revoir des
épreuves d'une nouvelle édition de ses ouvrages : il aurait voulu qu'on n'y mît point
ce qu'il appelle ses fatras. On ne va point,
dit-il, à la postérité avec un si gros bagage.
Puis il me dit avec gaîté : Hier j'étais philosophe, aujourd'hui je suis polichinel. Je
vous fais grace de mes complimens sur ces
changemens de rôles. J'ai pourtant vu l'auteur un moment. A-propos de cette édition, il tenait à la main un volume de sa
petite encyclopédie. Il dit à mon frère, qui
venait d'entrer : C'est un petit ouvrage dont
je fais cas. Mon frère lui parla de la Pucelle
qu'il avait su par cœur. C'est, dit-il, de tous

mes ouvrages, celui que j'aime le mieux.
J'aime à la folie cette Agnès qui a toujours
l'envie d'être si sage et qui toujours est si
faible. Mon frère lui en récita quelques passages; il les écoutait avec une gaîté qui tenait plus au sujet même qu'à l'amour-propre
de l'auteur. Il interrompait quelquefois mon
frère pour lui dire : Mais ce n'est pas ainsi
qu'on dit des vers; et il lui donnait le ton
qui les rendait plus cadencés et plus har-
monieux. Quand il entendit ce vers sur
madame de Pompadour :

Et sur son rang son esprit s'est monté.

Il désavoua tout ce morceau, et demanda
ce que c'était qu'un esprit monté sur un
rang ? Moi je ne lui ai parlé que de ce que
j'aimais et connaissais même de sa Pucelle,
les débuts de plusieurs chants où je trouve
beaucoup de gaîté, de philosophie et même
de verve. Nous l'avons laissé occupé des
corrections de cette nouvelle édition. Nous
sommes rentrés dans le salon, où il n'a paru
qu'un moment vers le soir, et lorsqu'il a été
fatigué de son travail. Ses forces sont, je
crois, en proportion de son génie; sa tête
paraît aussi féconde; son ame paraît aussi

ardente que s'il était dans la vigueur de
l'âge ; sa vie n'a point de vide ; la pensée et
son profond amour pour l'humanité et les
progrès de la philosophie remplissent tous
ses momens. Mais ce qui m'étonne toujours,
ce qui me touche et presque me ravit, c'est
qu'il paraît se dépouiller de tout ce que son
génie a de puissant, pour n'en plus conserver que la grâce et l'amabilité la plus
parfaite. Quand il se réunit un moment à la
société, jamais je ne l'ai vu ni distrait, ni
préoccupé : il semble que sa politesse, qui
a quelque chose de noble et de délicat, lui
ait imposé la loi d'un parfait oubli de lui-
même lorsqu'il se mêle avec ses semblables.
Si vos yeux le cherchent on est sûr de rencontrer dans les siens les regards de la bienveillance, et une sorte de reconnaissance
pour les sentimens dont il est l'objet. Je
vois qu'il croit aux miens, et j'avoue que
j'ai pour lui une vénération si tendre, que
je serais malheureuse si je ne l'en croyais
persuadé.

Je couche à Ferney ce soir, et ce sera
pour la dernière fois.

LETTRE VII.

Ferney.

Nous venons, mon ami, de faire nos
adieux au grand homme; hélas! sans doute,
des adieux éternels. Je n'ai pas voulu lui
parler de mon départ; mais j'ai bien vu
qu'il en était instruit par les choses qu'il m'a
adressées. Il a encore eu la bonté de m'admettre dans son cabinet, de m'y montrer
les sentimens les plus aimables et les plus
flatteurs, quoiqu'il soit, dans ce moment,
fort occupé de corriger les fautes de sa nouvelle édition: elle contient des choses sur le
parlement, qu'il veut absolument adoucir; je
vois qu'il le craint, et cela m'afflige: car quoi
de plus affreux que de vivre, à son âge, dans
les alarmes et la terreur? Il m'a dit que M. Seguier était venu le voir en passant à Ferney,
il y a peu de tems; et là, Madame, à la place
que vous occupez (j'étais assise auprès de
son lit), ce Seguier m'a menacé de me dénoncer à son corps, qui me ferait brûler, s'il
me tenait. — Monsieur, ils n'oseraient. — Et
qui les en empêcherait? — Votre génie, votre
âge, le bien que vous avez fait à l'humanité,

le cri de l'Europe entière ; croyez que tout
ce qui existe d'honnête, tout ce que vous
avez rendu humain et tolérant se soulève-
rait en votre faveur. — Eh ! Madame, on
viendrait me voir brûler, et on dirait peut-
être le soir : c'est pourtant bien dommage.
— Non, jamais je ne le souffrirais, lui dis-je
épouvantée de cette seule idée, j'irais poi-
gnarder le bourreau, s'il pouvait s'en trouver un capable d'exécuter cet exécrable
arrêt. Il m'a baisé la main et m'a dit : Vous
êtes un aimable enfant ; oui je compte sur
vous. — Oh ! vous n'aurez pas besoin de
mon secours. De grâce, éloignez, Monsieur, une idée si funeste, et qui n'a, je
vous proteste, nul fondement.

Le lendemain, mon premier besoin, en
me levant, a été de le voir. Hélas ! c'était
pour la dernière fois que j'entrais dans ce
cabinet, que je le voyais lui-même, que je
recevais les témoignages de sa bonté ! J'étais
bien attristée. Je m'étais habillée de bonne
heure, parce que nous allions dîner dans
le voisinage. J'ai su trop tard qu'il aimait à
voir les femmes parées ; car j'avoue que
j'aurais employé, auprès de lui, ce moyen
de lui plaire. Dès que j'ai paru : Quelle est,

s'est-il écrié, cette dame si belle, si brill-
lante qui entre là? —C'est moi, Monsieur; et
j'ai couru lui baiser les mains. — Mon Dieu,
que vous êtes aimable! J'ai écrit à M. S**
que j'étais amoureux de vous. Oh! —Monsieur, de toutes vos bontés c'est celle dont
je suis le plus flattée, car c'est celle qui le
touchera davantage! —Vous avez couché au-
dessus de mon cabinet. — Oui, Monsieur;
cette idée me rendait aussi fière qu'heureuse,
et me laissera de bien aimables souvenirs.

Comme il y avait beaucoup de monde
dans son cabinet, il en fut bientôt fatigué,
et je le vis se renverser sur son oreiller, les
yeux fermés et soufflant. Je dis sur-le-champ
qu'il fallait le laisser au repos dont il avait
besoin. Ces mots parurent lui rendre la vie.
Il me jeta un regard rempli d'une tendresse
reconnaissante : je l'ai pressé bien tendre-
ment contre mon sein. Vous m'avez trouvé
mourant, me dit-il ; mais mon cœur vivra
toujours pour vous. Mes larmes ont coulé
en abondance en quittant sa maison, où je
ne le verrai jamais, quoiqu'il m'ait bien
pressée de revenir cet automne avec vous,
mon cher Condorcet et M. d'Alembert.

LETTRE VIII,

Adressée à M. de Voltaire, en quittant Ferney.

MONSIEUR,

Je n'ai point voulu vous faire d'adieux : il est affreux de se séparer d'un grand homme, quand on a peu d'espérance de venir le revoir. Permettez-moi de vous remercier de tout le bonheur que je dois à vos bontés. Ah! combien les sentimens que j'emporte avec moi ajoutent à la tendre vénération que dès long-tems j'avais pour vous! Combien j'ai été touchée, en vous approchant, de vous trouver toujours aussi parfaitement bon que vous êtes grand ; de voir que vous faites autour de vous le bien que vous auriez voulu faire à l'humanité toute entière! Quel souvenir délicieux mon cœur conservera de ces heures où vous avez daigné m'attendre dans votre cabinet, et causer avec moi avec une bonté si douce et si familière! Combien j'étais tentée de

m'y précipiter encore en quittant Ferney,
et après avoir reçu vos embrassemens! J'entendis le son de votre voix; je voulais m'aller jeter à vos pieds. Non, je ne vous ai
point assez vu, je ne vous ai point assez dit
combien je vous admire, et permettez-moi
de le dire aussi, combien je vous aime.
Mais il fallait me faire croire que j'envie,
Monsieur, le sort des personnes qui vous
entourent. Qu'il doit être doux de se dé-
vouer à la vieillesse d'un grand homme!
Mais moi je ne puis rien pour vous, je m'en
entretiendrai du moins; le bonheur de
vous avoir vu ajoutera un nouveau charme
à celui que je goûtais en lisant vos immortels ouvrages. Je parlerai souvent de vous
avec tous ceux que j'aime avec vous. Re-
cevez avec votre bonté ordinaire l'assu-
rance de mon respect et de ma vénération
la plus tendre.

RÉPONSE

DE M. DE VOLTAIRE.

MADAME,

J'ai écrit à monsieur votre mari que j'étais amoureux de vous. Ma passion a bien augmenté à la lecture de votre lettre. Vous m'oublierez au milieu de Paris ; et moi, dans mon désert, où l'on va jouer Orphée, je vous regretterai comme il regrettait Eurydice, avec cette différence, que c'est moi le premier qui descendrai dans les enfers, et que vous ne viendrez point m'y chercher. Parlez de moi avec vos amis ; conservez-moi vos bontés. Ce cœur est trop touché pour vous dire qu'il est votre très-humble serviteur.

V.

Note de l'auteur des Lettres de Ferney. J'ai perdu d'autres lettres de M. de Voltaire dans la révolution, et on peut croire aux regrets que cette perte m'inspire. Il croyait à mes sentimens, et s'en montrait touché. Je l'ai revu depuis à Paris, où il m'a montré les mêmes bontés. J'ai assisté avec transport à son triomphe, qui a été si promptement suivi de sa mort, que je lui avais prédite. Je voudrais, lui disais-je, vous transporter un moment à Paris, pour vous faire assister à votre gloire; mais je vous en ferais disparaître sur-le-champ, car nous vous ferions mourir de plaisir.

LETTRE

D'UN CI-DEVANT RICHE.

Il y a des gens qui naissent magistrats,
d'autres guerriers; moi, j'avais vingt-cinq
mille livres de rente, j'y étais accoutumé;
j'étais né comme cela, j'étais né pour cela.
Il me semblait que ma fortune et moi, nous
devions rester inséparables. La révolution
est arrivée : mes vingt - cinq mille livres
de rente m'ont quitté ; et sans que j'eusse
fait un pas, comme si la terre avait tourné
sous mes pieds, je me suis trouvé hors de
ma place, et sans savoir comment m'y remettre. Car il ne faut pas s'imaginer, lorsqu'on a perdu vingt-cinq mille livres de
rente, qu'on en soit quitte pour aller à
pied, porter un mauvais habit, dîner mal
ou point du tout; il faut encore changer son
ton, ses manières, et jusqu'à la tournure
de ses phrases.

Cette découverte, que je fis d'abord,
m'affligea tellement, que je résolus de tout
supporter pour cacher ma position, plutôt

que de sacrifier ainsi ce qui me restait de
plus cher. Je crus, en me conduisant de
la sorte, qu'il ne tiendrait qu'à moi de conserver les mêmes manières ; mais au bout
de quelque tems, m'étant trouvé avec des
gens riches, je fus si humilié de la différence qui, sans que je m'en apperçusse,
s'était établie entr'eux et moi, que dans le
premier moment je fus sur le point de renoncer à la société. Je me dis ensuite : Eh
bien, je me suis trompé, mais je saurai du
moins comment il faut se conduire quand
on a perdu vingt-cinq mille livres de rente ;
et je raisonnai ainsi. On sait en général si
mauvais gré aux riches de leur richesse,
que la pauvreté doit nécessairement attirer
l'estime ; et puisqu'il y aurait de la lâcheté
à en rougir, le vrai courage est de s'en
montrer fier. Je me préparai donc à être
bien glorieux de ce qu'on m'avait ôté mes
vingt-cinq mille livres de rente. Dieu m'est
témoin cependant que je n'avais rien fait
pour cela.

Dès ce moment, je ne cessai de répéter
que j'étais pauvre ; je le disais à tout le
monde, je l'apprenais à ceux qui ne me le
demandaient pas ; et lorsqu'on me le de-

mandait , je me montrais presque offensé
de ce qu'on pouvait l'ignorer. Parlait-on de
parure , je faisais aussitôt remarquer mon
habit usé , et je me serais bien gardé de
convenir que j'en possédasse un autre. J'a-
vais soin , les jours de cérémonie , de prendre mon plus mauvais chapeau. Les gens
riches étaient devenus l'objet de mon dé-
dain , et le luxe celui de ma censure. On
n'allumait pas deux lampions dans Paris ,
que je ne criasse au scandale ; et j'aurais
pardonné aux possesseurs des nouvelles fortunes , si , après avoir pris le bien des autres , ils n'avaient pas poussé l'impudence
jusqu'à le dépenser.

J'arrivai un jour chez une de mes pa-
rentes , qui avait conservé de la fortune ,
bonne personne à cela près, attentive sur-
tout à ne choquer jamais les idées et les
opinions des autres. Elle était entourée de
gens riches et fort gais. Ils parlaient de
leurs plaisirs. Je me mis à étaler ma pauvreté , et tout le monde se tut ; je conti-
nuai , et tout le monde s'en alla. Je m'éten-
dis sur l'indécence du luxe qui commençait à renaître ; et ma cousine , qui était
prête à sortir , dit tout bas , qu'on ôtât les

chevaux ; et comme je m'étais emporté contre la délicatesse de ceux qui ne pouvaient faire un pas autrement qu'en voiture, ma cousine se crut obligée de sortir à pied. La pluie nous prit en chemin. Nous attendîmes une heure et demie sous une porte. Dans cet intervalle, un fiacre passa, et ma cousine ayant observé qu'elle n'avait pas d'argent, je me mis à la railler sur le bon air qu'il y avait à ne point porter de poches. Enfin la pluie cessa, mais les rues étaient inondées ; ma cousine glissait à chaque pas, et une fois tomba si rapidement, que je ne pus la retenir que lorsqu'elle se trouvait déjà à terre. Je la reconduisis chez elle, mouillée jusqu'aux os.

J'y retournai le lendemain ; le portier me dit : « Madame est fort enrhumée ; elle « a fait une liste, voyez si vous y êtes ». J'y regardai, et j'y vis écrit de la main de ma cousine : *Tous les d'Erival, excepté d'Erival de G**** (c'est mon nom). Y êtes-vous ? me demanda le portier. Oui, dis-je, j'y suis ; et je m'enfuis précipitamment pour qu'il ne vît pas de quelle manière j'y étais.

Je me suis encore trompé, dis-je, en retournant chez moi ; j'ai cru acquérir de la

considération, et l'on me ferme les portes.
Comme je réfléchissais là-dessus, j'appris
qu'une succession, à laquelle je ne m'atten-
dais pas, rétablissait ma fortune à-peu-près
sur le pied où elle se trouvait autrefois.
Après les premiers mouvemens de joie, je
me dis : Je ne saurai donc jamais comment
il faut se conduire quand on a perdu vingt-
cinq mille livres de rente; mais je me trom-
pais pour la troisième fois. Il n'y a pas huit
jours que je suis redevenu riche, et je me
sens déjà parfaitement instruit des devoirs
des pauvres : ce qui m'a fait faire cette réflexion, que nos connaissances ne se rap-
portent jamais à notre position actuelle; et
que tel, par exemple, qui, sous l'autorité
de ses parens, a profondément réfléchi aux
devoirs des pères envers leurs enfans, doit
nécessairement se marier et avoir des enfans, s'il veut se former une idée précise
du devoir des fils envers leurs pères.

D'ERIVAL DE G.***

P.

LETTRES

ÉCRITES DE MOSCOU

PAR UN VOYAGEUR.

Voilà trois mois que je parcours la Russie,
le pays du monde où l'on est le plus mal reçu
pour son argent, et lé mieux par les gens
qu'on ne peut payer; où les maîtresses d'auberge sont les plus maussades du monde, et
les maîtres de maison les plus accueillans. Je
ne sais trop que vous dire de ce contraste :
je m'en suis trouvé tantôt bien, tantôt mal;
mais, somme totale, je crois que, pour les
voyageurs, l'industrie serait encore meilleure à rencontrer que l'hospitalité.

Je suis enfin à Moscou. Rien de plus singulier, sous tous les rapports, que l'aspect
de cette grande ville : elle semble contenir
deux nations ; l'une habite des palais, parle
français, s'occupe de modes, de tailleurs,
fait de la musique, dresse des chevaux,
va au bal de l'opéra, donne mille roubles
pour une loge à l'année, et cent pour un
serin bien instruit ; l'autre loge dans des

huttes construites à la manière des sauvages,
porte de longues barbes, ignore le spectacle, s'enivre d'eau-de vie les dimanches, se
querelle à propos de rien comme les enfans,
et s'appaise de même, aussitôt qu'on a jeté
sur les disputeurs deux ou trois seaux d'eau,
qu'on tient toujours en réserve pour cet
usage dans les lieux où s'assemble le peuple.
C'est d'un côté la civilisation dans tout son
luxe ; de l'autre le degré qui touche à la barbarie. Aussi la différence d'éducation forme-
t-elle la seule ligne de démarcation vraiment
sensible. Qui que ce soit peut se présenter
chez un russe, il en sera bien reçu, pourvu
qu'il l'amuse ; car le besoin d'être amusé
paraît être le besoin dominant des habitans
de Moscou. Le premier de mai toute la ville
est sur pied, toutes les voitures brillantes
en évidence, toutes les livrées neuves en
étalage sur le chemin de la promenade,
appelée *les Tables allemandes*, où l'on
mange sous des tentes et sous des arbres.
Le reste de l'été, tout ce qui n'a pas fui de
Moscou à la campagne, se voit continuellement au Waux-Hall, dans les jardins du
Palais, dans ceux du comte Orloff, de
Paschkof, etc. ; mais l'hiver est la vraie

saison des plaisirs. Il approche, et cent
mille personnes vont rentrer dans Moscou.
Les rues, couveltes de neige, n'en seront
que plus propres; la glace de la Moska of-
frira une nouvelle promenade, et les froids
de 25 degrés ont ici, à ce qu'on m'assure,
un agrément tout particulier. Je pourrai,
les dimanches, m'aller montrer en traîneau
ou en voiture dans la rue *Pokroskaia*, ou
figurer aux courses sur la glace de la Moska.
Mais remarquez bien, m'a dit un homme
qui s'entend à ces choses-là, que si votre
traîneau est conduit par deux chevaux, il
faut que l'un des deux galoppe toujours, et
que son camarade, pendant ce tems-là,
trotte sans se déconcerter; et j'ai vu à ses
discours que si je manquais à cette règle
généralement observée, je ferais bien, du
moins pour quelque tems, de ne me montrer pas trop en bonne compagnie.

En réfléchissant sur cette passion des
moscovites pour les divertissemens, sur
l'importance qu'ils y attachent et qui suppose une vie désoccupée, on pourrait attri-
buer à l'ennui, l'empressement et la bienveillance qu'ils témoignent aux étrangers;
si, d'ailleurs, les vertus douces et sociales

ne paraissaient former le fond de leur caractère. Je vous ai parlé de leur hospitalité :
la bienfaisance est parmi eux un usage, la
tolérance une habitude, et le respect pour
les opinions et les goûts des autres est ici
une des premières règles du bon ton.

Ce fond de douceur se fait remarquer
par-tout. Croiriez-vous qu'au spectacle le
parterre ne siffle jamais ? Il se contente de
ne pas applaudir les mauvais acteurs ; mais
si la pièce n'intéresse pas, la conversation
s'établit dans la salle, devient presque générale, et si bruyante qu'on n'entend plus
ce qui se passe sur le théâtre. Si tout le
monde n'y prend pas également part, ceux
qu'elle importune sont trop polis pour le
faire remarquer.

J'ai été hier au spectacle ; on y jouait une
pièce de Visin, et l'une des plus en faveur
de tout le répertoire russe : elle s'appelle
le Nidorosl, c'est-à-dire *l'Elève*. Je ne vous
ferai pas suivre les détails de la pièce, qui
roule toute entière sur l'éducation que veulent donner à leurs fils des parens habitant
ordinairement la campagne, et nouvellement arrivés à Moscou dans cette intention. Tout le comique est fondé sur l'indo-

cilité de l'enfant, l'insouciance des maîtres
et l'aveuglement des parens. Mais voici le
dénouement. La tante, personne très-au
fait des bons airs, arrive pour voir son
neveu ; on lui fait part du bonheur incroyable qu'on a eu de trouver un précep-
teur français au-dessus de tout éloge : elle
veut voir cet homme admirable ; il paraît.
Eh ! s'écrie-t-elle, *c'est le cocher que j'avais
à Pétersbourg. — Enchantés que vous le
connaissiez,* disent les parens : *c'est donc
bien un français ?* Et celui-ci, sans se troubler, s'avance pour saluer son ancienne
connaissance. *C'était, au reste, dit la
tante, un très-bon cocher. A merveille,*
répliquent les parens. Et comme il est beaucoup moins difficile de conduire un enfant
que deux chevaux, on conclut à se trouver
charmé de l'acquisition qu'on a faite. Le
tout se termine par une conversation générale, où le cocher métamorphosé fait sa
partie, à la satisfaction de tout le monde, etc.

Seconde lettre du même voyageur.

J'ai découvert à la langue russe une propriété remarquable ; elle est singulièrement

avantageuse à l'éloquence des querelles populaires : il n'existe pas une infamie qui n'y
ait son nom propre, pas une idée injurieuse
qui ne puisse s'y exprimer avec énergie et
sans périphrase. Aussi voyez deux hommes
se disputer dans les rues de Moscou ; les
apostrophes se pressent, les voix s'élèvent,
les gestes s'animent ; mais soyez tranquille,
ils ne passeront pas une certaine mesure ;
en tout pays du monde le premier coup ne
se donne guères que quand la dernière injure est épuisée, et dans ce genre le vocabulaire des russes est inépuisable. Si, d'un
autre côté, vous écoutez deux mendians
qui s'accostent, vous les entendrez se com-
plimenter mutuellement sur leur santé, sur
leurs affaires ; ils n'oublieront aucune des
tournures de la politesse, ni des formules
du savoir-vivre. Au reste, tout le monde
sait que les mendians espagnols ne s'abordent jamais sans se demander : *Votre sei-
gneurie a-t-elle pris son chocolat ?* et à
Paris, j'ai vu un mendiant donner l'aumône
à un autre, et ensuite lui ôter son chapeau.

Je me suis fait présenter dans les meil-
leures maisons de Moscou ; là il ne faut plus
chercher de caractère particulier. Un mos-

covite de bonne compagnie est l'abrégé de
toutes les nations de l'Europe. Le français
est sa langue d'habitude, et c'est souvent
un suisse qui le lui a appris; ses habits sont
faits par un tailleur allemand : c'est un anglais qui tient le spectacle où il va passer
quelques heures; les contes dont on l'amuse
sont ceux de Marmontel, et ses pièces
de théâtre sont traduites de Kotzebue.
Kotzebue est l'objet de l'enthousiasme des
russes, et le spectacle leur passion dominante. Il n'est presque pas un grand seigneur
qui, dans son château, n'ait son théâtre, sa
troupe, composée de ses vassaux, montée
et formée pour son usage. Mais c'est-à-peu-
près là que se borne leur goût pour la littérature. Karamsin, jeune auteur à la mode
dans ce moment, donne cependant tous
les ans un *Almanach des Modes*; mais il
a voulu faire paraître un journal, et cet
essai n'a pas réussi. Les habitans de Moscou
se contentent de lire deux fois par semaine
un papier-nouvelles, où quelquefois les auteurs insèrent les annonces de leurs ouvrages avec un extrait fait par eux-mêmes,
et un éloge dont se charge le libraire.

Sans journaux, sans romans nouveaux et

sans traductions, vous êtes peut-être em-
barrassé de savoir comment les moscovites
remplissent leur tems et fournissent à la
conversation habituelle; mais le jeu et la
table suppléent à tout. C'est un grand mérite à Moscou que de faire bonne chère, et
même d'en bien parler; mais c'est un talent
infiniment agréable que celui de bien jouer
au whisk, et de savoir rendre compte avec
une extrême netteté des événemens de la
partie de la veille. Je me suis acquis un
singulier relief en rétablissant un jour les
faits dans le récit d'un coup important.
J'observai que le narrateur devait s'être
trompé du neuf au dix de trèfle, ce qui faisait une grande différence. Celui que j'avais
repris me remercia de mon avertissement.

Je crois que je quitterai bientôt Moscou;
j'emporterai une idée fort douce du bonheur dont y jouissent les étrangers de toutes
les classes, avec un souvenir très-vif de la
magnificence de quelques moscovites, et
de l'air de grandeur qui règne dans l'emploi
qu'on leur voit faire de leur richesse. Si je
n'ai pas toujours été également frappé de
la délicatesse de leur goût, si je ne puis
trop m'accoutumer au *schelkem*, c'est-à-

dire au verre d'eau-de-vie, accompagné de
harengs secs et de viande fumée que, tous
les après-midi, on sert aux dames russes en
guise de thé, il me paraîtra toujours infiniment plaisant d'imaginer que c'est dans ce
pays, qu'il y a tout au plus cent ans, Pierre-
le-Grand fut obligé de publier une ordonnance qui interdisait aux femmes de bonne
compagnie de s'enivrer les jours d'assemblée; et aux hommes d'être gris avant neuf
heures du soir, attendu que l'assemblée
devait se séparer à dix. Mais ce que j'aime
sur-tout à retrouver, ce sont ces anciennes
chroniques où je lis, qu'encore au commencement du dix-septième siècle, lorsque le
czar cherchait à se marier, les plus belles
personnes de son royaume étaient convo-
quées dans son palais, où le prince assistait
à leurs jeux, à leurs conversations ; et attentif à tout, poussait, assure-t-on, la prévoyance jusqu'à aller la nuit examiner
laquelle de ses sujettes dormait avec le
plus de grâce, etc.

Cette description de Moscou est tirée d'un ouvrage anglais sur la Russie, nouvellement publié.

P.

LES TUILERIES. [1]

(En 1784.)

Je vous envoie une anecdote qui m'a été
racontée par M. le vicomte de la Rochefoucauld. C'est à lui que l'aventure est
arrivée. L'ayant écrite aussitôt qu'il m'a
quitté, je crois avoir rendu fidèlement
toutes ses expressions. Vous y trouverez
des négligences de la conversation; mais,
ou je me trompe, ou vous y trouverez
aussi un intérêt vrai: il appelait cette anecdote les *Tuileries.*

Il était neuf heures du soir : le jour était
presqu'entièrement baissé. Un air frais avait
succédé à une journée très-orageuse. Je fis le
tour des Tuileries : j'allais sortir par la porte
du Pont-Royal, lorsque j'entendis que l'on
me disait doucement : Monsieur, ah ! monsieur..... je vous prie.... Quoique j'aie beaucoup d'éloignement pour les invitations
semblables à celle que je croyais qu'on me

---

[1] M. de la Rochefoucauld a aussi écrit et imprimé cette anecdote, mais d'une manière différente.

faisait, elle avait une forme si particulière,
l'accent était si timide et la voix si tremblante, que je m'approchai. Je vis alors assise sur le parapet qui borde la terrasse du
côté de l'eau, une jeune personne. Le ré-
verbère du quai l'éclairait. Elle avait une
de ces figures aimables qui font naître sur-
le-champ une tendre bienveillance ; de
beaux cheveux blonds négligemment attachés ajoutaient au charme que produisait
la mélancolie répandue sur tous ses traits.
Son vêtement simple et modeste n'avait
rien de commun avec celui de ces femmes
qui parcourent le soir le jardin. Je lui demandai ce qu'elle désirait. Elle me répondit
tout bas qu'elle me priait de venir chez
elle. — Où demeurez-vous ? — Rue du
Bac. — Il fallait que j'y passasse pour me
rendre chez moi. Je croyais bien avoir
devant les yeux une de ces infortunées
dont la misère et l'exemple ont corrompu
les mœurs. Cependant la réserve de son
maintien, et cette décence qui plaît toujours, même où l'on ne doit pas la désirer,
excitaient ma curiosité, et, l'avouerai-je,
prenaient beaucoup d'empire sur mes sens.
Je lui dis que si elle voulait me précéder,

je la suivrais. Elle alla d'abord fort vite,
mais peu-à-peu son pas se ralentit, et
d'une manière si marquée, que je fus obligé
de la presser et de lui demander la cause
d'une apparence d'incertitude qui m'étonnait. Elle ne répondit pas. Avancez donc,
lui dis-je encore, je vous en conjure. Et
je la conjurais, parce que je me sentais
attiré précisément par cette lenteur dont je
me plaignais. — Nous sommes, ajoutai-je,
à plus de moitié de la rue du Bac, et presqu'à l'endroit que vous m'avez indiqué....
Elle garda le silence; mais, une minute
après, nous nous trouvâmes à la porte
d'une allée. Je fus obligé de la soutenir
pour monter l'escalier. Sa chambre n'était
éclairée que de la faible lumière d'une
lampe, et annonçait un extrême dénue-
ment. Elle s'assit, me parut excessivement
abattue. Elle pencha sa tête sur son sein;
ses yeux étaient fixés sur la terre; sa con-
tenance indiquait la souffrance de son ame.
Le bruit que je fis pour retirer la clef de
la porte et la fermer, sembla l'éveiller, et
elle me regarda avec effroi : j'allai me
mettre auprès d'elle, et prenant une de
ses mains, je lui demandai plusieurs fois :

Qu'avez-vous ? Pourquoi ne me parlez-
vous pas ?... Elle ne répondit que par des
soupirs ; quelques larmes lui échappèrent.
Vivement ému, je m'approchai pour l'embrasser, mais alors des pleurs abandans et
des cris inarticulés s'opposèrent à mon
empressement : elle marquait une répu-
gnance extrême pour les plus légères fami-
liarités. Alors je lui dis : Vous voulez donc
que je m'en aille? —Oh ! non, je vous en
supplie....; me voilà à vous...., faites de moi
tout ce que vous voudrez, et elle tomba à
mes pieds. Je ne doutai point qu'il n'y eût
quelque chose d'extraordinaire dans cette
aventure. Je la relevai; je tâchai de la rassurer, je la priai de se calmer, je sollicitai
sa confiance, je lui dis que j'en étais digne :
et en effet je l'étais; car tous mes desirs
s'étaient amortis, et il ne restait dans mon
cœur que la plus tendre pitié. Je lui jurai
que j'étais incapable d'abuser de son état
et de me servir des droits qu'elle venait de
me donner pour elle. A l'instant même un
rayon de joie parut sortir du nuage de
larmes qui la couvrait; elle me dit : Je vous
crois honnête, je vous crois sensible ; je
ne vous crains plus, je vais tout vous.

raconter. « Je vous l'assure, la nature ne
« m'a pas faite pour ce honteux désordre ;
« il me déchire, et je le puis moins sup-
« porter encore que je ne l'avais cru....,
« mais ma mère se meurt !... Nous avons
« perdu un procès qui, après la mort de
« mon père, était notre seule espérance ;
« ma pauvre mère n'avait pour dernière
« ressource que le travail ; je l'aidais autant
« qu'il m'était possible ; mais une maladie
« grave lui est survenue ; nous n'avons pu
« satisfaire nos pratiques ; elles nous ont
« retiré l'ouvrage ; tout ce que nous possé-
« dions a été dépensé pour la guérison de
« ma mère. Elle commençait à être un peu
« mieux ; mais n'ayant plus rien, pas une
« goutte de bouillon pour la soutenir, je la
« vois sur le point de périr de faiblesse. Ce
« matin même...., épargnez-moi de vous
« retracer cette douloureuse scène, je n'en
« ai pas la force..., une fille de mon âge,
« voyant mon désespoir, m'a dit que je
« pouvais trouver des ressources ; elle m'a
« enseigné ce qu'il fallait faire.... Révoltée
« de ses conseils, je lui en exprimai mon
« indignation : Eh bien ! a-t-elle répliqué,
« laissez donc périr votre mère... Je me suis

« désolée, j'ai hésité.... Enfin ce soir j'ai
« été aux Tuileries pour chercher une
« occasion.... Je suis restée long-tems sans
« oser rien tenter. Je croyais qu'en diffé-
« rant j'aurais plus de hardiesse. Plusieurs
« personnes se sont arrêtées en me voyant
« seule : je baissais la vue, et je ne disais
« rien. J'étais si triste que l'on s'éloignait
« facilement. Cependant la nuit avançait,
« tout le monde s'en allait ; j'ai pensé de
« nouveau à ma mère.... Je me là suis re-
« présentée expirante.... Il ne me restait
« que quelques minutes, et je vous ai ap-
« pelé. Je remercie Dieu de vous avoir
« appelé. Vous n'abuserez point de l'inno-
« cence d'une pauvre créature : je me suis
« trompée quand j'ai cru pouvoir en faire
« le sacrifice.... » Des pleurs l'interrom-
pirent, et elle s'écria : O ma mère ! je
te préfère bien à moi : je voudrais mourir pour te sauver ; mais c'est plus que
mourir.... Non, vous ne mourrez point,
vertueuse enfant ; votre mère vivra, et je
vous devrai, moi, le bonheur le plus pur.
Je tirai ma bourse, et je la lui donnai.
Voilà vingt-cinq louis, lui dis-je, portez-
les à votre mère, et tous les six mois je lui

en offrirai autant. Elle ne trouvait point de
termes pour exprimer sa reconnaissance ;
elle me baisait les mains, elle me disait :
Ma mère priera pour vous ; je prierai
aussi : Dieu vous bénira ; car nous ne pour-
rions jamais acquitter un si grand bien-
fait. Je posai ma main sur sa bouche pour
l'empêcher de continuer : je m'approchai
d'elle ; elle passa ses bras autour de mon
cou, elle m'embrassa. Elle pleurait encore ; je pleurai aussi. Non, je ne serai
jamais que votre ami, lui dis-je ; vous
êtes un ange, et c'est à ce titre que vous
obtenez mon adoration. On ne peut renoncer à une plus aimable personne ; mais
je n'y ai pas de mérite ; j'en suis payé
par la joie de ma conscience. Vous, ne
soyez pas seulement heureuse un jour,
soyez-le tous les jours de votre vie ; sans
cela la mienne serait troublée. Je suis sûr
que vous ne manquerez pas à la vertu,
et la vertu ne manquera point de vous
récompenser..... Je sens qu'il faut nous
séparer. Votre mère vous attend...... Elle
ne prononça pas une parole, mais elle
me serra de nouveau les mains, et ses regards furent alors si pénétrans et répon-

daient si bien au vœu que je formais se-
crètement de lui être à jamais uni par
la plus sensible affection, qu'on ne peut
concevoir une sensation plus délicieuse
que celle que j'éprouvais. Je m'éloignai;
mais, malgré moi, je revins sur mes pas.
— Je ne vous ai point demandé votre
nom; je sens le besoin de ne pas l'i-
gnorer. — Je m'appelle *Laurence*. — Et
votre mère ? — *Dubreuil.* — Et vous,
dit-elle bien doucement. — Moi, je me
nomme le vicomte de la Rochefoucaud.
Elle parut un peu confuse. Nous restâmes
un moment dans le silence. Ce fut moi
qui le rompis. — Je voudrais emporter
quelque chose de vous. — Eh! que pour-
rais-je être assez heureuse pour vous offrir ? — Cette petite branche de myrte
qui est à votre corset.... Elle la détacha,
me la présenta en rougissant, et ensuite,
en souriant, elle me fit un salut qui avait
quelque chose de tendre, mais qui semblait m'avertir qu'il ne fallait pas rester
plus long-tems. Je l'entendis, et elle put
entendre aussi un soupir qui m'échappa.
Heureux, dis-je en moi-même, celui qui
a pu l'obliger et lui faire un grand sacri-

fice ! mais plus heureux encore celui qui
méritera de posséder son cœur, et qui
pourra tout en obtenir sans qu'il en coûte
rien à son innocence !

DEVAINES.

DU PAPE

CLEMENT XIV.

JEAN-VINCENT-ANTOINE GANGANELLI était né en 1705, dans le bourg de Saint-Arcangelo, près de Rimini. Il était fils d'un médecin. Depuis qu'il est devenu pape, on en a fait un bon gentilhomme, et on lui a composé une brillante généalogie. Il est difficile de croire qu'un médecin d'un petit bourg de la Romagne fût d'une illustre famille; et cette illustration même ne relèverait pas beaucoup la mémoire de Clément XIV. Quand on s'est élevé si haut, il y a plus de gloire à être parti de plus bas.

La véritable gloire de Ganganelli sera d'avoir fait cette grande fortune sans hypocrisie, sans intrigue et sans bassesse; d'avoir eu des mœurs; de la simplicité et le goût des lettres, dans le pays de la corruption, de la charlatanerie et de l'ignorance.

Il annonça de bonne heure de l'esprit et des talens A dix-huit ans il se fit cordelier. On le détournait d'embrasser cet état,

comme étant un moyen peu favorable à
son avancement. *N'est-ce pas l'ordre de
Saint-François, répondit-il, qui a fait la
fortune de Sixte IV et de Sixte V ?*

L'élévation de Sixte-Quint est une grande
époque pour les italiens : le nom de ce pape
est dans la bouche de tout le monde. Il n'y
a pas un pâtre qui ne soit flatté de voir que
le fils d'un pâtre ait été assis sur le premier
trône du monde, et il n'y a pas un moine
qui désespère d'y arriver un jour. On ne
connaît peut-être pas combien cette idée
excite d'émulation et d'intrigues, combien
elle influe sur le caractère des romains en
particulier. La papauté est le gros lot de la
loterie, qui fait de tems en tems la fortune
d'un homme, et constamment la ruine et le
malheur d'un grand nombre d'autres.

Si l'on ne peut pas, disait notre jeune
cordelier, *faire sa fortune en disant la
vérité, je resterai toute ma vie frère
Ganganelli.* Son exemple a prouvé que la
fausseté n'est pas un moyen de fortune absolument nécessaire.

Il professa à Rome la philosophie et la
théologie avec une grande distinction. Son
mérite éclata bientôt. Benoît XIV sut le

démêler, et le fit consulteur du saint-office.
Le pape Clément XIII le fit cardinal en 1759.
Il ne chagea ni de mœurs ni de genre de vie ;
il resta soumis à toutes les austérités de sa
règle, et conserva sa modestie, son goût
pour l'étude, et ce qui est aussi rare, sa
gaîté. Un lord qui le visitait souvent, disait :
*Je n'ai pas encore pu voir le cardinal Gan-
ganelli ; je ne trouve jamais chez lui qu'un
religieux plein d'humilité et de gaîté.*

On sait que le Saint-Esprit descend toujours aux conclaves pour y faire les papes ;
mais il faut convenir qu'il se sert pour cela
de moyens extrêmement humains. Ainsi,
c'est pour se conformer à notre faiblesse,
qu'il tolère dans ces occasions les brigues,
les cabales, les perfidies et tous les ressorts
de la politique mondaine. Il est difficile de
prévoir à un conclave sur quelle tête descen-
dra la tiare. Les cardinaux de familles illustres, ou chefs de partis puissans, sont ordinairement exclus par les cours, qui crai-
gnent les cardinaux trop puissans par eux-
mêmes, et ceux-ci repoussent tant qu'ils peuvent les cardinaux trop dévoués aux cours.
De sorte qu'on finit d'ordinaire par réunir
les voix pour un cardinal qui n'est suspect

à aucun des partis. C'est cette politique qui fit pape Ganganelli en 1769.

Il ne parut point enivré de ce bonheur inespéré. On prétend qu'on eut toutes les peines du monde à le réveiller le lendemain de son exaltation. Cela n'est pas si extraordinaire que d'avoir besoin d'être réveillé, comme le grand Condé, au moment de livrer une grande bataille. Cependant ce sommeil profond annonce un calme et une modération peu compatibles avec une ame ambitieuse. Après l'adoration, on lui demanda s'il n'était pas fatigué ; il répondit avec une naïveté piquante : *Je n'ai jamais vu cette cérémonie plus à mon aise ; je me souviens d'avoir été cruellement pressé à pareille fête, quand je n'étais que simple religieux.*

Ganganelli prit le nom de Clément XIV. Il montait sur le trône pontifical dans des circonstances délicates et orageuses. Les affaires des jésuites et celles de Parme avaient brouillé les cours de France, d'Espagne, de Naples et de Portugal avec le Saint-Siége : on s'était emparé d'Avignon et de Bénévent ; Venise travaillait à réformer les maisons religieuses sans consulter Rome.

Ganganelli sentait très-bien l'impossibilité de résister aux cours de Bourbon réunies. N'étant encore que cardinal, il disait au cardinal Cavalchini : *On aura beau faire; si l'on ne veut pas voir tomber la cour de Rome dans l'abaissement et le mépris, il faut se réconcilier avec les souverains : ils ont les bras plus longs que leurs empires, et leur pouvoir s'élève au-dessus des Alpes et des Pyrénées.*

Il n'aimait pas les jésuites; il différa cependant le plus qu'il put leur destruction. Il est difficile de savoir au juste quels étaient ses motifs; mais on peut croire que cette grande expédition l'épouvantait un peu. Rien ne prouve plus combien il était important de détruire les jésuites, que la difficulté qu'il y a eu à les détruire ; car c'est un grand scandale en politique qu'un ordre de moines dont l'abolition ou la conservation peut intéresser la tranquillité des états et la sûreté des souverains. Mais l'extinction de la société devait paraître encore d'une toute autre importance à Rome que dans le reste des états catholiques. D'ailleurs il en coûte toujours à un souverain qui a de l'esprit et de la fermeté, pour se prêter à une opéra-

tion qui ne peut jamais avoir l'air que de
la faiblesse. Enfin il connaissait les ennemis
qu'il avait à combattre, et ce qu'il pouvait
avoir à redouter de leur vengeance. On le
voit, dans les derniers tems, frappé de
terreurs qu'il ne peut dissimuler. Quand il
eut signé la bulle d'extinction, il dit : *Je
l'ai fait, je le ferais encore si j'avais à le
faire, mais il m'en coûtera la vie.* Ces
motifs me paraissent suffisans pour expliquer la lenteur qu'il a mise dans cette grande
opération, sans recourir à ces causes se-
crètes que les politiques aiment à chercher
dans tous les grands événemens.

Il suspendit la promulgation de cette
fameuse bulle *in cœna Domini*, qu'on était
dans l'usage de lire au peuple de Rome
tous les jeudis de la semaine sainte avec la
plus lugubre solemnité. Cette bulle était
un monument scandaleux de l'ancienne in-
solence des papes. Il y a lieu de croire que
c'est désormais une arme destinée à se
rouiller dans les arsenaux du Vatican.

Un reproche qu'on peut faire à Ganganelli, ainsi qu'à tous les souverains, c'est
en détruisant les jésuites et en s'emparant
de leurs biens, de n'avoir pas assuré à

chaque individu une pension suffisante. On aurait concilié la justice et l'humanité avec la politique ; mais ce n'est ni la raison ni la philosophie qui a procédé à cette opération ; c'est la jalousie, la faiblesse, le fanatisme et la vengeance. Lorsque le pape eut déclaré la portion qu'il assignait aux membres dispersés de la société, on écrivit sous la statue de Pasquin : *Et divites dimisit inanes.*

Ce qu'il faut reprocher sur-tout à la mémoire de Clément XIV, c'est d'avoir traité avec une dureté inhumaine, et à ce qu'il paraît, gratuite, le général et ceux des jésuites qu'il a fait renfermer ; cependant comme le public ignore les crimes dont on les accuse, il faut suspendre son jugement.

Dès que l'extinction de la société fut publiée, Ganganelli se vit obsédé de pasquinades, de prédictions et de menaces qui lui annonçaient une fin prochaine.

On afficha un placard qui ne contenait que ces quatre lettres P. S. S. V. On ne savait comment les interpréter : Cela est fort aisé, dit le pape ; on veut dire que le siége sera bientôt vacant. *Presto sara sede vacante.*

Une jeune fille nommée *Bernardina Baruzzi*, dont on avait sans doute exalté avec art le zèle et la piété, prophétisa publiquement la mort prochaine du saint-père ; et ses prédictions se propagèrent avec une rapidité et un succès extraordinaires.

Un auteur de la vie de Ganganelli prétend qu'il se montra peu sensible à ces vaines menaces ; il rapporte cependant des circonstances qui semblent prouver que son imagination en était vivement frappée, et je croirais volontiers que la crainte est le véritable poison dont il est mort : s'il ne croyait pas aux prédictions, il pouvait croire à l'arsenic. On le voit en effet, sur la fin de sa vie, prendre la plus grande précaution sur les alimens qu'on lui apprête. Il est en même tems attaqué subitement d'un mal inconnu, dont la cause se dérobe aux connaissances de l'art, et dont les progrès gradués le minent et le détruisent insensiblement ; il n'est bientôt plus qu'une ombre vivante ; il meurt enfin ; tout son corps tombe aussitôt en putréfaction, sa chair se détache d'elle-même des os, les ongles des doigts, et les cheveux de la tête : les os se réduisent en poudre lorsqu'on les touche. Voilà certainement d'horribles effets d'une étrange maladie ; mais on ne connaît aucun poison qui en produise de semblables. Cependant le cri général à Rome, comme dans tout le reste de l'Europe, a été pour le poison. M. de Voltaire, qui ne voulait presque jamais croire à l'empoisonnement des princes, a cru à celui-ci comme à celui de l'empereur Henri VII, qu'un moine empoisonna, dit-on, avec l'hostie qu'il lui donna à la communion.

L'élévation de Ganganelli ne le fit pas sortir du genre de vie simple et modeste qu'il avait toujours suivi. Lorsque le cuisinier du feu pape vint le prier de le conserver : *A la bonne heure,* répondit-il, *vous ne perdrez pas vos gages ; mais je ne perdrai pas ma santé pour mettre vos talens en exercice.* Il continua de faire faire sa cuisine par son ancien cuisinier, frère François.

Il était affable, d'un abord facile, mais très-froid et très-réservé avec les cardinaux et les grands. Aucun n'eut de crédit sous son règne; il ne donna sa confiance à aucun: son ancien confrère, le père Bontempi, fut son seul confident. *Le seul moyen*, disait-il, *d'être sûr de son secret, c'est de ne le dire à personne : ce qu'on tait ne s'écrit point.* (*Il tacere non si scrive*). Cette réserve lui suscita pour ennemis tous les cardinaux qui avaient de l'ambition, et il en eut beaucoup.

Il eut peu d'amis, parce que ce ne sont pas les vertus qui donnent des amis, mais les bienfaits et les graces particulières qu'on répand; et Ganganelli en répandit peu. Il écarta ses parens des honneurs, des emplois et de Rome même. Cet excès peut être aussi blâmable que celui où se livrent presque tous les papes, qui accumulent sur leur famille toutes les richesses et les dignités.

Il n'avait aucun genre d'ostentation; il repoussait la louange, qu'il regardait comme *l'aliment des petits esprits;* il ne montra jamais aucune prévention personnelle : *La prévention*, disait-il, *est le défaut des grands ; heureusement je suis né petit.*

Il était impénétrable dans ses secrets, sans être jamais faux ni dissimulé ; il mépri-

sait cette politique de théâtre qui consiste
à changer de masque sans cesse, et à employer à tromper les autres, tous les moyens
que la nature a donnés à l'homme pour
communiquer ses sentimens : politique
profondément frivole, convenable à des
hommes élevés dans l'intrigue, et qui,
n'ayant à traiter que de petits intérêts, veulent s'en déguiser la futilité par l'appareil
des formes et des moyens. Ganganelli mé-
prisait cette charlatanerie de la faiblesse
vaine. Il disait de M. le duc de Choiseul,
ambassadeur de notre cour à Rome : *Il
attrape nos politiques en leur disant la
vérité.*

Il paraît qu'il était sincèrement pieux,
mais sans faste, sans petitesse, et sur-tout
sans intolérance. *On ne perd que trop souvent la charité,* disait-il, *pour sauver la
foi. Si la religion ne permet pas de tolérer
l'erreur, elle défend de haïr et de tour-
menter celui qui se trompe.* Il vaudrait bien
mieux faire recevoir cette belle maxime en
Sorbonne que la bulle et le formulaire.

Il ne se connaissait point aux arts, et il
l'avouait; mais il sentait combien il est important aux souverains de les encourager.

Il forma une belle collection de monumens antiques, qui fut ouverte au public. Il a donné de lui-même des gratifications et des récompenses à des hommes de lettres. C'était, selon lui, placer l'argent public au plus gros intérêt, que d'en faire part à ceux qui répandent les lumières, et qui distribuent la gloire. *Il est honteux*, ajoutait-il, *qu'il y ait des recherches si sévères pour découvrir les malfaiteurs, et qu'on n'en fasse jamais pour découvrir la demeure et les besoins des hommes qui consacrent leurs veilles à perfectionner la raison humaine.*

Ganganelli ne fit pas tout le bien qu'il se proposait de faire : il avait commencé à s'occuper des moyens de réformer l'enseignement public et sur-tout la manière de prêcher, qui, en Italie, a dégénéré en une espèce de batelage ; il voulait introduire dans l'état ecclésiastique l'inoculation qu'il approuvait hautement. Il se proposait sur-tout d'extirper cet usage honteux et barbare qui, transporté des sérails de l'Asie, outrage la nature pour l'amusement des oreilles, et détruit l'homme pour en faire un rossignol. Comme tous les réformateurs, il éprouva combien il est difficile de faire du bien à un peuple ; il éprouva combien le préjugé et l'habitude opposent de résistance et d'obstacles aux innovations les plus salutaires. Il disait souvent que ce que les hommes connaissaient le moins , c'était leur intérêt , et que pour les rendre plus heureux , il fallait commencer par les éclairer.

Quoique Clément XIV ne fût pas aussi plaisant que Benoît XIV , il avait de la gaîté , et il aimait les bons mots ; même les pointes. Lorsqu'il tomba de cheval , on lui demanda s'il n'avait pas quelque contusion : *Non ,* répondit-il , *mais bien un peu de confusion.*

Lorsqu'on lui dit que le cardinal de Bernis avait pris beaucoup d'intérêt à son exaltation : *Je le crois volontiers ,* répondit-il , *un poëte doit aimer les métamorphoses.*

Un anglais qui passait à Ferney en allant en Italie , offrait à M. de Voltaire de lui rapporter de Rome ce qu'il désirerait : *Eh bien ! rapportez-moi ,* lui dit M. de Voltaire, *les oreilles du grand inquisiteur.* L'anglais causant familièrement avec Clément XIV , lui conta cette plaisanterie :

Dites de ma part à M. de Voltaire, lui répondit en riant le pape, *que notre inqui- sition n'a plus d'yeux ni d'oreilles.*

Le pape Ganganelli disait à un savant sué- dois (M. Bjornstahl) : « Quand j'aurai ter- « miné les affaires étrangères que j'ai sur les « bras, je réaliserai un système de gouver- « nement que je me suis proposé, et je don- « nerai dans Rome une nouvelle vie et un « nouvel éclat aux sciences. J'y érigerai une « académie qui s'occupera des langues, des « antiquités et de l'histoire de la ville, et « qui sera composée de ce qu'il y a de plus « habile dans l'univers. »

M. Bjornstahl a fait imprimer la relation d'un voyage qu'il a fait à Rome ; il y parle avec la plus grande vénération de Clé- ment XIV ; il y relève sur-tout la modeste simplicité avec laquelle il aime à se souvenir et à parler de son état précédent. L'humi- lité du pape et la fierté des cardinaux, dit le voyageur suédois, forment un contraste très-apparent. Il reçoit avec affection des gens qui, selon sa religion, sont hérétiques et damnés. *Olim non erat sic.* Il n'y a point d'étranger qui ne célèbre et n'honore l'es- prit et les manières de ce pontife. Plusieurs prélats de sa cour m'ont demandé, après l'audience, ce que nous pensions du pape. Je leur ai répondu que je voudrais être catholique, si tous les catholiques lui ressemblaient, et qu'ayant beaucoup disputé de religion avec de savans théologiens, aucun ne m'avait donné des preuves aussi touchantes de la bonté de leur doctrine, que ne l'avait fait le pape sans dire un mot de théologie.

On cite de lui des traits plus intéressans encore, parce qu'ils annoncent tout-à-la-fois de l'esprit et de la bonté. Le peuple s'empressait un jour pour le voir, et ses gardes écartaient la foule : *Laissez approcher ces bonnes gens, dit-il* au commandant de ses chevaux-légers, *leur amour-propre est flatté de voir un homme de leur classe parvenu à une si grande élévation.*

Deux soldats avaient mérité la mort; Ganganelli trouvant la loi trop rigoureuse, voulut qu'il n'y en eût qu'un d'exécuté, et que le sort en décidât; puis, touché de compassion en faveur du malheureux que le sort avait condamné, il dit : *J'ai défendu les jeux de hasard, je dois lui faire grace.*

Il semble qu'un prince doux, modeste, humain, juste, populaire, devrait être aimé de son peuple. Il l'avait été dans les premières années de son règne ; il ne l'était plus à la fin. Le bled était rare dans toute l'Italie. Le pape donna sa confiance à des hommes suspects, et fit faire des opérations qui renchérirent le grain. Il n'y a point de bonne administration pour un peuple qui meurt de faim. Que lui importe alors les vertus et les talens de son souverain ? Sous le meilleur des gouvernemens, il ne demande, il n'espère que le plus étroit nécessaire. S'il manque de pain, que pourrait lui faire de pire le plus cruel des tyrans ? Le peuple de Rome s'en prenait de la disette des grains à Ganganelli, qui, pour l'appaiser, s'avisa un jour d'abréger le tems des spectacles, en y substituant des prières publiques. Les anciens romains ne demandaient que du pain et des spectacles. Clément XIV ôtait aux romains modernes les spectacles pour les consoler du pain qui leur manquait ; plaisante politique, assez semblable à celle de Sganarelle, à qui sa femme dit que ses enfans lui demandent du pain, et qui répond : *Donne-leur le fouet.*

Clément XIV, né le 31 octobre 1705, élu pape le 19 mai 1769, mourut le 21 septembre 1774. On a observé, comme un hasard en effet remarquable, que Sixte-Quint, sorti, comme Ganganelli, de l'ordre de Saint-François, était mort comme lui, soupçonné d'avoir été empoisonné, après avoir régné, de même, cinq ans quatre mois trois jours. Sixte-Quint, à la sollicitation de l'Espagne, avait pensé à supprimer la société de Jésus, ou du moins à la réformer. Clément XIV eut avec ce pape d'autres rapports assez singuliers. On aime à relever ces jeux du hasard, quoiqu'il n'y ait aucune instruction à en recueillir.

On a imprimé quelques lettres de ce pape, qui ajoutent encore à l'idée qu'on avait de son caractère et de son esprit. Il y en a une sur-tout qui mérite d'être lue. Elle est adressée à un maître de novices, et contient des conseils sur la manière de gouverner ses élèves. Ces conseils sont pleins de sagesse, de raison, d'humanité et de connaissance des hommes.

Ecartez l'espionnage, dit-il, *il éteint dans des ames encore neuves la candeur, la confiance et l'amitié ; il rend les hommes hypocrites , lâches , défians et perfides : c'est le point de toute société humaine.* Ce que dit Clément XIV à un supérieur de novices , il faudrait le persuader aux maîtres des empires qui ont porté à un si haut degré de perfection cet art infame d'avilir les ames et de corrompre le caractère des peuples. Je terminerai cette notice par une anecdote tirée d'une lettre particulière écrite de Rome par un anglais en 1774.

« Le pape donna dernièrement un exemple frappant de tolérance. Etant allé , suivant sa coutume , à l'église de Saint-Pierre pour y faire sa prière , il aperçut un jeune homme copiant avec attention un tableau d'autel. Le saint-pere s'arrêta et le regarda travailler sans l'interrompre. Il prit une idée plus avantageuse du talent de ce jeune homme , à mesure que son travail avançait ; mais s'approchant toujours plus près , il attira l'attention du peintre , qui , ne connaissant pas encore Rome , s'imagina qu'un hérétique trouvé dans une église courait risque d'être puni , comme on punit les chrétiens trouvés dans une mosquée musulmane. Vivement frappé d'une terreur

subite, il s'évanouit aux pieds du saint-
père, qui appela aussitôt du secours; et
quelques personnes étant arrivées sur-le-
champ, firent revenir le jeune étranger.
« Mon ami, lui dit le saint-père, je suis
charmé de vous voir de si grandes dispositions pour la peinture; il faut vous faire
copier de bons morceaux. Je veux que
vous soyez reçu parmi les jeunes élèves
qui sont élevés ici à mes frais. » Ah! saint-
père, répondit le jeune homme d'une voix
défaillante, je suis protestant. « Protestant!
« répliqua le pape; tant pis; j'aimerais
« mieux que vous fussiez catholique; mais
« il y a eu de grands peintres parmi les
« protestans : la religion n'a rien à démêler
« avec la peinture. Je prendrai soin de vous
« procurer tout ce qui vous sera nécessaire
« pour vous perfectionner dans votre art. »
Le pape tint parole, et loin de vouloir le
gêner sur sa religion, il défendit même
qu'on fît aucune tentative pour l'engager
à en changer.

S.

NOTICE

SUR LA PERSONNE ET LES ÉCRITS

DE LA BRUYÈRE.

JEAN DE LA BRUYÈRE naquit à Dourdan
en 1639. Il venait d'acheter une charge de
trésorier de France à Caen, lorsque Bossuet le fit venir à Paris pour enseigner l'histoire à M. le Duc ; et il resta jusqu'à la fin
de sa vie attaché au prince en qualité
d'homme de lettres, avec mille écus de
pension. Il publia son livre des *Caractères*
en 1687, fut reçu à l'Académie française
en 1693, et mourut en 1696.

Voilà tout ce que l'histoire littéraire
nous apprend de cet écrivain, à qui nous
devons un des meilleurs ouvrages qui existent dans aucune langue ; ouvrage qui, par
le succès qu'il eut dès sa naissance, dut attirer les yeux du public sur son auteur,
dans ce beau règne où l'attention que le
monarque donnait aux productions du
génie, réfléchissait sur les grands talens

un éclat dont il ne reste plus que le souvenir.

On ne connaît rien de la famille de La
Bruyère : et cela est fort indifférent : mais
on aimerait à savoir quel était son caractère,
son genre de vie, la tournure de son esprit
dans la société ; et c'est ce qu'on ignore
aussi.

Peut-être que l'obscurité même de sa
vie est un assez grand éloge de son caractère. Il vécut dans la maison d'un prince ;
il souleva contre lui une foule d'hommes
vicieux ou ridicules, qu'il désigna dans son
livre, ou qui s'y crurent désignés ; il eut
tous les ennemis que donne la satire, et
ceux que donnent les succès ; on ne le voit
cependant mêlé dans aucune intrigue,
engagé dans aucune querelle. Cette destinée suppose, à ce qu'il me semble, un
excellent esprit et une conduite sage et
modeste.

« On me l'a dépeint, dit l'abbé d'Olivet,
« comme un philosophe qui ne songeait
« qu'à vivre tranquille avec des amis et des
« livres; faisant un bon choix des uns et
« des autres; ne cherchant ni ne fuyant le
« plaisir; toujours disposé à une joie mo-

« deste, et ingénieux à la faire naître ; poli
« dans ses manières, et sage dans ses dis-
« cours ; craignant toute sorte d'ambition,
« même celle de montrer de l'esprit. » *Hist.
de l'Acad. Franç.*

On conçoit aisément que le philosophe
qui releva avec tant de finesse et de sagacité les vices, les travers et les ridicules,
connaissait trop les hommes pour les rechercher beaucoup ; mais qu'il put aimer la
société sans s'y livrer ; qu'il devait y être
très-réservé dans son ton et dans ses manières ; attentif à ne pas blesser des convenances qu'il sentait si bien, trop accoutumé
enfin à observer dans les autres les défauts
du caractère et les faiblesses de l'amour-
propre, pour ne pas les réprimer en lui-
même.

La Bruyère lut son ouvrage, avant de le
publier, à M. de Malezieux, qui lui dit :
*Mon ami, il y a là de quoi vous faire bien
des lecteurs et bien des ennemis.* En effet
le livre des *Caractères* fit beaucoup de
bruit dès sa naissance. On attribua cet
éclat aux traits satyriques qu'on y remar-
qua, ou qu'on crut y voir ; et l'on ne peut pas
douter que cette circonstance n'y contri-

buât en effet. Peut-être que les hommes en général n'ont ni le goût assez exercé, ni l'esprit assez éclairé pour sentir tout le mérite d'un ouvrage de génie dès le moment où il paraît, et qu'ils ont besoin d'être avertis de ses beautés par quelque passion particulière, qui fixe plus fortement leur attention sur elles. Mais si la malignité hâta le succès du livre de La Bruyère, le tems y a mis le sceau : on l'a réimprimé cent fois ; on l'a traduit dans toutes les langues ; et, ce qui distingue les ouvrages originaux, il a produit une foule de copistes ; car c'est précisément ce qui est inimitable que les esprits médiocres s'efforcent d'imiter.

Sans doute La Bruyère, en peignant les mœurs de son tems, a pris ses modèles dans le monde où il vivait ; mais il peignit les hommes, non en peintre de portrait, qui copie servilement les objets et les formes qu'il a sous les yeux, mais en peintre d'histoire, qui choisit et rassemble différens modèles, qui n'en imite que les traits de caractère et d'effet, et qui sait y ajouter ceux que lui fournit son imagination, pour en former cet ensemble de vérité idéale et

de vérité de nature, qui constitue la perfection des beaux arts.

C'est là le talent du poëte comique : aussi
a-t-on comparé La Bruyère à Molière, et
ce parallèle offre des rapports frappans ;
mais il y a si loin de l'art d'observer des
ridicules et de peindre des caractères isolés,
à celui de les animer et de les faire mouvoir sur la scène, que nous ne nous arrê-
tons pas à ce genre de rapprochement, plus
propre à faire briller le bel esprit qu'à
éclairer le goût. D'ailleurs à qui convient-il
de tenir ainsi la balance entre des hommes
de génie ? On peut bien comparer le degré
de plaisir, la nature des impressions qu'on
reçoit de leurs ouvrages ; mais qui peut
fixer exactement la mesure d'esprit et de
talent qui est entrée dans la composition de
ces mêmes ouvrages ?

On peut considérer La Bruyère comme
moraliste et comme écrivain. Comme moraliste, il paraît moins remarquable par la
profondeur que par la sagacité. Montaigne,
étudiant l'homme en lui-même, avait pénétré plus avant dans les principes essen-
tiels de la nature humaine. La Rochefoucauld a présenté l'homme sous un rapport

plus général, en rapportant à un seul principe le ressort de toutes les actions humaines, La Bruyère s'est attaché particulièrement à observer les différences que le
choc des passions sociales, les habitudes
d'état et de profession, établissent dans
les mœurs et la conduite des hommes.
Montaigne et La Rochefoucauld ont peint
l'homme de tous les tems et de tous les
lieux ; La Bruyère a peint le courtisan,
l'homme de robe, le financier, le bourgeois
du siècle de Louis XIV.

Peut-être que sa vue n'embrassait pas un
grand horizon, et que son esprit avait plus
de pénétration que d'étendue. Il s'attache
trop à peindre les individus, lors même
qu'il traite des plus grandes choses. Ainsi,
dans son chapitre intitulé : *Du souverain
ou de la république*, au milieu de quelques réflexions générales sur les principes
et les vices des gouvernemens, il peint
toujours la cour et la ville, le négociateur
et le nouvelliste. On s'attendait à parcourir avec lui les républiques anciennes
et les monarchies modernes, et l'on est
étonné, à la fin du chapitre, de n'être pas
sorti de Versailles.

Il y a cependant dans ce même chapitre des pensées plus profondes qu'elles ne le paraissent au premier coup-d'œil. J'en citerai quelques-unes ; et je choisirai les plus courtes. « Vous pouvez aujourd'hui, dit-il, « ôter à cette ville ses franchises, ses « droits, ses priviléges ; mais demain ne « songez pas même à réformer ses en- « seignes. »

« Le caractère des français demande du « sérieux dans le souverain. »

« Jeunesse du prince, source des belles « fortunes. » On attaquera peut-être la vérité de cette dernière observation ; mais si elle se trouvait démentie par quelque exemple, ce serait l'éloge du prince, et non la critique de l'observateur.

Un grand nombre des maximes de La Bruyère paraissent aujourd'hui communes ; mais ce n'est pas non plus la faute de La Bruyère. La justesse même, qui fait le mérite et le succès d'une pensée, lorsqu'on la met au jour, doit la rendre bientôt familière et même triviale ; c'est le sort de toutes les vérités d'un usage universel.

On peut croire que La Bruyère avait plus de sens que de philosophie. Il n'est pas exempt de préjugés, même populaires. On voit avec peine qu'il n'était pas éloigné de croire un peu à la magie et au sortilége. « En cela, dit-il, (chap. xiv, *de quelques* « *usages*) il y a un parti à trouver entre « les ames crédules et les esprits forts. » Cependant il a eu l'honneur d'être calomnié comme philosophe; car ce n'est pas de nos jours que ce genre de persécution a été inventé. La guerre que la sottise, le vice et l'hypocrisie ont déclarée à la philosophie est aussi ancienne que la philosophie même, et durera vraisemblablement autant qu'elle. « Il n'est pas permis, dit-il, de traiter quel- « qu'un de philosophe : ce sera toujours « lui dire une injure, jusqu'à ce qu'il ait « plu aux hommes d'en ordonner autre- « ment. » Mais comment se réconciliera-t-on jamais avec cette raison si incommode qui, en attaquant tout ce que les hommes ont de plus cher, leurs passions et leurs habi- tudes, voudrait les forcer à ce qui leur coûte le plus, à réfléchir et à penser par eux-mêmes?

En lisant avec attention les *Caractères* de La Bruyère, il me semble qu'on est moins frappé des pensées que du style; les tour-

nures et les expressions paraissent avoir
quelque chose de plus brillant, de plus fin,
de plus inattendu que le fond des choses
mêmes; et c'est moins l'homme de génie
que le grand écrivain qu'on admire.

Mais le mérite de ce grand écrivain,
quand il ne supposerait pas le génie, suppose une réunion de dons de l'esprit, aussi
rare que le génie.

L'art d'écrire est plus étendu que ne le
pensent la plupart des hommes, la plupart
même de ceux qui font des livres.

Il ne suffit pas de connaître les propriétés
des mots, de les disposer dans un ordre
régulier, de donner même aux membres dé
la phrase une tournure symétrique et har-
monieuse; avec cela on n'est encore qu'un
écrivain correct, et tout au plus élégant.

Le langage n'est que l'interprête de l'ame;
et c'est dans une certaine association des
sentimens et des idées avec les mots qui en
sont les signes, qu'il faut chercher le principe de toutes les propriétés du style.

Les langues sont encore bien pauvres et
bien imparfaites. Il y a une infinité de
nuances, de sentimens et d'idées qui n'ont
point de signes : aussi ne peut-on jamais

exprimer tout ce qu'on sent. D'un autre côté, chaque mot n'exprime pas d'une manière précise et abstraite une idée simple et isolée ; par une association secrète et rapide qui se fait dans l'esprit, un mot réveille encore des idées accessoires à l'idée principale dont il est le signe. Ainsi, par exemple, les mots *cheval* et *coursier, aimer* et *chérir, bonheur* et *félicité,* peuvent servir à désigner le même objet ou le même sentiment, mais avec des nuances qui en changent sensiblement l'effet principal.

Il en est des tours, des figures, des liaisons de phrase, comme des mots ; les uns et les autres ne peuvent représenter que des idées, des vues de l'esprit, et ne les représentent qu'imparfaitement.

Les différentes qualités du style, comme la clarté, l'élégance, l'énergie, la couleur, le mouvement, etc. dépendent donc essentiellement de la nature et du choix des idées ; de l'ordre dans lequel l'esprit les dispose ; des rapports sensibles que l'imagination y attache ; des sentimens enfin que l'ame y associe, et du mouvement qu'elle y imprime,

Le grand secret de varier et de faire
contraster les images, les formes et les
mouvemens du discours, suppose un goût
délicat et éclairé ; l'harmonie, tant des mots
que de la phrase, dépend de la sensibilité
plus ou moins exercée de l'organe ; la correction ne demande que la connaissance
réfléchie de sa langue.

Dans l'art d'écrire, comme dans tous les
beaux arts, les germes du talent sont l'œuvre
de la nature ; et c'est la réflexion qui les
développe et les perfectionne.

Il a pu se rencontrer quelques esprits
qu'un heureux instinct semble avoir dis-
pensés de toute étude, et qui, en s'aban-
donnant sans art aux mouvemens de leur
imagination et de leur pensée, ont écrit
avec grace, avec feu, avec intérêt : mais
ces dons naturels sont rares ; ils ont des
bornes et des imperfections très-marquées,
et ils n'ont jamais suffi pour produire un
grand écrivain.

Je ne parle pas des anciens, chez qui l'é-
locution était un art si étendu et si compliqué ; je citerai Despréaux et Racine, Bossuet et Montesquieu, Voltaire et Rousseau :
ce n'était pas l'instinct qui produisait sous

leur plume ces beautés et ces grands effets
auxquels notre langue doit tant de richesses
et de perfection ; c'était le fruit du génie
sans doute, mais du génie éclairé par des
études et des observations profondes.

Quelque universelle que soit la réputation dont jouit La Bruyère, il paraîtra peut-
être hardi de le placer, comme écrivain,
sur la même ligne que les grands hommes
qu'on vient de citer ; mais ce n'est qu'après
avoir relu, étudié, médité ses Caractères,
que j'ai été frappé de l'art prodigieux et des
beautés sans nombre qui semblent mettre
cet ouvrage au rang de ce qu'il y a de plus
parfait dans notre langue.

Sans doute La Bruyère n'a ni les élans et
les traits sublimes de Bossuet ; ni le nombre,
l'abondance et l'harmonie de Fénélon ; ni
la grace brillante et abandonnée de Voltaire ; ni la sensibilité profonde de Rousseau : mais aucun d'eux ne m'a paru réunir
au même degré la variété, la finesse et
l'originalité des formes et des tours, qui
étonnent dans La Bruyère. Il n'y a peut-
être pas une beauté de style propre à notre
idiome, dont on ne trouve des exemples et
des modèles dans cet écrivain.

Une de ses observations sur les progrès qu'avait faits en France l'art d'écrire, nous révèle à-peu-près son secret. « On écrit « régulièrement depuis vingt années : on « est esclave de la construction : on a en- « richi la langue de nouveaux mots, secoué « le joug du latinisme, et réduit le style à la « phrase purement française : on a mis enfin « dans le discours tout l'ordre et toute la « netteté dont il est capable : cela conduit « insensiblement à y mettre de l'esprit. »

On sent que La Bruyère ne parle dans cette dernière phrase que de l'esprit qu'on peut mettre dans la manière d'exprimer ses pensées, et non dans les pensées elles-mêmes ; et l'on ne doit pas s'étonner qu'il ait recherché avec tant de soin ce qu'il regardait comme le dernier terme de la perfection dans l'art d'écrire,

Despréaux observait, à ce qu'on dit, que La Bruyère, en évitant les transitions, s'était épargné ce qu'il y a de plus difficile dans un ouvrage. Cette observation ne me paraît pas digne d'un si grand maître. Il sa-vait trop bien qu'il y a dans l'art d'écrire des secrets plus importans que celui de trouver ces formules qui servent à lier les idées, et à unir les parties du discours.

Ce n'est point sans doute pour éviter des transitions, que La Bruyère a écrit son livre par fragmens et par pensées détachées. Ce plan convenait mieux à son objet ; mais il s'imposait dans l'exécution une tâche tout autrement difficile que celle dont il s'était dispensé.

L'écueil des ouvrages de ce genre est la monotonie. La Bruyère a senti vivement ce danger ; on peut en juger par les efforts qu'il a faits pour y échapper. Des portraits, des observations de mœurs, des maximes générales, qui se succèdent sans liaison, voilà les matériaux de son livre. Il sera curieux d'observer toutes les ressources qu'il a trouvées dans son génie pour varier à l'infini, dans un cercle si borné, ses tours, ses couleurs et ses mouvemens. Cet examen, intéressant pour tout homme de goût, ne sera peut-être pas sans utilité pour les jeunes gens qui cultivent les lettres et se destinent au grand art de l'éloquence.

Il serait difficile de définir avec précision le caractère distinctif de son esprit : il semble réunir tous les genres d'esprit. Tour-à-tour noble et familier, éloquent et

railleur, fin et profond, amer et gai, il
change avec une extrême mobilité de ton,
de personnage et même de sentiment,
en parlant cependant des mêmes objets.

Et ne croyez pas que ces mouvemens
si divers soient l'explosion naturelle d'une
ame très-sensible, qui, se livrant à l'impression qu'elle reçoit des objets dont elle
est frappée, s'irrite contre un vice, s'in-
digne d'un ridicule, s'enthousiasme pour
les mœurs et la vertu. La Bruyère montre
par-tout les sentimens d'un honnête homme;
mais il n'est ni apôtre, ni misanthrope. Il se
passionne, il est vrai; mais c'est comme le
poëte dramatique qui a des caractères opposés à mettre en action. Racine n'est ni
Néron ni Burrhus; mais il se pénètre fortement des idées et des sentimens qui ap-
partiennent au caractère et à la situation de
ses personnages, et il trouve dans son imagination, exaltée par les sentimens et les
idées dont il est plein, tous les traits dont il
a besoin pour les peindre.

Ne cherchons donc dans le style de La
Bruyère, ni l'expression de son caractère,
ni l'épanchement involontaire de son ame;
mais observons les formes diverses qu'il

prend habilement pour nous intéresser ou nous plaire.

Une grande partie de ses pensées ne pouvaient se présenter que comme les résultats d'une observation tranquille et réfléchie ; mais quelque vérité, quelque finesse, quelque profondeur même qu'il y eût dans les pensées, cette forme froide et monotone aurait bientôt ralenti et fatigué l'attention, si elle eût été trop continûment prolongée.

Le philosophe n'écrit pas seulement pour se faire lire, il veut persuader ce qu'il écrit ; et la conviction de l'esprit, ainsi que l'émotion de l'ame, est toujours proportionnée au degré d'attention que le lecteur donne aux paroles. Quel écrivain a mieux connu l'art de fixer l'attention par la vivacité ou la singularité des tours, et de la réveiller sans cesse par une inépuisable variété ?

Tantôt il se passionne et s'écrie avec une sorte d'enthousiasme : « Je voudrais « qu'il me fût permis de crier de toute « ma force à ces hommes saints qui ont été « autrefois blessés des femmes : Ne les di-« rigez point ; laissez à d'autres le soin de « leur salut. »

Tantôt, par un autre mouvement aussi
extraordinaire, il entre brusquement en
scène : « Fuyez, retirez-vous; vous n'êtes
« pas assez loin..... Je suis, dites-vous, sous
« l'autre tropique..... Passez sous le pôle et
« dans l'autre hémisphère.... M'y voilà.....
« Fort bien ; vous êtes en sûreté. Je décou-
« vre sur la terre un homme avide, insa-
« tiable, inexorable, etc. » C'est dommage
peut-être que la morale qui en résulte n'ait
pas une importance proportionnée au mouvement qui la prépare.

Tantôt c'est avec une raillerie amère ou
plaisante qu'il apostrophe l'homme vicieux
ou ridicule.

« Tu te trompes, Philémon, si avec ce
« carrosse brillant, ce grand nombre de
« coquins qui te suivent, et ces six bêtes
« qui te traînent, tu penses qu'on t'en es-
« time davantage ; on écarte tout cet atti-
« rail, qui t'est étranger, pour pénétrer
« jusqu'à toi, qui n'es qu'un fat. »

« Vous aimez, dans un combat ou pen-
« dant un siége, à paraître en cent endroits,
« pour n'être nulle part ; à prévenir les or-
« dres du général, de peur de les suivre ;
« et à chercher les occasions, plutôt que de

« les attendre et les recevoir : votre valeur
« serait-elle douteuse ? »

Quelquefois une réflexion qui n'est que
sensée, est relevée par une image ou un
rapport éloigné, qui frappe l'esprit d'une
manière inattendue. « Après l'esprit de dis-
« cernement, ce qu'il y a au monde de plus
« rare, ce sont les diamans et les perles. »
Si La Bruyère avait dit simplement que rien
n'est plus rare que l'esprit de discernement,
on n'aurait pas trouvé cette réflexion digne
d'être écrite.

C'est par des tournures semblables qu'il
sait attacher l'esprit sur des observations
qui n'ont rien de neuf pour le fond, mais qui
deviennent piquantes par un certain air de
naïveté sous lequel il sait déguiser la satire.

« Il n'est pas absolument impossible
« qu'une personne qui se trouve dans une
« grande faveur, perde son procès. »

« C'est une grande simplicité que d'ap-
« porter la moindre roture, et de n'y être
« pas gentilhomme. »

Il emploie la même finesse de tour dans
le portrait d'un fat, lorsqu'il dit : « Iphis
« met du rouge, mais rarement ; il n'en fait
« pas habitude. »

Il serait difficile de n'être pas vivement frappé du tour aussi fin qu'énergique qu'il donne à la pensée suivante, malheureusement aussi vraie que profonde : « Un grand « dit de Timagène, votre ami, qu'il est un « sot, et il se trompe. Je ne demande pas « que vous répliquiez qu'il est homme d'es- « prit ; osez seulement penser qu'il n'est « pas un sot. »

C'est dans les portraits sur-tout, que La Bruyère a eu besoin de toutes les ressources de son talent. Il interroge ; il a l'air de sortir d'une méditation profonde ; il met en scène les personnages qu'il veut peindre ; il se met lui-même en scène avec eux. Il est presque toujours dramatique.

Théophraste, que La Bruyère a traduit, n'emploie pour peindre ses caractères que la forme d'énumération ou de description. En admirant beaucoup l'écrivain grec, La Bruyère n'a eu garde de l'imiter, ou si quelquefois il procède comme lui par énumération, il sait ranimer cette forme languissante par un art dont on ne trouve ailleurs aucun exemple.

Relisez les portraits du riche et du pauvre : « Giton a le teint frais, le visage plein,

« la démarche ferme , etc. Phédon a les
« yeux creux, le teint échauffé, etc.; » et
voyez comment ces mots, IL EST RICHE, IL
EST PAUVRE, rejetés à la fin des deux portraits, frappent comme deux coups de lumière qui, en se réfléchissant sur les traits
qui précèdent, y répandent un nouveau
jour et leur donnent un effet extraordinaire.

Quelle énergie dans le choix des traits
dont il peint ce vieillard presque mourant,
qui a la manie de planter, de bâtir, de faire
des projets pour un avenir qu'il ne verra
point ! « Il fait bâtir une maison de pierres
« de taille, raffermie dans les encoignures
« par des mains de fer, et dont il assure,
« en toussant et avec une voix frêle et dé-
« bile, qu'on ne verra jamais la fin. Il se
« promène tous les jours dans ses ateliers
« sur les bras d'un valet qui le soulage : il
« montre à ses amis ce qu'il a fait, et leur
« dit ce qu'il a dessein de faire. Ce n'est pas
« pour ses enfans qu'il bâtit, car il n'en a
« point ; ni pour ses héritiers, personnes
« viles et qui sont brouillées avec lui : c'est
« pour lui seul, et il mourra demain. »

Ailleurs il nous donne le portrait d'une
femme aimable, comme un fragment im-

parfait trouvé par hasard ; et ce portrait est
charmant : je ne puis me refuser au plaisir
d'en citer un passage. « Loin de s'appliquer
« à vous contredire avec esprit, *Arténice*
« s'approprie vos sentimens ; elle les croit
« siens ; elle les étend , elle les embellit :
« vous êtes content de vous d'avoir pensé si
« bien , et d'avoir mieux dit encore que vous
« n'aviez cru. Elle est toujours au-dessus
« de la vanité , soit qu'elle parle, soit qu'elle
« écrive : elle oublie les traits où il faut des
« raisons ; elle a déjà compris que la simpli-
« cité peut être éloquente. »

Comment donnera-t-il plus de saillie au
ridicule d'une femme du monde qui ne
s'aperçoit pas qu'elle vieillit, et qui s'étonne
d'éprouver la faiblesse et les incommodités
qu'amènent l'âge et une vie trop molle ? Il
en fait un apologue. C'est *Irène* qui va au
temple d'Epidaure consulter Esculape. D'a-
bord elle se plaint qu'elle est fatiguée :
« l'oracle prononce que c'est par la lon-
« gueur du chemin qu'elle vient de faire.
« Elle déclare que le vin lui est nuisible ;
« l'oracle lui dit de boire de l'eau. Ma vue
« s'affaiblit , dit Irène. Prenez des lunettes ,
« dit Esculape. Je m'affaiblis moi-même ,

« continue-t-elle ; je ne suis ni si forte ni si
« saine que je l'ai été. C'est , dit le dieu , que
« vous vieillissez. Mais quel moyen de gué-
« rir de cette langueur ? Le plus court ,
« Irène , c'est de mourir ; comme ont fait
« votre mère et votre aïeule. » A ce dia-
logue , d'une tournure naive et originale ,
substituez une simple description à la manière de Théophraste , et vous verrez comment la même pensée peut paraître com-
mune ou piquante , suivant que l'esprit et
l'imagination sont plus ou moins intéressés
par les idées et les sentimens accessoires
dont l'écrivain a su l'embellir.

La Bruyère emploie souvent cette forme
d'apologue , et presque toujours avec autant d'esprit que de goût. Il y a peu de
chose dans notre langue d'aussi parfait que
l'histoire d'*Emire*. C'est un petit roman plein
de finesse , de grâce et même d'intérêt.

Ce n'est pas seulement par la nouveauté
et par la variété des mouvemens et des tours
que le talent de La Bruyère se fait remarquer ; c'est encore par un choix d'expressions vives , figurées , pittoresques ; c'est
sur-tout par ces heureuses alliances de
mots , ressource féconde des grands écri-

vains , dans une langue qui ne permet pas,
comme presque toutes les autres , de créer
ou de composer des mots , ni d'en trans-
planter d'un idiome étranger.

« Tout excellent écrivain est excellent
« peintre , » dit La Bruyère lui-même ; et
il le prouve dans tout le cours de son livre.
Tout vit et s'anime sous son pinceau , tout
y parle à l'imagination : « La véritable gran-
« deur se laisse *toucher et manier*. . . . elle
« *se courbe* avec bonté vers ses inférieurs ,
« et *revient* sans effort à son naturel. »

« Il n'y a rien , dit-il ailleurs , qui mette
« plus subitement un homme à la mode , et
« qui le *soulève* davantage , que le grand
« jeu. »

Veut-il peindre ces hommes qui n'osent
avoir un avis sur un ouvrage avant de savoir le jugement du public : « Ils ne hasar-
« dent point leurs suffrages. Ils veulent être
« *portés par la foule* et *entraînés* par la
« multitude. »

Veut-il tourner en ridicule la manie du
fleuriste ; il vous le montre *planté* et ayant
pris racine devant ses tulipes. Il en fait un
arbre de son jardin. Cette figure hardie est
piquante , sur-tout par l'analogie des objets.

« Il n'y a rien qui rafraîchisse le sang comme d'avoir su éviter une sottise. » C'est une figure heureuse que celle qui transforme ainsi en sensation le sentiment qu'on veut exprimer.

L'énergie de l'expression dépend de la force avec laquelle l'écrivain s'est pénétré du sentiment ou de l'idée qu'il a voulu rendre. Ainsi La Bruyère s'élevant contre l'usage des sermens , dit : « Un honnête « homme qui dit *oui* ou *non* , mérite d'être « cru : son caractère *jure* pour lui. »

Il est d'autres figures de style, d'un effet moins frappant , parce que les rapports qu'elles expriment demandent , pour être saisis , plus de finesse et d'attention dans l'esprit : je n'en citerai qu'un exemple.

« Il y a dans quelques femmes un *mérite* « *paisible* , mais solide , accompagné de « mille vertus qu'elles ne peuvent *couvrir* « de toute leur modestie. »

Ce *mérite paisible* offre à l'esprit une combinaison d'idées fines et délicates , qui doit, ce me semble, plaire d'autant plus qu'on aura le goût plus délicat et plus exercé.

En parlant de ces artifices de toilette , par lesquels les femmes gâtent souvent leurs

gráces naturelles, il dit : « Ce n'est pas sans
« peine qu'elles plaisent moins. » Il faut
un peu d'attention pour saisir la finesse de
cette tournure.

Mais les grands effets de l'art d'écrire,
comme de tous les arts, tiennent sur-tout
aux contrastes.

Ce sont les rapprochemens ou les oppo-
sitions de sentimens et d'idées, de formes
et de couleurs qui, faisant ressortir tous
les objets les uns par les autres, répandent
dans une composition la variété, le mouvement et la vie. Aucun écrivain peut - être
n'a mieux connu ce secret, et n'en a fait un
plus heureux usage que La Bruyère. Il a
un grand nombre de pensées qui n'ont d'effet que par le contraste.

« Il s'est trouvé des filles qui avaient de
« la vertu, de la santé, de la ferveur et une
« bonne vocation ; mais qui n'étaient pas
« assez riches pour faire dans une riche
« abbaye vœu de pauvreté. »

Ce dernier trait, rejeté si heureusement
à la fin de la période pour donner plus de
saillie au contraste, n'échappera pas à ceux
qui aiment à observer dans les productions
des arts les procédés de l'artiste. Mettez à

la place, « qui n'étaient pas assez riches
« pour faire vœu de pauvreté dans une
« riche abbaye ; » et voyez combien cette
légère transposition, quoique peut-être plus
favorable à l'harmonie, affaiblirait l'effet de
la phrase. Ce sont ces artifices que les anciens recherchaient avec tant d'étude, et
que les modernes négligent trop. Lorsqu'on
en trouve des exemples chez nos bons écrivains, il semble que c'est plutôt l'effet de
l'instinct que de la réflexion.

Montesquieu cite ce beau trait de Florus,
lorsqu'il nous montre Scipion, encore enfant, qui croît pour la ruine de l'Afrique :
Qui in exitium Africæ crescit. Ce rapport supposé entre deux faits naturellement
indépendans l'un de l'autre, plaît à l'imagination et attache l'esprit. Je trouve un
effet semblable dans cette pensée de La
Bruyère :

« Pendant qu'Oronte augmente, avec
« ses années, son fonds et ses revenus,
« une fille naît dans quelque famille, s'é-
« lève, croît, embellit et entre dans sa
« seizième année : il se fait prier à cin-
« quante ans pour l'épouser, jeune, belle,
« spirituelle : cet homme sans naissance,

« sans esprit et sans le moindre mérite, est
« préféré à tous ses rivaux. »

Si je voulais, par un seul passage, donner
à-la-fois une idée du grand talent de La
Bruyère et un exemple frappant de la puissance des contrastes dans le style, je cite-
rais ce bel apologue qui contient la plus
éloquente satire du faste insolent et scandaleux des parvenus.

« Ni les troubles, Zénobie, qui agitent
« votre empire, ni la guerre que vous sou-
« tenez virilement contre une nation puis-
« sante, depuis la mort du roi votre époux,
« ne diminuent rien de votre magnificence :
« vous avez préféré à toute autre contrée
« les rives de l'Euphrate, pour y élever un
« superbe édifice ; l'air y est sain et tem-
« péré, la situation en est riante ; un bois
« sacré l'ombrage du côté du couchant ; les
« dieux de Syrie, qui habitent quelquefois
« la terre, n'y auraient pu choisir une plus
« belle demeure. La campagne autour est
« couverte d'hommes qui taillent et qui
« coupent, qui vont et qui viennent, qui
« roulent ou qui charrient le bois du Liban,
« l'airain et le porphyre : les grues et les
« machines gémissent dans l'air, et font es-

« pérer à ceux qui voyagent vers l'Arabie,
« de revoir à leur retour en leurs foyers ce
« palais achevé, et dans cette splendeur où
« vous désirez de le porter, avant de l'ha-
« biter vous et les princes vos enfans. N'y
« épargnez rien, grande reine : employez-y
« l'or et tout l'art des plus excellens ou-
« vriers ; que les Phidias et les Zeuxis de
« votre siècle déploient toute leur science
« sur vos plafonds et sur vos lambris : tra-
« cez-y de vastes et de délicieux jardins,
« dont l'enchantement soit tel qu'ils ne pa-
« raissent pas faits de la main des hommes :
« épuisez vos trésors et votre industrie sur
« cet ouvrage incomparable ; et après que
« vous y aurez mis, Zénobie, la dernière
« main, quelqu'un de ces pâtres qui habi-
« tent les sables voisins de Palmyre, de-
« venu riche par les péages de vos rivières,
« achètera un jour à deniers comptans
« cette royale maison, pour l'embellir et
« la rendre plus digne de lui et de sa for-
« tune. »

Si l'on examine avec attention tous les
détails de ce beau tableau, on verra que
tout y est préparé, disposé, gradué avec
un art infini pour produire un grand effet.

Quelle noblesse dans le début ! quelle importance on donne au projet de ce palais ! que de circonstances adroitement accumulées pour en relever la magnificence et la beauté ! et quand l'imagination a été bien pénétrée de la grandeur de l'objet, l'auteur amène un *pâtre*, enrichi *du péage des rivières*, qui achète *à deniers comptans* cette *royale* maison, *pour l'*EMBELLIR *et la rendre* PLUS DIGNE DE LUI.

Il est bien extraordinaire qu'un homme qui a enrichi notre langue de tant de formes nouvelles, et qui avait fait de l'art d'écrire une étude si approfondie, ait laissé dans son style des négligences, et même des fautes qu'on reprocherait à de médiocres écrivains. Sa phrase est souvent embarrassée ; il a des constructions vicieuses, des expressions incorrectes, ou qui ont vieilli. On ne dirait plus aujourd'hui, en parlant de la peinture que fait Théophraste des athéniens : *Nous admirons de nous y reconnaître nous-mêmes.* On a pu dire comme La Bruyère : *Dans l'esprit de contenter ceux qui*, etc., pour dire *dans la vue de contenter*, etc. Mais il dit dans la préface de son discours de réception à l'Académie :

Le lendemain de la prononciation de ma harangue ; je doute que cette locution ait jamais été autorisée dans notre langue.

Il me semble que La Bruyère avait encore plus d'imagination que de goût, et qu'il recherchait plus la finesse et l'énergie des tours, que l'élégance et l'harmonie de la phrase.

Je ne rapporterai aucun exemple de ces défauts, que tout le monde peut relever aisément ; mais il peut être utile de remarquer des fautes d'un autre genre, qui sont plutôt de recherche que de négligence, et sur lesquelles la réputation de l'auteur pourrait en imposer aux personnes qui n'ont pas un goût assez sûr et assez exercé.

N'est-ce pas exprimer, par exemple, une idée peut-être fausse par une image bien forcée et même obscure, que de dire : « Si « la pauvreté est la mère des crimes, le « défaut d'esprit en est le père. »

La comparaison suivante ne paraît pas d'un goût bien délicat : « Il faut juger « des femmes depuis la chaussure jusqu'à « la coiffure exclusivement ; à-peu-près « comme on mesure le poisson, entre tête « et queue. »

On trouverait aussi quelques traits d'un
style précieux et maniéré. Marivaux aurait
pu revendiquer cette pensée : « Personne
« presque ne s'avise de lui-même du mérite
« d'un autre. »

Mais ces taches sont rares dans La
Bruyère. On sent que c'était l'effet du soin
même qu'il prenait de varier ses tournures
et ses images ; et elles sont effacées par les
beautés sans nombre dont brille son ouvrage.

Je terminerai cette analyse par observer
que cet écrivain , si original , si hardi , si
ingénieux et si varié , eut de la peine à être
admis à l'Académie française ; après avoir
publié ses *Caractères*. Il eut besoin de crédit pour vaincre l'opposition de quelques
gens de lettres qu'il avait offensés , et les
clameurs de cette foule d'hommes malheureux , qui , dans tous les tems , sont impor-
tunés des grands talens et des grands succès :
mais La Bruyère avait pour lui Bossuet ,
Racine, Despréaux et le cri public ; il fut
reçu. Son discours est un des plus ingénieux qui aient été prononcés dans cette
Académie. Il est le premier qui ait loué

des académiciens vivans. On se rappelle
encore les traits heureux dont il caracté-
risa Bossuet, Lafontaine et Despréaux. Les
ennemis de l'auteur affectèrent de regarder
ce discours comme une satire. Ils intri-
guèrent pour en faire défendre l'impression ; et, n'ayant pu y réussir, ils le firent
déchirer dans les journaux, qui dès-lors
étaient déjà, pour la plupart, des instrumens de la malignité et de l'envie entre
les mains de la bassesse et de la sottise. On
vit éclore une foule d'épigrammes et de
chansons, où la rage est égale à la plati-
tude, et qui sont tombées dans le profond
oubli qu'elles méritent. On aura peut-être
peine à croire que ce soit pour l'auteur des
Caractères qu'on a fait ce couplet : ·

> Quand La Bruyère se présente,
> Pourquoi faut-il crier haro ?
> Pour faire un nombre de quarante
> Ne fallait-il pas un zéro ?

Cette plaisanterie a été trouvée si bonne
qu'on l'a renouvelée depuis à la réception
de plusieurs académiciens.

Que reste-t-il de cette lutte éternelle de
la médiocrité contre le génie ? Les épigrammes et les libelles ont bientôt dis-

paru ; les bons ouvrages restent , et la mémoire de leurs auteurs est honorée et chérie
par la postérité.

Cette réflexion devrait consoler les
hommes supérieurs, dont l'envie s'efforce
de flétrir les succès et les travaux ; mais
la passion de la gloire, comme toutes les
autres, est impatiente de jouir ; l'attente
est pénible, et il est toujours triste d'avoir
besoin d'être consolé.

S.

La notice précédente a été imprimée à la tête de
plusieurs éditions de La Bruyère. On la réimprime
ici avec des additions et des corrections.

LETTRE

DE M. MALOUET,

A M. SUARD.

———

CE n'est donc pas assez pour vous, Monsieur, de m'avoir entendu conter mon
histoire de galérien, vous voulez que je
l'écrive : je vais vous satisfaire; mais je
l'avais abrégée, et je ne vous ferai grace
aujourd'hui d'aucun détail. Vous n'avez
jamais vu de galérien ; vous ne connaissez
pas leur affreux domicile ; il faut vous présenter ce triste tableau, vous montrer l'intérieur du bagne de Toulon, au moment
où la voix des cômes et le retentissement
des chaînes annonçaient l'arrivée de l'intendant de la marine. C'est sûrement dans
un bagne que Milton avait pris les couleurs
dont il peint la réunion des esprits infer-
naux; et cependant ce sentiment d'horreur
doit être tempéré par celui de la pitié; car
ce séjour du crime peut être aussi, comme
vous allez le voir, celui de l'innocence.

Figurez-vous des salles immenses, garnies
de lits de camp, sur lesquels six cents
hommes sont enchaînés dans chaque salle.
Là, se trouvaient pêle-mêle les voleurs,
les assassins, les faussaires, les contreban-
diers, les déserteurs. On y voyait des gens
de tous états. Les salles sont des ateliers
de toute espèce de métiers, et il n'est pas
rare que la corruption des hommes libres
mette en œuvre celle des forçats, et vienne
chercher dans un bagne les crimes dont
elle a besoin. Les faussaires sur-tout y
sont très-employés : j'ai vu un capucin,
condamné pour de fausses lettres-de-change,
fabriquant à la chaîne des dispenses de
ban, avec les sceaux de son évêque qu'il
s'était procurés. Au moment de l'inspec-
tion, les travaux cessent ; ces malheureux
se lèvent, leur bonnet à la main : on brûle
des parfums, et un silence morne précède un bruit épouvantable, qui est celui
du salut des chaînes, et de la voix de
ces six-cents misérables. Concevez-vous
que la vanité du pouvoir ait imaginé ce
genre d'étiquette dans l'asile du crime, et
du malheur ? Vous croyez bien que je
ne l'ai subi qu'une fois. — Mon premier

soin fut de diviser les malfaiteurs par classes,
et de séparer les moins coupables ; précaution nécessaire pour ne pas aggraver leur
châtiment ! car la société d'un scélérat est
aussi avilissante que funeste pour celui
dont la corruption serait susceptible d'a-
mendement. Il est difficile de se faire une
idée de l'excès de dépravation qui se mani-
feste dans ces rassemblemens de criminels :
on sait à quel degré de dégradation peut
conduire l'habitude du crime, et celle des
mauvaises mœurs ; mais ce qu'on ne sait
pas, ce qu'on aurait peine à croire, c'est
que, parmi les scélérats enchaînés, il y a
une sorte de point d'honneur, qui consiste
à se vanter entre eux de leurs crimes, à se
les raconter avec exagération, et à se disputer la palme de la scélératesse. La nécessité de surveiller leurs mouvemens impose aux officiers chargés de cette police
l'obligation d'être instruits de tous leurs
entretiens, et d'en rendre compte à l'intendant, quand il y a quelque apparence de
complot. C'est ainsi que je fus un jour averti
d'une conversation fort étrange qui avait
eu lieu à l'hôpital entre deux forçats.

En 1784, on conduisit au bagne de Toulon

un jeune homme de 24 ans, condamné à
Avignon aux galères perpétuelles, comme
prévenu d'avoir assassiné un marchand de
Nismes qui, avant de mourir, avait donné
le signalement de son assassin, et avait dit
quand on lui présenta le malheureux jeune
homme : *c'est lui-même : ils étaient deux,
il en est un.* Son procès lui fut fait par
la chambre criminelle ; on l'appliqua à la
question ordinaire et extraordinaire ; il la
soutint en persistant à se déclarer innocent,
et comme il n'y avait d'autre charge contre
lui, que la déposition du mourant, on ne
prononça pas la peine de mort, mais celle
des galères perpétuelles. Il était dans un
état de santé déplorable, le commissaire du
bagne le fit mettre à l'hôpital. Au moment où il entrait dans la salle des fiévreux,
un des forçats malades le regarda avec
beaucoup d'attention, et dit à son voisin :
*C'est lui-même : le pauvre diable me fait
pitié ; il est ici pour mon compte.* Sur
quoi le voisin avait répliqué : Mais quoique
vous soyez de la même taille, vous ne
vous ressemblez pas ; comment a-t-il été
pris pour toi ? — Je t'ai dit que nous avions
dîné à table d'hôte, nous étions vêtus de

même, on l'arrêta, et je me sauvai ; le marchand crut le reconnaître, et on lui fit son
procès. Je restai, moi, tranquillement à
Avignon, et j'y serais encore, si ce misérable vol de bas de soie n'avait été
découvert.

Cette conversation avait été entendue
par un infirmier ; et le commissaire, après
en avoir dressé procès-verbal, me le remit,
signé de lui et de l'infirmier. Je chargeai
sur-le-champ le prévôt de la marine d'aller interroger les deux forçats désignés,
de les confronter avec l'infirmier ; et je me
rendis moi-même au bureau des Chiourmes,
où je fis conduire le jeune infortuné, dont
l'innocence présumée m'inspirait le plus
vif intérêt. Il avait la fièvre, et traînait avec
peine sa lourde chaîne ; mais il était prévenu de la déclaration de l'infirmier, un
rayon d'espérance brillait déjà sur son
visage flétri par la douleur. Aussitôt qu'il
m'aperçut, il se mit à genoux, et s'écria
du ton le plus pénétrant : *Monsieur, vous
aurez pitié de moi, je suis innocent.* Je le
fis asseoir ; il ne pouvait se soutenir ; il était
d'une haute taille, et de la plus belle figure,
mais tout tremblant de la fièvre, et du mal-

heur de sa situation. Je tâchai de le rassurer;
je lui promis de ne rien négliger pour le
faire reconnaître innocent s'il l'était en
effet; et je l'interrogeai sur tous les détails
de son aventure, qu'il me raconta à-peu-
près en ces termes : « Mon nom est N...;
je suis né à Lucques où mon père est
sénateur; il m'a destiné au commerce,
et m'a envoyé, il y a trois ans, à Nismes,
chez M. N..., son correspondant; j'y ai
passé un an, et je me rendis, il y a vingt
mois, à la foire d'Avignon, ayant des lettres
de recommandation et une traite de cinquante louis, sur M. N..., marchand de soie
de cette ville. J'y étais à l'auberge depuis huit
jours, vivant à table d'hôte; l'excessive
chaleur du mois d'août nous avait fait prendre l'habitude à tous de quitter nos habits,
et de dîner en veste; j'allais même quelquefois, après le coucher du soleil, me promener en veste. Le huitième jour après mon
arrivée, un des étrangers avec lesquels
j'avais dîné, fut assassiné à neuf heures du
soir, hors de la porte de Rome, et le soir
même, à onze heures, on vint m'arrêter à
l'auberge. On me conduisit auprès de cet
homme mourant, qui crut me reconnaître

à ma veste brune, à ma taille, et me désigna enfin comme son assassin; il parlait
très-difficilement, et mourut dans la nuit.
On me mit dans un cachot où je suis resté
dix-huit mois; j'ai fait appeler en témoignage
le marchand auquel j'ai été adressé, qui a
déclaré que je lui avais été recommandé,
qu'il m'avait payé une lettre-de-change
de cinquante louis; mais comme j'en avais
quatre-vingts quand j'ai été arrêté, on
a conclu que les trente autres étaient
volés. J'ai écrit à mon correspondant de
Nismes, et n'en ai reçu aucune réponse,
soit qu'on ait soustrait ses lettres, ou qu'il
m'ait abandonné; je me suis aussi adressé
inutilement à mes parens à Lucques et à
Florence : aucune réponse, aucune con-
solation ne me sont parvenues dans mon
cachot, pendant le long espace de dix-
huit mois. Vous, Monsieur, et l'infirmier
de l'hôpital, êtes les seuls hommes qui
paraissez sensibles à mon malheur!... » Ce
récit simple et touchant m'émut profondément.

Je fis prendre des notes de tout ce qu'il
m'avait dit, et les différentes adresses des
personnes qu'il m'avait nommées; mais

il me pria de ne point écrire à son père,
ou à ses parens, il ne voulait pas que sa
famille fût instruite de son horrible destinée avant d'avoir la certitude de son innocence. Je lui fis ôter la grosse chaîne dont
il était accablé ; on ne lui laissa qu'un
anneau, et je le renvoyai dans une autre
salle de l'hôpital, en le recommandant au
commissaire.

Pendant ma séance au bureau des Chiourmes, le prévôt faisait subir interrogatoire
aux forçats et à l'infirmier : celui-ci persista dans sa déclaration ; mais le véritable
assassin rétracta la sienne, du ton le plus
positif ; il soutint qu'il avait dans sa fièvre
des accès de délire, et que ce qu'il pouvait avoir dit dans cet état était très-insi-
gnifiant. On fit appeler le médecin, qui
certifia qu'il n'avait aperçu, dans le cours
de la maladie de cet homme, aucun signe
de délire. Le scélérat n'en persista pas
moins dans ses dénégations ; et ce qu'il y
eut de plus embarrassant, c'est que l'autre
interlocuteur, son camarade, nia aussi
très-obstinément qu'il eût été question entr'eux de la conversation dénoncée par
l'infirmier. Le prévôt et le procureur du

roi n'en furent pas moins convaincus de
la vérité de son rapport; mais je ne pouvais donner suite à ce commencement d'informations, qu'en en transmettant les pièces
au vice-légat d'Avignon, et en lui proposant
de faire transférer devant son tribunal les
prévenus et le malheureux jeune homme
qui lui demandait la permission de se pour-
voir en cour de Rome, pour la révision
de son procès. J'obtins à cet effet de M.
le maréchal de Castries l'autorisation
nécessaire et une recommandation très-
pressante de la part du roi; mais le vice-
légat, avec lequel j'entrai en correspon-
dance, fut inflexible dans son obstination à
me refuser la révision du procès et la trans-
lation dans les prisons du principal accusé.
Cependant j'avais écrit au procureur du roi
de Nismes et aux deux négocians corres-
pondans du jeune homme; j'en avais reçu les
informations les plus satisfaisantes sur son
caractère et sa bonne conduite. Ils préten-
daient même avoir fait des démarches inutiles en sa faveur, pendant le cours du procès. Ils rendaient compte à sa décharge
de la somme qu'on lui avait trouvée au
moment de son arrestation; enfin son in-

nocence m'était démontrée, et je l'avais fait placer hors du bagne, dans l'enceinte du bureau des Chiourmes, où il avait pour société le plus honnête et le plus intéressant des forçats, que je veux aussi vous faire connaître. Je ne voyais plus d'autre ressource, pour obtenir la justification et l'élargissement du jeune italien, que de faire traiter son affaire directement par l'ambassadeur de S. M. auprès du Saint-Siége ; et M. le maréchal de Castries s'en occupait, lorsque la Providence permit que le véritable assassin renouvelât solemnellement la confession de son crime. Il venait d'en commettre un autre ; il avait donné un coup de couteau à un des archers de la garde, et il fut condamné à être pendu. Au moment de l'exécution, le prévôt de la marine et le prêtre qui l'assistait obtinrent de lui un aveu public et détaillé de l'assassinat du marchand de Nismes. J'envoyai sur-le-champ le procès-verbal au ministre, et j'en reçus, en réponse, la lettre du roi, qui ordonnait la mise en liberté de N..., *faussement accusé, et injustement condamné*, etc. Comme il s'y attendait, il avait fait ses dispositions

pour partir tout de suite pour Rome , et
l'on imagine bien qu'en sortant de l'arsenal,
il se rendit chez moi. On l'annonça sous
son nom de famille, qui fut mal prononcé ;
et comme je ne l'avais vu qu'en veste , les
cheveux plats, l'air triste et malheureux, un
très-beau jeune homme, parfaitement vêtu ,
et dont le nom m'était inconnu , ne me re-
présentait plus mon pauvre galérien. Il
y avait beaucoup de monde chez moi ; je
le reçus comme un étranger ; mais il se
fit bientôt connaître, en se jetant à mes
pieds , qu'il arrosait de ses larmes. Je
l'embrassai avec affection ; j'étais aussi
heureux que lui ; je le présentai à la compagnie , aussi émue que moi de cette scène
attendrissante. Je ne répéterai point ici
tout ce que sa reconnaissance lui suggéra
de tendre et d'aimable pour moi ; il me
baisait les mains à chaque instant ; il prit
mon fils entre ses bras , et le couvrit de
larmes. Je voulus le retenir vingt-quatre
heures à Toulon ; mais il était pressé de
revoir ses parens, de faire casser à Rome
le jugement qui l'avait flétri. Sa voiture l'attendait à ma porte ; il passa une heure
seulement chez moi, intéressant fort tous

ceux qui s'y trouvaient, et qui connaissaient
tous sa déplorable histoire. J'ignore depuis
ce qu'il est devenu ; j'ai reçu une seule lettre
de lui après son arrivée dans sa famille.

L'autre forçat, dont je vous ai parlé, avait
volé à l'âge de seize ans, vingt louis à son
oncle, prieur de ***, qui l'élevait près de lui.
Cet homme eut la barbarie de dénoncer
son neveu et de le faire arrêter : on lui fit
son procès, et il fut condamné à vingt ans
de galères ; il y en avait dix qu'il était au
bagne, quand j'arrivai à Toulon, et dans cet
espace de tems, ce bon jeune homme avait
tellement expié son crime, par sa résigna-
tion et sa conduite exemplaire, qu'il avait
pour amis, pour protecteurs tous les officiers supérieurs. Religieux sans bigoterie,
humble sans bassesse, sa douce physionomie commandait la bienveillance. Il ne parlait de son oncle qu'avec respect, et de
sa faute que comme étant trop doucement
punie, d'après l'indulgence qu'on lui té-
moignait. Il avait employé à son instruction
ce tems d'expiation ; il était devenu calcula-
teur habile ; il parlait et écrivait purement ;
on le laissait libre dans une petite chambre,
où il vivait seul, ayant la permission de se

promener dans l'arsenal ; j'y ajoutai celle
d'aller en ville, dont il n'usa jamais que pour
aller à l'église, ou chez le négociant qui lui
procurait des secours. Enfin, sur la pro-
position du commissaire, je le chargeai de
la tenue des rôles et du contrôle des dis-
tributions de vivres, dont il s'acquitta avec
une fidélité et une intelligence rares. J'aimais à le rencontrer dans l'arsenal et à
causer avec lui ; je lui annonçai un jour que
je sollicitais sa grace. J'avais écrit en effet
à M. le maréchal de Castries : mais je fus
très-étonné de ses instances pour ne donner
aucune suite à cette démarche. C'est très-
sincèrement, Monsieur, me dit-il, que je
vous prie de me laisser dans l'état où vous
avez eu la bonté de me placer ; je suis résolu
à y passer ma vie, à ne jamais reparaître
dans le monde, à ne jamais quitter mon
poste dans l'arsenal ; j'y suis connu maintenant et pardonné : on me traite avec une
extrême bienveillance ; vous daignez m'employer avec confiance ; je ne retrouverais
rien de tout cela dans ma famille, que mon
apparition, revenant des galères, couvrirait
de honte. Si je vais dans une autre ville que
la mienne, je serai obligé de cacher mon

nom et mon aventure; je serais perpétuel-
lement dans un état d'humiliation et de mensonge. Ici, le théâtre de mon supplice
ayant été celui de mon repentir et de mon
expiation, on a la bonté de me tenir compte
de mes regrets, de ma meilleure conduite;
laissez-moi jouir de votre protection, de
votre intérêt, qui me consolent; je ne con-
sentirai jamais à sortir de l'arsenal, à moins
qu'on ne m'en chasse. —Vous imaginez bien
que je fus très-touché de cette déclaration,
et que je n'en fus pas moins empressé de
solliciter les lettres de grace; mais il était
de règle à la chancellerie de n'en point
expédier pour les galères à tems, et dans
les cas de vol domestique. Le garde des
sceaux résista à mes instances, et même à
celles du maréchal de Castries, qui m'au-
torisa à continuer à cet intéressant captif,
toute la protection qu'il méritait, de sorte
qu'il n'avait plus aucun signe de flétrissure.
Il travaillait au bureau des Chiourmes avec
un traitement convenable, et je l'ai laissé
dans cette situation, où je suppose qu'il
est encore.

LETTRE

ÉCRITE D'ANGERS,

PAR UN PÈRE A SON FILS.

J'AI lu avec plaisir tout ce que vous me mandez de l'effet qu'ont produit sur vous les débuts de la comédie française. Souvenez-vous, mon enfant, que dans le monde, encore plus qu'au spectacle, il faut s'accoutumer à se rendre compte de ce qu'on éprouve; de ce qui a pu plaire, afin de savoir en renouveler l'impression; de ce qui a blessé, pour en adoucir l'effet par la réflexion et l'indulgence.

J'ai été beaucoup moins content de ce que vous semblez m'apprendre avec une satisfaction que je ne puis approuver. Le parterre, dites-vous, a fait preuve de galanterie, en forçant ce jour-là quelques hommes impolis à quitter les places de devant, qu'ils occupaient dans une loge, sans égard pour des femmes arrivées malheureusement après eux. Je loue, mon fils, le zèle qui vous abuse; mais si je me fusse

trouvé ce jour-là au spectacle avec votre
sœur , et que la personne à qui on eût
voulu me forcer de céder ma place à côté
d'elle se fût trouvée par hasard une de ces
méprisables créatures sur lesquelles une
femme honnête ose à peine arrêter ses
yeux, la *galanterie* du parterre vous eût-
elle paru bien entendue ? Ah ! ce mot ne
peut plus nous convenir , pas plus que la
chose qu'il exprime.

Avant de prétendre aux grâces de la
galanterie , il faut s'être pénétré du sentiment des convenances : mais où le puiser
le sentiment de ces convenances, que rien
ne nous indique plus ? Tout s'est confondu
sans s'égaliser. La femme enrichie tient à
la femme du monde par son costume , à
celle du peuple par son éducation. La femme
estimable , du moins par la décence de sa
conduite, n'a plus rien autour d'elle qui la
fasse distinguer de celles qu'il faudrait mé-
priser , ne fût-ce que pour l'indécence de
leurs manières.

Il existe à peine dans le monde une ligne
de démarcation entre ce qu'on appelait
autrefois *la bonne* et *la mauvaise compagnie.* Il n'en existe aucune dans les lieux

publics, entre la plus intéressante et la plus
vile partie de la société. Autrefois des places
particulières au spectacle étaient destinées
à ce qu'on était convenu d'appeler *les filles*;
la plus élégante d'entr'elles n'eût osé se faire
voir dans les places réservées aux femmes
de la société. Le public en excluait aussi
celles dont le costume faisait présumer une
éducation trop vulgaire. Toute espèce de
distinctions a disparu : je ne prétends pas
dire que ce soit un mal ; mais toute habitude de politesse a dû disparaître avec elles.
Quand la société ne règle plus les rangs,
chacun est forcé de garder le sien ; et quel
homme chargé de protéger une femme
modeste, voudra consentir à laisser se placer près d'elle une femme dont les manières, peut-être indécentes, souvent gros-
sières, peuvent attirer sur elle tous les regards ? Comment consentir à la voir partager l'attention publique avec celle que
tous les regards désignent au mépris ?

Mon parti est bien pris, et je n'aurais eu
même qu'à consulter là-dessus votre sœur.
Vous ne pouvez imaginer la frayeur que
lui ont inspirée les réflexions qui me sont
venues naturellement à la lecture de votre

lettre. Elle est à cet âge où l'on aperçoit le vice comme un objet lointain, dont on commence à soupçonner l'existence sans en pouvoir encore distinguer la nature. Elle a entendu parler des faiblesses de quelques femmes ; elle y croit, mais ne les comprend pas. Il a bien fallu lui dire un mot de l'impudence de quelques autres ; pour celles-là, elle n'imagine pas qu'elles puissent être faites extérieurement comme elle ; et l'idée de se trouver à côté de l'une de ces femmes, l'a frappée comme la chose du monde la plus effroyable. Mandez-moi, mon fils, si le parterre continue à se montrer aussi *galant ;* alors je renoncerais au voyage que je comptais faire à Paris pour mener votre sœur au spectacle, qu'il serait tems cependant qu'elle apprît à connaître.

Je ne vous parle pas d'une chose que vous blâmez sûrement, puisque vous ne m'en dites rien ; je veux dire du bruit que l'on a fait à cette même représentation pour obliger une femme à ôter son voile. *L'examen,* ajoute un journaliste qui rend compte de ce fait, *l'examen a constaté que si elle couvrait son visage, ce n'était pas par modestie.* Ainsi donc, sans avoir commis la moindre imprudence, une femme honnête peut se voir l'objet d'une scène publique dans un spectacle, et d'une remarque désobligeante dans un journal ! Je ne crains point pour votre sœur une remarque semblable ; mais je ne voudrais pas même qu'on imprimât dans un papier public que ma fille est jolie. Si vous pouviez voir pris part aux clameurs qu'il paraît que l'on s'est permises à cette occasion, je vous demanderais quel en a pu être le motif. En quoi un voile pouvait-il blesser la décence, ou le respect dû au public ? Depuis quand ne serait-ce plus un vêtement de pudeur et de modestie ? Dans les pays où les mœurs imposent aux femmes le plus de décence et de réserve, ne paraissent-elles pas voilées dans les temples et dans les lieux publics ? Je pourrais vous dire que respecter le public, c'est avoir soin de n'être en sa présence ni familier, ni étourdi, ni inconsidéré ; de n'en faire ni le confident de ses faiblesses, ni le témoin de ses folies. Mais c'est parce que vous savez tout cela, que je suppose que vous n'avez été pour rien dans une semblable scène, que vous aurez assez respecté le public pour ne pas vous joindre

à cette troupe de fous qui ne composent pas
le public , qui crient parce qu'ils trouvent
plus divertissant de crier que de se taire , et
que d'autres imitent, parce qu'ils aiment
mieux faire du bruit que d'en entendre.
Ceux-là demandent une chose sans savoir
pourquoi ; jugent qu'elle leur est due ,
parce qu'ils ont demandée ; se croient irrités de la résistance qu'on leur oppose ; et
comme ils pensent avoir livré un combat ,
ils s'imaginent enfin remporter une victoire,
dont ils rougiraient , s'ils avaient mis à y
réfléchir la moitié du tems qu'ils ont mis à
l'obtenir.

P.

DE CATULLE.

Catulle, ou pour m'exprimer avec plus d'exactitude, Caïus Valerius Catullus, naquit à Vérone l'an 668 de la fondation de Rome, quand les lettres et les arts venaient enfin de s'introduire chez les romains, qui jusqu'alors ne connaissaient d'autre vertu que la force et le courage, d'autre science que la discipline militaire, et d'autre gloire que celle de vaincre.

Huit ans s'étaient à peine écoulés depuis que les censeurs Cnæus Domitius Ænobarbus, et Lucius Licinius Crassus, avaient porté un édit par lequel les grammairiens et les philosophes étaient bannis de Rome, comme corrupteurs de la jeunesse; et sans doute il fut difficile d'inspirer le goût des occupations douces et des tranquilles études, qui seules peuvent orner l'esprit et polir les mœurs, à des républicains féroces, accoutumés aux spectacles de sang, toujours occupés de combats, presque toujours vainqueurs, terribles et menaçans lors même qu'ils étaient vaincus, et conser-

vant dans leurs défaites tout l'orgueil de
leurs prétentions et de leurs espérances ,
comme si le ciel leur eût révélé le secret de
leur destinée.

Il n'est guères permis de douter que
Catulle n'appartînt à une famille considérable et distinguée ; c'était chez Valerius ,
son père , que descendait et logeait César ,
toutes les fois qu'il passait par Vérone ; et
l'on voit encore aujourd'hui , dans la presqu'île du lac voisin de cette ville , les restes
d'un ancien édifice qu'on croit avoir été
sa maison de campagne , la même qu'il a .
chantée en vers si charmans , et dont
le séjour lui fit oublier ses peines et ses
travaux.

Dès ses plus jeunes années , Catulle se
rendit à Rome , où, comme s'ils eussent
voulu se faire pardonner la longue résistance qu'ils avaient opposée à l'instruction ,
les citoyens les plus distingués de la république s'empressaient à l'envi d'apprendre
et d'enseigner l'art de la parole ; art qu'on
ne perfectionne jamais sans perfectionner
en même tems celui du raisonnement et de
la pensée. Il y trouva l'éloquence latine
déjà portée à un si haut degré de perfec-

tion, que les grecs en avaient conçu de
la jalousie, et craignaient de perdre le seul
avantage qu'ils eussent conservé sur leurs
vainqueurs.

Cicéron faisait souvenir de Démosthène,
car il lui fut impossible de le faire oublier ;
Saluste peignait les vices et les mœurs de
son tems avec le peinceau de Thucidide ;
Cornelius-Nepos esquissait l'imposant tableau de tout ce qui s'était passé jusqu'alors
sur la vaste scène du monde ; Varron, après
avoir exercé les grandes charges de la
république, consacrait tous ses momens à
la culture des lettres, et traçait à ses con-
citoyens l'histoire de leur langue, de leur
origine, de leur religion et de leur gouvernement ; Lucrèce parait la philosophie
des charmes d'une poésie qui réunissait à-
la-fois le caractère de la simplicité et celui
de la majesté ; le même homme qui médi-
tait la destruction de la république s'occupait de perfectionner l'art de bien parler et
de bien écrire ; César analysait les mots,
les syllabes, et ne croyait point s'abaisser
en descendant aux fonctions du grammai-
rien le plus scrupuleux. Voilà par quels
hommes s'ouvrit ce siècle à jamais mémo-

rable, où les romains acquirent une domination bien plus glorieuse et bien plus durable que celle où les avait conduits le succès de leurs armes et de leur politique.

Lorsqu'il s'agit de la grandeur des romains, on n'est ordinairement frappé que de l'audace de leurs entreprises, de l'éclat de leurs succès et de l'étendue de leur puissance; on ne remarque pas que ce fut surtout par leur attention à cultiver les arts de la paix ainsi que ceux de la guerre, que les romains se montrèrent véritablement grands. Les Scipion, les Lælius, les Lucullus, les Caton, les Jules-César furent à-la-fois généraux et philosophes, hommes d'état et hommes de lettres. Ainsi, de nos jours, deux héros unis par les liens de la fraternité, doués des mêmes talens et couronnés des mêmes lauriers, ont su, par le noble usage qu'ils font du repos, étendre leur gloire au-delà de leurs travaux et de leurs succès militaires.

Les talens du jeune Catulle se firent bientôt remarquer; en très-peu de tems, il vit au nombre de ses amis les personnages les plus instruits et les plus célèbres, parmi

lesquels je me contenterai de nommer
Cicéron, qui, de l'aveu de notre poëte, lui
rendit un service important, celui peut-
être de plaider en sa faveur, et Cornelius-
Nepos son compatriote, à qui il dédia une
partie de ses ouvrages.

Cependant Catulle brûlait de connaître
la partie des arts et des lettres, et de s'a-
breuver aux sources mêmes du savoir, du
bon goût et de la véritable politesse, celle
de l'esprit et des mœurs; jamais desir ne
fut plus ardent ni plus promptement satisfait. Mummius partait pour la Bythinie en
qualité de prêteur, et Catulle fut nommé
pour l'accompagner; il parcourut les prin-
pales villes de l'Asie, et vraisemblablement c'est à ce voyage que la poésie latine
fut redevable de ces grâces naïves et piquantes, de ces tournures aimables et
faciles, de cet art de traiter avec élégance
et avec pureté les sujets les moins purs et
les plus libres, de ce bon ton, de cet
enjouement dont la Grèce avait fourni le
modèle, dont elle seule offrit jusqu'alors
l'exemple, et que les romains désespéraient
de pouvoir jamais faire passer dans leur
langue.

Il paraît que les poésies de Sapho et celles de Callimaque eurent pour lui un attrait particulier ; et ce fut sans doute par une suite de son admiration pour la muse de Lesbos, qu'il nomma *Lesbie* une de ses maîtresses, dont le véritable nom, s'il faut en croire Aspasie, était Clodia, fille de Metellus Celer.

L'étude et l'usage heureux qu'il fit de la mythologie, la connaissance qu'il acquit des beautés de la langue grecque, et le succès avec lequel il les transporta dans la sienne, lui valurent la qualification de *docte*, que ses contemporains s'accordèrent à lui donner et que lui confirmèrent les âges suivans.

Si son voyage en Bythinie fut utile à ses talens, il ne le fut pas à sa fortune ; c'est lui-même qui prend soin de nous en instruire dans deux pièces de vers, d'où le sentiment de sa pauvreté n'a exclu ni la gaîté ni la bonne plaisanterie.

Du reste, à juger de ses mœurs par le ton qui règne dans ses ouvrages, on serait tenté de croire qu'il ne connût jamais l'amour ; l'amour est un sentiment qui rarement se fait jour au travers du libertinage :

il le connut cependant, et je n'en veux
d'autre preuve que les vers suivans :

O di ! si vestrûm est misereri , aut si quibus unquàm
Extremâ jam ipsâ in morte tulistis opem ,
Me miserum adspicite , et vitam si puriter egi ,
Eripite hanc pestem perniciemque mihi ,
Quæ mihi subrepens imis , ut torpor, in artus
Expulit ex omni pectore lætitias.

« Dieux immortels ! si le sort des misé-
« rables humains peut vous toucher, si
« jamais un malheureux près d'expirer
« éprouva votre secours tout-puissant ;
« voyez l'état où je suis, et pour prix d'une
« vie innocente et pure, ôtez-moi ce mal
« redoutable qui, courant par tout mon
« corps de veine en veine, comme un
« frisson mortel, a banni de mon cœur
« tout sentiment de plaisir et de joie. »

Ce n'est point là le langage d'un poëte
dont le talent est de feindre et de tout
imiter ; mais bien celui d'un amant malheureux et passionné qui s'exprime en
poëte.

Catulle eut un frère qu'il aima tendre-
ment, et qui mourut en parcourant la soli-

tude qui fut jadis la superbe Troie. A peine
fut-il instruit, qu'il s'exposa aux dangers
d'une navigatiou longue et pénible, pour visiter et arroser de ses pleurs la terre qui couvrait les cendres de ce frère chéri, terre
fatale et désastreuse qui, pour me servir de
ses propres expressions, avait englouti l'Asie
et l'Europe. Cette perte empoisonna le
reste de ses jours, et il remplit de ses regrets quelques pièces de vers que les ames
sensibles s'empresseront toujours de lire,
et qu'elles ne liront jamais sans attendrissement. Les sentimens qu'il exprime, la
manière dont ils sont exprimés, tout y
peint la tendresse gémissante et désolée;
jamais la douleur n'eut des accens ni plus
touchans ni plus vrais, et c'est véritablement là que la plaintive élégie se montre
avec les cheveux épars et en longs habits
de deuil.

Lorsque Catulle revit l'Italie, Rome,
dont la destinée était de parcourir, au travers des plus violentes crises, toutes les
formes de gouvernement, et de ne rencontrer la paix que dans l'impuissance de
recouvrer la liberté; Rome était en proie
à des factions qui devaient lui être encore

plus funestes que toutes celles qui l'avaient
jusqu'alors agitée. Pressée entre l'ambition
de César et la jalousie de Pompée, la liberté n'avait plus qu'un reste de vie. Catulle, dont l'ame était toute républicaine,
et qui, par le haut degré de puissance où
le rival de Pompée était parvenu, jugeait
de tout le mal qu'il pouvait faire un jour à
la république, s'arma contre lui des traits
qui jadis avaient si bien servi le ressentiment et l'indignation d'Archiloque ; il ac-
cabla César d'épigrammes qui, pour me
servir de l'expression de Suétone, lui firent
d'éternelles blessures ; mais César, à qui
la politique eût conseillé la clémence,
quand même il ne l'aurait pas due à son
caractère, se contenta de quelques légères
excuses et continua de le faire asseoir à sa
table, où, par considération pour Valerius
son père, et sans doute par estime pour son
talent, il l'avait toujours admis.

Cependant le malheur dont Rome était
menacée, malheur qu'avaient préparé les
grecs et qui s'était accru par les fureurs
de Marius et par celles de Sylla, fut con-
sommé par l'ambition de Jules-César ; mais
Catulle n'était déjà plus. Le spectacle de

la tyrannie s'élevant sur les ruines de la
liberté, n'affligea point ses derniers regards;
de sorte que, pour me servir d'une des plus
belles phrases de Cicéron, les dieux lui
ôtèrent moins la vie qu'ils ne lui firent présent de la mort.

Catulle est du très-petit nombre des
hommes qui, en passant sur la terre, y ont
laissé des traces que le tems n'a point effacées, et que vraisemblablement il n'effacera
jamais.

Ce poëte occupa toujours un des premiers rangs dans la république des lettres ;
Cornelius-Nepos semble le placer à côté de
Lucrèce, et les regarder l'un et l'autre
comme les deux plus grands poëtes de son
siècle. Ovide, Tibulle et Properce viennent-
ils à le nommer, c'est toujours avec le respect qu'on n'accorde et qui n'est dû qu'aux
hommes supérieurs. Virgile, dit Martial,
n'a pas fait plus d'honneur à Mantoue que
Catulle n'en a fait à Vérone. Pline le jeune
admire l'art avec lequel, pour donner à son
style plus d'effet, Catulle mêle de tems en
tems à la douceur l'âpreté, et une sorte de
rudesse à l'élégance; Aulugelle l'appelle

le plus aimable des poëtes; enfin dans
la collection entière des vers lyriques des
latins, les grecs ne voyaient que les siens
qu'on pût entendre avec quelque plaisir
après ceux d'Anacréon. Malheureusement
nous n'avons qu'une partie de ses ouvrages;
encore ne nous est-elle parvenue que cor-
rompue et défigurée. Le plus ancien ma-
nuscrit de ce poëte ne remonte pas au-delà
du quinzième siècle; les exemplaires en
étaient tronqués et défectueux, au tems
même d'Aulugelle; aussi les éditions que
nous en avons, renferment-elles des vers
entiers, dont les uns y ont été insérés par
quelques savans modernes; les autres n'offrent absolument aucun sens. Avant les
corrections d'Avanzo, de Guarini et de Par-
ténio, ce beau monument de la littérature
ancienne était, avec raison, comparé à
une statue mutilée dans presque toutes
ses parties; mais je parlerai ailleurs de
tout ce qui concerne les restaurateurs; les
commentateurs et les éditeurs de Catulle,
et je ne m'occuperai ici que de ses ouvrages, dont j'analyserai les principes, en
me bornant à caractériser les autres.

Je commence par son ode à *Lesbie*, tra-

duite du grec de Sapho. Quelque admirable
que soit cette traduction, on y chercherait
en vain le charme de l'original. Veut-on
en savoir la raison ? on la trouvera dans la
différence de l'organisation des deux langues. Il s'en faut bien que la langue latine
ait la résonnance, la douceur et l'harmonie
de la langue grecque. Sans entrer dans les
détails que j'ai suffisamment exposés dans
quelques-uns de mes précédens mémoires,
il me suffira de faire observer que dans
les trois premières strophes de Catulle,
presque tous les verbes sont terminés tantôt par la plus dure, et tantôt par la plus
sourde des consonnes, lorsque dans l'o-
riginal, ils le sont tous par un élément
vocal, ou par la consonne la plus sonore
de toutes.

Longin, en citant cette ode, nous fait admirer l'art avec lequel y sont réunis tous les
symptômes qui caractérisent les fureurs de
l'amour. Plutarque en trouve les expressions
brûlantes ; il l'envisage comme l'explosion
du feu qui consumait la malheureuse Sapho.
C'est à quoi Despréaux n'a pas fait attention, en traduisant cette belle ode ; sa
version, d'ailleurs très-estimable, renferme

une épithète qu'on n'y voit pas sans étonnement et sans peine.

Et dans les *doux* transports où mon ame s'égare,
Je n'entends plus; je tombe en de *douces* langueurs.

Lisez Sapho : sa voix s'éteint ; sa langue est immobile ; un feu brûlant roule dans ses veines ; ses yeux s'obscurcissent ; un frémissement involontaire et soudain bruit dans ses oreilles ; son corps se couvre d'une sueur froide; elle pâlit comme l'herbe dont les feux du soleil ont dévoré les couleurs ; elle tremble de tous ses membres; la respiration lui est ôtée; elle touche aux portes de la mort. Assurément ce ne sont pas là de *doux* transports, et moins encore de *douces* langueurs. Lucrèce ne s'y est point mépris : pour peindre les terreurs de la superstition, sentiment où rien de doux ne saurait entrer, il emprunte tous les traits par lesquels Sapho caractérise les redoutables effets de l'amour.

Je dois faire observer ici, qu'en traduisant l'ode de Sapho, Despréaux n'avait d'autre objet que d'en révéler les beautés à ceux qui ne pouvaient les contempler dans l'original ; au lieu que le poëte latin

avait à exprimer un sentiment dont il était
profondément pénétré. Catulle aimait éper-
dument Lesbie; saisie des mêmes symptômes que Sapho avait décrits avec tant
de chaleur et de vérité, il ne crut pas devoir les rendre autrement dans sa langue
que Sapho n'avait fait dans la sienne; mais
en même tems, il ne s'appropria que les
traits qui convenaient à sa situation. Ainsi,
de ce que la quatrième strophe de l'ode
grecque ne se rencontre point dans l'ode
de Catulle, il ne faut pas conclure, à
l'exemple de plusieurs savans, que celle-ci
soit incomplète et mutilée. Si Catulle s'était
dépeint plus pâle que l'herbe desséchée
par les feux de l'été, tremblant de tous
ses membres, couvert d'une sueur froide,
et presque privé de mouvement et de vie,
il n'eût fait vraisemblablement que se rendre ridicule. L'amour se fait sentir également aux deux sexes; mais les deux sexes
ne sentent ni n'expriment point l'amour de
la même manière : c'est à celui que la nature a fait timide et sensible, faible et
délicat, de passer des fureurs aux défail-
lances, et des excès de l'emportement aux
excès de la faiblesse. Aucun poëte chez

aucune nation, ne s'avisera jamais de prêter à un amant trompé, trahi, abandonné,
le langage d'Ariadne ou de Didon, d'An-
gélique ou d'Armide.

A cette remarque j'en ajouterai encore
une qui ne me paraît pas moins essentielle, et que je ne crois pas avoir été faite
encore ; il semble, au premier coup-d'œil,
que la dernière strophe de l'ode de Catulle
n'a rien de commun avec les trois premières ; mais pour peu qu'on y réfléchisse,
on verra qu'elle s'y trouve liée par un rapport, ou plutôt par un mouvement tout
à-la-fois très-fin et très-naturel. Pour mettre
en état de juger, je citerai l'ode de Catulle
en entier.

« Celui-là me paraît égaler, et s'il est
« possible, surpasser les dieux en bonheur,
« qui jouit de ta présence, de ton entre-
« tien, et de ton sourire. Quant à moi,
« j'en ai perdu l'usage de tous mes sens. Au
« moment même où je t'ai vue, ô Lesbie,
« je n'ai pu retrouver la parole ; ma langue
« est demeurée immobile ; un feu subtil
« a parcouru tout mon corps ; un bruit
« soudain s'est formé dans mes oreilles, et
« mes yeux se sont couverts de ténèbres. »

Quand tout-à-coup, honteux de sa situation, qu'il devait sans doute à une vie
molle et désœuvrée, il ajoute : « Catulle,
« tu vois combien l'oisiveté t'est funeste ;
« et tu t'y plais, et tu l'aimes! l'oisiveté ce-
« pendant a perdu les plus grands mo-
« narques et les plus florissans empires. »
Je ne sais si je me trompe ; mais cette
réflexion soudaine à la suite du délire de
la passion, me semble admirable : c'est un
rayon qui, au moment où l'on s'y attend le
moins, perce le nuage et promet de le dissiper ; d'ailleurs ce mouvement me paraît
tout-à-fait selon la nature qui, en accor-
dant à l'homme une excessive sensibilité, a
voulu le distinguer de tous les autres êtres
sensibles, par l'inestimable présent de la
raison, et du pouvoir de le faire régner sur
les nations et sur les pensées. Ainsi le
poëte de nos jours, dont le tour d'esprit et
d'imagination a le plus d'analogie avec
celui de Catulle, l'abbé de Chaulieu, ne se
montre jamais plus intéressant que lorsqu'à
la peinture de ses erreurs et de ses folies, il
mêle des réflexions pleines de sagesse et de
vérité. Le marquis Maffei a donc eu tort de
prétendre que la dernière strophe de cette

autre ode appartenait à un morceau de poésie, ou peut-être à quelqu'un des savans qui,
lors de la renaissance des lettres, se permi-
rent de mêler leurs vers à ceux de Catulle.

Que ce rapport délicat ait échappé à la
tourbe des traducteurs et des commentateurs, je n'en suis pas étonné ; mais j'ai
peine à concevoir comment il n'a pas été
saisi par un homme qui réunissait à-la-fois
une littérature immense, une excellente
critique, un goût très-vif et très-éclairé
pour tous les beaux-arts, un grand talent
pour la poésie, et un sentiment profond
de la belle nature.

Passons à l'élégie sur la chevelure de
Bérénice, *de comâ Bérénices*. Cette élégie
est traduite de Callimaque : voici à quelle
occasion elle fut composée.

Ptolomée - Philadelphe, le second des
Ptolomées qui depuis Alexandre occupa
le trône d'Egypte, fit bâtir un temple à
sa femme Arsinoé, où il voulut qu'elle fût
adorée sous le nom de *Vénus zéphyritis*.
Il eut deux enfans, Ptolomée Evergète et
Bérénice ; unis par les liens du sang, le
frère et la sœur s'unirent encore par ceux
du mariage : on sait que ces sortes d'unions

n'avaient rien de contraire aux coutumes de l'ancienne Egypte. Peu de jours après, Ptolomée se vit obligé de s'arracher aux embrassemens de Bérénice, pour combattre les assyriens. Bérénice, inconsolable, promit à Vénus Zéphyritis le sacrifice de sa chevelure, si le roi retournait vainqueur. Cependant Ptolomée attaque les ennemis, les bat, les disperse, unit l'Asie et l'Egypte, et revient triomphant dans les bras de Bérénice, qui, fidèle à son serment, s'empresse de l'accomplir. Le lendemain même, la chevelure disparut du temple; les recherches furent vaines, on ne l'y retrouva point. Pour appaiser le ressentiment de la reine, Conon, le plus célèbre des astronomes de son tems, vraisemblablement gagné par les prêtres, feignit d'avoir vu la chevelure transportée et placée dans le firmament. Il y avait alors entre les quatre astérismes de la *Vierge*, du *Lion*, de la *grande Ourse* et du *Bouvier*, sept étoiles qui n'avaient point de nom, comme il paraît qu'au tems d'Auguste on n'en avait point encore donné aux étoiles de la *Lyre*, où Virgile transporta l'image de ce prince, entre la *Vierge* et le *Scorpion*.

Callimaque, pour plaire à la reine, mit
en vers l'apothéose de ses cheveux ; et si
jamais l'adulation ne fut portée plus loin,
jamais aussi, j'ose le dire, elle ne fut plus
ingénieuse. Pour sentir la vérité de ce que
j'avance, il faut se transporter au tems où
Callimaque écrivit, et se bien pénétrer des
mœurs et des opinions de son siècle et de
son pays.

On ne sera plus surpris qu'une chevelure
parle, s'afflige, désire, si l'on fait attention
qu'elle est déjà changée en étoile, et que
dans le système des anciens philosophes,
les corps célestes étaient non - seulement
animés, mais doués d'une intelligence bien
supérieure à celle de l'homme. Et de quel
front les égyptiens et les grecs auraient-ils
refusé de croire à cette apothéose ? ceux-ci
n'avaient-ils pas mis au nombre des cons-
tellations la couronne d'Ariadne, et ceux-là
le vaisseau d'Isis, le Nil et le *Delta*, c'est-
à-dire, la figure de la Basse-Egypte ? D'ailleurs avec quelle adresse, pour ôter à la
raison la liberté de s'attacher à ce que la
fiction peut avoir d'invraisemblable, Callimaque, par les circonstances dont il environne son récit, prend soin de réveiller,

d'occuper et d'intéresser l'amour-propre! Il
rappelle à Bérénice la magnanimité qu'elle
a montrée dès ses premières années; il lui
parle de sa tendresse, de son courage et
des preuves qu'elle a données de l'un et de
l'autre. Aux louanges de la reine, il mêle
celles du roi, qui n'a eu besoin que de se
montrer pour triompher de ses ennemis et
joindre l'Asie à l'Egypte.

Il y a dans la description de cette apothéose un charme qu'il n'est donné qu'à la
poésie seule de répandre sur la pensée et
sur la parole. C'est au plus doux de tous les
vents, c'est à Zéphyre, frère unique de
Memnon et fils de l'Aurore, qu'est réservé
l'honneur d'enlever et de suspendre au
firmament les cheveux de Bérénice, encore
humides des larmes dont cette jeune princesse les avait arrosés; il vole et perce les
voiles obscurs de la nuit, et dépose la précieuse dépouille dans le sein de Vénus, qui
la divinise et la place au nombre des étoiles.
Bacchus n'est plus la seule divinité qui ait
fait un présent au ciel en y attachant la couronne d'Ariadne; non moins puissante et
non moins heureuse, Arsinoé y a suspendu
les cheveux de Bérénice sa fille, métamor-

phosée en un nouvel astre. Cependant, toute divinisée qu'elle est, la chevelure regrette son premier état; elle préférerait à l'honneur de parer les cieux celui de parer encore la tête de Bérénice.

Tel est le sujet et la substance de ce charmant poëme, qui, environ deux siècles après, fut mis en vers latins par Catulle; la traduction est restée, mais l'original a péri; il n'en subsiste aujourd'hui que deux distiques, dont l'un nous a été transmis par le scoliaste d'Apollonius, et l'autre par celui d'Aratus.

Dans l'impossibilité d'examiner jusqu'à quel point le traducteur s'est rapproché ou écarté de l'original, je ferai quelques observations sur la forme de ses vers et sur le caractère de son style.

La manière de Catulle (qu'on me permette cette expression : la poésie et la peinture, filles de l'imagination l'une et l'autre, se touchent de si près et par tant de côtés, qu'il doit être permis de transporter à l'un des deux arts les termes particulièrement affectés à l'autre), la manière de Catulle tient beaucoup de l'école grecque. Catulle, dit Henri-Etienne, doit être considéré moins comme un poëte ancien que comme un imitateur des anciens poëtes.

Le vers pentamètre, qui, dans tous les autres poëtes latins, est communément terminé par un dissyllabe, l'est presque toujours par un mot de trois, de quatre et souvent d'un plus grand nombre encore de syllabes dans Catulle, ainsi que dans Callimaque et tous les poëtes grecs. Tibulle, Ovide, Properce et généralement tous leurs successeurs renferment scrupuleusement un sens complet ou presque complet dans chaque distique; mais Catulle, à l'exemple de ses modèles, ose souvent franchir cette limite pour ne se reposer qu'à la fin du premier hémistiche du troisième vers; procédé qui, en donnant plus d'espace à l'harmonie, y met aussi plus de variété, mais qui sans doute parut peu convenable au génie de la langue et de la versification latine; puisque dans le plus beau siècle de cette langue, aucun poëte ne crut devoir se le permettre. Pour jeter plus de rapidité dans son style, en présentant à-la-fois deux images ou deux idées, il se sert, comme les grecs ses maitres, de mots composés, c'est-à-dire, incorporés les uns aux autres,

et sa versification est pleine de libertés
qu'on ne peut justifier que par celles que
prenaient les poëtes grecs, et dont on ne
retrouve des exemples dans aucun autre
poëte latin,

Catulle fait des élisions un très-fréquent
usage, ce qui donne à son style un air de
négligence, d'abandon et quelquefois de
désordre, qui éloigne toute idée d'affectation, de travail et de peine, et caractérise
en même tems très-bien ces mouvemens du
cœur, ces affections de l'ame que l'art
n'imite jamais plus parfaitement que lorsqu'il se cache davantage.

Ce poëte affecta d'insérer dans ses poésies
des expressions, des mots auxquels toute
son autorité ne put assurer une longue vie,
puisqu'on ne les retrouve dans aucun des
poëtes qui lui succédèrent.

Il est important d'observer ici que la
naissance de Catulle ne précéda que de
seize années celle de Virgile, et qu'il
y a néanmoins entre la versification de
l'un et celle de l'autre une différence
on ne peut pas plus remarquable, lors
même qu'ayant le même genre ou plutôt
le même sujet à traiter, ils emploient la

même sorte de vers; comme il est aisé de
s'en convaincre par le poëme de Catulle
sur les noces de Thétis et Pélée, dont je
ferai précéder l'analyse par quelques observations.

Je regarde encore ce poëme comme une
traduction ou comme une imitation du
grec; je soupçonne même Catulle d'y avoir
réuni deux poëmes absolument différens,
et je fonde mon opinion sur ce qu'il n'y a
aucune sorte de proportion entre l'épisode
et le sujet principal, et que le tableau des
aventures d'Ariadne est évidemment un
hors-d'œuvre peu adroitement conçu avec
la description des figures représentées sur
le magnifique tapis qui parait le lit nuptial
de Thétis et de Pélée. Cet épisode rappelle
le bouclier d'Achille et celui d'Enée; mais
dans ces belles portions de leurs poëmes,
Homère et Virgile n'ont rien fait entrer
que la sculpture et la peinture n'eussent pu
traiter et qu'elles ne puissent encore reproduire; au lieu qu'il est impossible de
soumettre aux arts du dessin le long discours d'Ariadne, ni même ce que ce discours a de plus intéressant. Si Catulle voulait passionner son récit par le tableau

du désespoir d'une amante abandonnée et trahie, et varier ainsi sa narration pour en écarter l'ennui, pourquoi parmi les thessaliens qu'il fait assister aux noces de Thétis ; n'en choisissait-il pas quelqu'un qui, à l'aspect des figures brodées dont le lit nuptial était enrichi, en eût pris occasion de raconter l'histoire d'Ariadne et de Thésée.

Ceux qui vouent aux ouvrages des anciens une admiration sans réserve, auraient-ils donc oublié que ce n'est ni sur l'antiquité, ni sur l'autorité qu'elle imprime, que se mesure la perfection des ouvrages, mais bien sur la convenance, règle éternelle et fondamentale de la poésie et de tous les arts imitateurs.

Du reste, l'épisode d'Ariadne, considéré en lui-même et indépendamment du sujet auquel il est joint, doit être regardé comme une des plus sublimes productions de la poésie ancienne ; rarement la nature offrit à l'art un plus beau sujet, et plus rarement encore l'art servit aussi heureusement la nature.

Etonnée de se voir seule à son réveil, Ariadne pâle, tremblante, éperdue, se précipite vers les bords de la mer, d'où

elle aperçoit Thésée, fuyant sur un navire
que les vents trop favorables avaient déjà
poussé à une grande distance du rivage. A
cet aspect, elle ne se meurtrit point le sein,
elle n'éclate point en reproches, elle ne
verse point de larmes, elle demeure sans
voix et sans mouvement. Le poëte crayonne
d'un seul trait et l'excès de la fureur et
l'excès du saisissement ; on l'aurait prise,
dit-il, pour la statue d'une bacchante ; comparaison sublime qu'Ovide a empruntée,
mais dont, en la délayant selon sa coutume,
il a détruit toute l'énergie. A cette image,
vraiment digne du tableau de Michel-Ange,
succède un tableau digne du pinceau de
l'Albane : le diadême dont ses blonds cheveux étaient ceints, le vêtement léger
qui flottait autour de sa taille, le voile
qui cachait son sein et semblait s'animer
par le mouvement qu'il en recevait, tous
ces ornemens tombés à ses pieds sont devenus le jouet des eaux de la mer. Le premier des soins d'une femme, celui de la
parure, ne la touche plus ; elle n'a qu'une
pensée, elle n'a qu'un sentiment : Thésée,
Thésée seul remplit toute son ame.

Ici le poëte décrit en vers pleins de substance, de poésie et de majesté, le noble projet de Thésée, son voyage et son arrivée dans l'île de Crète; ensuite, pour exprimer d'une manière sensible l'innocence d'A-riadne, il la présente élevée dans le chaste sein d'une mère dont elle partagea toujours la couche. Il la compare au myrte qui croît sur les bords écartés et solitaires de l'Eurotas, où à la fleur dont l'haleine du printems anime les couleurs. On sent quelle impression, quels progrès, ou plutôt quels ravages doit faire l'amour sur un jeune cœur si pur, si sensible, si délicat et si tendre ! Aussi dès le moment même où la fille de Minos vit pour la première fois Thésée, ses regards demeurent suspendus comme par enchantement aux traits du jeune athénien : elle les détourne enfin ; mais le poison brûlant de l'amour a déjà coulé dans son sein et circule dans toutes ses veines. Vénus, Amour, s'écrie ici le poëte, puissantes divinités, qui mêlez à tant de plaisir tant de peines, et tant d'a-mertume à tant de douceurs, à quels ter-ribles orages vous vous fîtes un jeu de livrer le cœur de la jeune et tendre Ariadne ! Combien elle frémit en appre-

nant que Thésée était venu pour combattre
le minotaure ! De quelle pâleur mortelle
se couvrit son beau visage au moment du
combat ! Son cœur envoie au ciel des
vœux, des prières que sa bouche n'ose
prononcer.

Cependant, comme on voit au sommet
du mont Taurus un vieux chêne agitant
ses longs et superbes rameaux, déraciné
tout-à-coup par un ouragan qui d'un souffle
impétueux a long-tems secoué ses fortes et
profondes racines ; tel le minotaure présentant sans cesse les cornes redoutables dont
son large front est armé, mais ne frappant
jamais que l'air, cède aux coups multipliés
de son intrépide adversaire et tombe sans
vie aux pieds de Thésée. C'en est fait :
Athènes est pour jamais délivrée du barbare tribut qu'elle payait tous les ans à la
Crète ; mais son libérateur eût acheté chè-
rement sa victoire, si la prévoyante Ariadne
ne lui eût mis dans la main un fil qui devait
lui servir à reconnaître les détours du laby-
rinthe où le monstre était renfermé.

On voit bien que le poëte n'affecte
d'exalter le courage et la valeur de Thésée
que pour jeter plus d'intérêt sur la passion

d'Ariadne, et lui faire pardonner d'y avoir
sacrifié la tendresse d'une mère, d'un père,
d'une sœur, en un mot, les sentimens dont
la nature a fait, sinon toujours le plus cher,
du moins le plus sacré des devoirs. Tout ce
qu'une narration trop étendue aurait nécessairement affaibli, Catulle le concentre
et le renferme dans une interrogation tout-
à-la-fois très-animée et très-pathétique;
puis courant au dénouement avec la plus
grande rapidité, conformément au précepte qu'Horace en donna depuis, il passe
des effets de l'amour et de la stupeur à ceux
de l'agitation et du trouble. Inquiète, éperdue, égarée, Ariadne porte au hasard ses
pas, sans pouvoir les fixer nulle part; elle
gravit jusqu'au sommet des plus hautes
montagnes, d'où ses regards puissent embrasser un plus grand espace et apercevoir
de plus loin le vaisseau de Thésée. Elle en
descend avec précipitation, et court au
rivage où, après avoir relevé son élégante
chaussure, elle pénètre si avant que ses
pieds nus et délicats sont couverts des
eaux que la mer pousse sur ses bords; le
visage inondé de larmes et presque abandonnée de la vie, elle ne jette plus que de

froids soupirs ; quand tout-à-coup ramas-
sant ce qui lui reste de force, elle éclate en
reproches et en imprécations.

Toutes les différentes passions qui peuvent entrer dans le cœur d'une amante
sensible et trahie, leurs successions, leur
mélange, leurs gradations, voilà ce qu'aucun poëte ne traita jamais avec plus d'art
et en même tems avec plus de vérité que
l'a fait Catulle. Pour mieux faire sentir ce
que j'avance, je me permettrai de mêler
quelques réflexions à cette analyse.

Souvent l'amour-propre nous aveugle au
point de nous persuader que nous sommes
infaillibles dans les choses que nous faisons;
nous nous formons une si haute idée des perfections de l'objet que nous avons jugé digne de notre tendresse, que lors même qu'il
nous abandonne et qu'il nous trahit, nous
ne pouvons nous résoudre à nous croire
trompés. Telle est la position d'Ariadne ;
la jeunesse, le courage et la valeur de Thésée, l'opinion qu'elle s'est faite de la tendresse et de la constance de ce jeune héros,
l'ont tellement convaincue de la bonté de
son choix que, même en se voyant abandonnée, elle n'éprouve d'abord d'autre sen-

timent que celui de la surprise : tout ce qu'elle dit de l'infidélité de Thésée, part uniquement de cette situation de son ame. Elle varie ses phrases ; mais le sentiment demeure le même ; elle n'ose en croire ses propres yeux ; elle doute de ce qu'elle voit, et rien n'exprime mieux cet état de doute que le discours qu'elle adresse à Thésée ; elle lui parle ; elle l'interroge comme s'il était présent et qu'il pût l'entendre, la plaindre et la consoler.

Éclairée enfin sur son sort, convaincue de la réalité de son abandon et de l'inutilité de ses plaintes, Ariadne a peine à se regarder comme la seule femme qui ait été ainsi délaissée ; et passant de l'individu à l'espèce, elle conclut que tous les amans sont faux, parjures et infidèles. Le propre des personnes sensibles et affligées est de se répandre en maximes générales. Quelque parti qu'elles prennent, elles rencontrent par-tout le malheur, s'il faut les en croire, et la nature se soulève toute entière pour les accabler.

Mais, si aux yeux d'Ariadne tous les hommes sont perfides, combien Thésée doit lui paraître plus perfide encore que

tout le reste des hommes, lorsqu'elle pense
à tous les maux qu'il lui a rendus pour tout
le bien qu'elle lui a fait. Elle l'a servi contre
son propre frère ; elle l'a arraché d'entre les
bras de la mort ; elle a brisé, pour le suivre, tous les liens qui l'attachaient à une
famille adorée ; et pour prix de tant de
bienfaits et de tant de sacrifices, Thésée
l'abandonne, il l'abandonne dans une plage
sauvage et déserte, il la laisse exposée à la
rage des bêtes féroces, il lui envie jusqu'à
un tombeau. Ces idées la pénètrent d'une
indignation qui s'accroît encore par l'effroi
qui vient assaillir son ame, et la fait passer
au sentiment du mépris et de l'aversion.
Thésée n'est plus à ses yeux qu'un monstre
exécrable, vomi par une mer orageuse, ou
enfanté par une lionne, ou conçu dans les
flancs d'un rocher sauvage.

Cependant l'amour n'est pas encore entièrement banni de son cœur; elle semble
condamner son emportement, et s'en repentir ; sa pensée aime encore à s'attacher
à Thésée. Pourquoi ne l'a-t-il pas emmenée
sur son vaisseau ? Heureuse d'être admise
au nombre de ses esclaves, elle se serait
empressée de remplir auprès de lui les

fonctions même les plus viles ; ses royales mains se seraient volontiers abaissées à étendre un drap de pourpre sur le lit de son amant, et à lui verser sur les pieds une eau fraîche et pure.

Mais elle s'aperçoit que ses gémissemens et ses vœux se perdent dans les airs ; ses regards, en quelque lieu qu'elle les porte, ne rencontrent aucun être sensible qui puisse entendre ses plaintes ; et c'est alors que, livrée au désespoir, elle maudit le moment où, cachant sous les dehors les plus aimables les desseins les plus perfides, Thésée aborda la Crète. En effet, que deviendra-t-elle ? sur quelle espérance pourra-t-elle appuyer son cœur ? retournera-t-elle dans sa patrie ! Les mers, hélas ! l'en séparent par des espaces immenses. Implorera-t-elle le secours d'un père ? Elle l'a cruellement abandonné pour s'attacher aux pas d'un jeune homme, encore tout fumant du sang du Minotaure, son fils ; trouvera-t-elle quelque soulagement à sa peine dans les tendres sentimens d'un époux ? Le barbare ! il fuit au travers des mers, et n'a ni assez de vent, ni assez de voiles pour s'éloigner d'elle. Tout ce qui l'environne est désert,

muet, et ne lui présente qu'une mort inévitable. Saisie tout à-la-fois de crainte, d'é-
pouvante et d'horreur, elle passe de l'indignation aux transports de la rage ; elle ne
respire plus que vengeance, elle la demande
aux Furies : Venez, venez, s'écrie-t-elle, entendez mes plaintes, vous qui seules pouvez
les entendre ! et ne souffrez pas qu'elles soient
vaines ; elles partent du fond de mon cœur ;
rendez à Thésée tous les maux que le barbare
m'a faits. Puisse-t-il verser sur les jours de la
famille entière, sur ses propres jours, l'affreux poison qu'il a répandu sur les miens !

Pour mieux sentir avec quel art et quelle
vérité les passions s'entrelacent, se succèdent et se graduent dans cet admirable
poëme, on n'a qu'à comparer les discours
que Catulle met dans la bouche d'Ariadne,
avec ceux que Virgile fait tenir à Didon, et
ceux qu'Ovide prête à cette même Ariadne.

Le quatrième livre de l'*Enéïde* est trop
connu pour m'y arrêter. Quant à Ovide, les
détails infinis et minutieux où il affecte
d'entrer, dans la lettre qu'il fait écrire par
Ariadne à Thésée, détruisent tout ce que
la passion de cette malheureuse princesse a
d'intérêt et de véhémence. Elle se rappelle

trop ce qui lui est arrivé pendant son sommeil ; elle s'occupe trop des monceaux de
sable qui retardent ses pas, des épaisses
broussailles dont le sommet de la montagne
est couvert ; de l'écueil menaçant et précipité qui borde les eaux de la mer. Ovide ne
serait pas plus exact, s'il était chargé de
lever la carte du lieu solitaire où se trouve
Ariadne.

Il faut avouer en même tems que, par-
tout où le sujet ne doit avoir que le ton de
l'épopée, Ovide raconte avec un naturel
admirable. Elle appelle Thésée, elle l'appelle à haute voix, et lorsque la voix lui
manque, ou que, trop faible, elle se perd
dans les airs, elle y supplée par les gestes,
elle élève les bras, elle agite son voile ; mais
toutes ces circonstances sont bien plus
propres à toucher le lecteur que Thésée.
Ariadne retourne à sa tente, où elle adresse
à son lit un très-long discours ; elle lui demande des conseils et des remèdes, quand
tout-à-coup elle est saisie de la peur des
loups, des lions, des tigres, des monstres
marins ; il n'est presque point de bête
féroce ou sauvage qu'elle ne prenne soin
de nommer ; elle se repent d'avoir sauvé

les jours de Thésée, et revenant sur ce
qu'elle a déjà dit, elle termine sa lettre,
qui ne renferme rien qui puisse faire rougir
et repentir Thésée de son inconstance et de
sa perfidie.

S'il était possible de former une table où
les pensées et les expressions les plus propres à représenter les passions d'une même
espèce, fussent ordonnées et disposées de
manière qu'on pût en saisir les nuances, la
succession, le mélange et la gradation,
on verrait que chaque passion a son langage
déterminé, et sa marche propre et particulière, dont on ne peut s'écarter qu'en tom-
bant dans le raffinement et l'affectation. La
grande difficulté, c'est de savoir appliquer
aux cas particuliers les idées générales,
ainsi que l'a fait Virgile, qui, en suivant les
pensées de Catulle, d'Homère et de plusieurs autres poëtes, a eu le secret de se
les rendre propres, en les individualisant,
et de leur imprimer ainsi le caractère de
l'originalité.

Cependant, le souverain des dieux entend
l'imprécation d'Ariadne, et l'approuve par
un mouvement de tête qui ébranle les fondemens de la terre, soulève les abymes des

mers, et fait trembler l'immense voûte de l'olympe ; les ombres de l'oubli enveloppent tout-à-coup la mémoire de Thésée, qui, n'ayant pu se rappeler les ordres qu'il avait reçus de son père, et jusqu'alors présens à son souvenir, voit ce vieillard malheureux se précipiter du haut d'une tour dans les gouffres de la mer.

Ainsi le ciel vengeur d'Ariadne fait expier à Thésée le crime de sa perfidie, en le condamnant aux larmes du deuil et de la douleur, au moment même où il s'attendait à ne verser que celles du bonheur et de la joie.

Cette tragédie finit par un dénouement heureux : Bacchus, épris d'amour pour Ariadne, arrive pour la consoler, accompagné du cortège bruyant et tumultueux des satyres et des silènes ; les uns agitent leurs thyrses, et prenant des attitudes extravagantes, poussent de longs cris dans les airs ; les autres se disputent les membres sanglans d'un taureau qu'ils viennent de mettre en pièces ; ceux-ci s'entourent de serpens tous vifs ; ceux-là, les mains élevées, frappent des tambours bruyans ; aux accens aigus des bassins d'airain se mêle le son enroué des cornets, et l'air retentit au loin du chant sauvage des flûtes barbares.

On croit voir un de ces bas-reliefs où le ciseau d'un sculpteur habile a représenté le triomphe de Bacchus et d'Ariadne ; avec cette différence néanmoins, que la poésie a sur les arts du dessin l'avantage d'exposer les développemens et les détails successifs d'un sujet donné, de varier les attitudes, de multiplier les scènes, et d'en rendre le mouvement même.

Cet intéressant épisode est suivi de ce qui se passe de plus grand et de plus mémorable aux noces de Thétis et de Pélée ; toutes les divinités, à l'exception d'Apollon et de Latone, s'empressèrent d'y assister ; après qu'elles se furent assises autour de la table du festin, les parques se mirent à chanter les destinées des nouveaux époux : elles leur prédisent sur-tout la naissance de ce fier et superbe Achille, qui devait faire tant de mal à Troie, et tant d'honneur à la Grèce.

La propriété des mots, le talent de les mettre toujours à leur place, une précision extrême et une extrême élégance ; des images très-hardies et des tableaux toujours

vrais ; une proportion juste entre le sujet
et la pensée, entre la pensée et l'expression ; voilà ce qui distingue éminemment
Catulle, et ce qu'on ne retrouve plus, du
moins au même degré, dans aucun poëte
latin, à l'exception de Virgile et d'Horace.

Indépendamment du poëme sur les noces
de Thétis et de Pélée, nous avons encore
de Catulle deux autres épithalames que je
crois avoir été, sinon traduits littéralement,
du moins imités du grec. Toujours est-il
certain que Catulle, comme je l'ai déjà dit,
fît des poésies de Sapho sa lecture ou plutôt son étude favorite ; que son ode à sa
maîtresse est empruntée de celle de Sapho.
Ce qui serait encore un secret dans la république des lettres, si Longin ne nous
eût transmis l'original, que Sapho dut à ses
épithalames une grande partie de sa célé-
brité, et qu'enfin dans ceux de Catulle, on
remarque une vérité dans les images, une
simplicité dans l'expression, un certain
abandon dans les tournures, une facilité
dans les mouvemens du vers, et une sobriété d'inversions, qui, au jugement des
anciens rhéteurs, caractérisaient particulièrement les ouvrages de Sapho, et que n'of-

frirent plus les meilleurs poëtes latins,
lorsqu'après avoir marché long-tems sur
les traces des poëtes grecs, ils eurent
enfin un style et une manière entièrement
à eux.

Il y a dans Catulle un poëme sur la bizarre et la malheureuse aventure du bel
Athys, dont la versification est d'un genre
particulier ou plutôt unique. Cet ouvrage
est peu susceptible d'analyse; je me borne-
rai donc à remarquer que le rhythme sau-
tillant, rapide, bruyant et précipité dont
le poëte a fait choix, a un caractère d'agitation, d'égarement et de désordre qui convient si parfaitement au sujet qu'il traite,
que je n'en vois aucun autre auquel on pût
l'appliquer sans blesser toutes les lois de la
convenance.

J'avoue que je n'ai pu voir sans étonnement que l'abbé Souchai, dans ses *Mémoires
sur l'élégie et sur les poëtes élégiaques*,
n'ait pas même fait mention de Catulle. Je
remarquerai à ce sujet, que plusieurs savans ont sérieusement demandé si ce poëte
devait être rangé dans la classe des auteurs lyriques, ou des élégiaques, ou des
épigrammatiques; questions oiseuses et

misérables , dont je ne conçois pas comment de bons esprits se sont avisés. Catulle a fait des épigrammes ; et , pour parler le langage d'aujourd'hui , des madrigaux et des pièces fugitives , des odes ,
des hymnes , des épithalames, des élégies ;
il s'est même exercé dans le genre héroï-
que , et par-tout on trouve l'esprit , le ton
et les couleurs propres de chacun de ces
genres. Et comment refuser une place
parmi les poëtes élégiaques à celui qui ,
le premier , fit présent à sa nation de ce
genre de poésie , et qui ne fut effacé par
aucun de ses successeurs ? Aux tableaux
imposans et vastes substituer des images
tranquilles et douces ; parler au cœur, l'é-
mouvoir et l'attendrir , au lieu d'y porter
l'agitation et le trouble ; tirer ses comparaisons , non de ce que la nature a de menaçant , de sauvage et de terrible , mais de ce
qu'elle a de plus calme, de plus innocent
et de plus aimable ; faire couler doucement les pleurs et ne les arracher jamais ;
employer la métaphore à orner l'expression plutôt qu'à la relever ; ne faire entendre de l'amour que ses gémissemens et
ses plaintes , et laisser ses fureurs et ses

emportemens aux poëmes héroïques, c'est-
à-dire à la tragédie et à l'épopée ; plus d'ai-
sance et de facilité que de noblesse et de
dignité dans la diction ; des mouvemens
plutôt négligés que trop soignés dans le
rhythme ; enfin beaucoup de délicatesse
dans les pensées et beaucoup de simplicité
dans le style : voilà les traits caractéristiques
et propres de l'élégie ; mais ces traits, où
se montrent-ils d'une manière plus sensible, plus frappante que dans le trop petit
nombre des élégies de Catulle qui sont
parvenues jusqu'à nous ?

Passons à ses ïambes ou hendécasyllabes,
plus généralement connus sous le nom d'é-
pigrammes.

Les épigrammes, ainsi que l'exprime le
mot, n'étaient primitivement autre chose
que des inscriptions gravées sur le frontis-
pice des temples, au bas des autels, sur les
piédestaux des statues, sur la pierre des
tombeaux, en un mot sur les divers monumens tant publics que particuliers. Insensiblement elles s'étendirent à d'autres objets,
et reçurent la force du vers ; transfor-
mées en petits poëmes, elles existèrent par
elles-mêmes ; enfin, sans changer de nom,

elles changèrent tellement de nature, qu'il y a une infinité d'inscriptions qu'on ne saurait mettre au nombre des épigrammes, et une infinité d'épigrammes qui n'ont absolument rien de commun avec les inscriptions.

L'épigramme ne fut dès-lors considérée que comme une petite pièce de vers qui n'a qu'un seul objet, et n'exprime qu'une seule pensée. C'est ainsi que les savans se sont tous accordés à la définir ; ils ont ajouté qu'il y en avait deux sortes, la *simple* et la *composée*. Ils ont donné le nom d'épigramme *simple* à celle où la pensée se développant par degrés marche avec grâce et d'un pas égal jusqu'à ce qu'elle soit complètement exprimée ; et telle fut celle des grecs et de leur fidèle et constant imitateur, Catulle ; on l'a nommée *composée*, lorsque la pensée s'y cache pour ne s'y montrer qu'à la fin, et toujours d'une manière spirituelle, piquante et inattendue ; et tel est le caractère de celles de Martial.

Il s'est élevé parmi des savans du premier ordre, des disputes graves pour savoir lequel de ces deux poëtes méritait la préférence. Muret prétend que Martial est à

Catulle ce qu'un vil bouffon est à l'homme
du meilleur ton et de la meilleure compagnie ; Navagero , sénateur vénitien , l'ami
de Fracastor et de Bembo , et poëte presque
digne du siècle d'Auguste, portait encore
plus loin son mépris pour Martial et son
culte pour Catulle ; un certain jour de
l'année , consacré par lui aux Muses , il sa-
crifiait aux mânes de ce dernier un volume
de Martial, qu'il jetait solemnellement dans
les flammes. Juste-Lipse et Jules-César
Scaliger, au contraire, élèvent Martial bien
au-dessus de Catulle ; mais au lieu d'insister
sur des comparaisons qui , loin de rien
éclairer, ne servent le plus souvent qu'à
faire naître dès schismes et à scandaliser la
république des lettres , ne valait-il pas
mieux mettre ces deux poëtes à leur véritable place , en nous faisant observer que
leurs épigrammes , pour avoir un même
nom , n'en diffèrent pas moins essentiellement les uns des autres.

Les épigrammes de Martial, et tous les
petits ouvrages de poésie qu'on désigne aujourd'hui par ce nom, ne doivent leur prix,
leur caractère, je dis plus, leur essence,
qu'aux mots heureux ou aux traits piquans

qui les assaisonnent et par lesquels sur-tout
elles sont ordinairement terminées. Envi-
sagées sous cet aspect, elles prennent différentes formes.

Souvent l'épigramme est d'autant plus
maligne, que son venin ne se montre qu'à
la suite des douceurs et des caresses de la
louange; ainsi, dans la corbeille de Cléo-
pâtre, l'aspic était caché sous les fleurs.
Quelquefois semblable à ces animaux que
la nature a hérissés de dards et de pointes,
elle pique et blesse par tous les bouts;
tantôt, après s'être long-tems cachée, elle
laisse tomber tout-à-coup son voile, dont
elle ne s'était couverte que pour exciter
plus d'attention et de curiosité; tantôt, sûre
de ses coups, elle se montre audacieuse-
ment à découvert et fait briller les traits
aigus et perçans dont elle est armée. Mais
sous quelque forme qu'elle paraisse, on
voit qu'elle n'a rien de commun avec les
épigrammes de Catulle, lesquelles en général doivent sur-tout leur effet à la pureté
du style, à la délicatesse des tournures et
au charme secret qui en embellit toutes les
parties.

Ces dernières ressembleraient plutôt à

nos madrigaux et à nos pièces de vers que
nous nommons *fugitives*, si la monotonie
des terminaisons, la nécessité des verbes
auxiliaires et le manque de flexibilité dans
les mouvemens permettaient à notre langue
d'atteindre à la précision, à l'élégance et à
l'harmonie des langues grecque et latine.
Et qu'on n'imagine pas qu'il en coûte moins
pour réussir dans celles-ci que dans les premières. Un seul mot heureux, un seul trait
piquant, une seule tournure fine et neuve
suffisent pour faire le succès d'une de nos
épigrammes; lorsque dans celles de Catulle,
ainsi que dans nos madrigaux et nos poésies
légères, il n'est aucune de leurs parties sur
lesquelles l'art ne doive agir, sans que l'art
doive se faire sentir dans aucune de leurs
parties. Préférer les pensées brillantes, les
traits ingénieux, épars çà et là dans quelque
ouvrage que ce puisse être, à l'élégance,
à la justesse et à l'accord répandus sur le
tout ensemble, c'est préférer l'éblouissante
et fugitive clarté des éclairs à la douce et
constante lumière du jour.

J'ai dit que nous n'avions pas aujour-
d'hui tous les ouvrages de Catulle. En effet,
Pline, dans son histoire naturelle, parle

d'un poëme sur les enchantemens en amour, dont il ne reste pas un mot; et Térentianus Maurus cite quelques vers tirés d'un morceau de poésie qui a également péri. Quelques savans lui ont attribué le *Pervigilium veneris*; c'est une méprise où l'on n'a pu tomber qu'en confondant les ornemens recherchés et superflus avec la sage et vraie richesse, l'afféterie avec la grâce, et le raffinement avec la finesse.

Quant au poëme intitulé *Ciris,* dont quelques-uns ont voulu que Catulle fût l'auteur, et que plus communément on donne à Virgile, il n'appartient, selon moi, ni à l'un ni à l'autre.

Je terminerai ce mémoire par une observation qui sans doute a été faite plus d'une fois, mais dont il paraît qu'on perd trop aisément le souvenir. On a peine à concevoir comment un poëte aussi aimable, d'un aussi bon ton, et sur-tout aussi pur, aussi élégant dans sa diction que l'était Catulle, a pu se permettre tant de mots grossiers, tant d'expressions obscènes. Un coup-d'œil jeté sur les mœurs des romains suffit pour résoudre ce problême et faire cesser toute surprise. Les romains n'avaient point avec les femmes ces conversations intimes et familières de tous les jours, de toutes les heures, et sur toutes les sortes d'objets que nous avons avec elles, et qui, sans nous rendre plus réservés et plus chastes dans nos mœurs, ont dû nécessairement imprimer à notre langue le caractère de la circonspection, de la réserve et de la pudeur.

Par l'abbé Arnaud.

EXTRAIT

D'UNE LETTRE D'IRLANDE.

———

M E voilà dans le pays des fées, qui n'est pourtant pas celui des enchantemens. Nulle part on ne rencontre autant de fées qu'en Irlande. Il en habite une sur chaque monticule ; il en passe une dans chaque tourbillon de poussière, et le paysan qui les rencontre ne manque pas de leur dire : *Dieu vous bénisse.* Appartiennent-elles à l'ancienne mythologie ou aux nouveaux dogmes, sont-elles chrétiennes ou payennes, sorcières, anges ou diables, c'est ce que je ne sais pas, et je crois que les bons irlandais y ont encore moins pensé que moi. Ils sont d'ailleurs très-attentifs à se conserver la bienveillance de ces êtres merveilleux, en respectant les collines sur lesquelles elles ont établi leur habitation. Il y avait autrefois un grand avantage à être bien avec les fées; elles prenaient soin des voyageurs, les transportaient endormis dans des palais souterrains, où elles leur faisaient goûter toutes sortes de plaisirs. Il paraît qu'à pré-

sent elles se communiquent moins ; et vivent
un peu sur leur ancienne réputation.

Un de leurs emplois était d'annoncer
les morts. Elles avaient le même privi-
lége dans le nord de l'Ecosse, où elles
étaient connues, comme en Irlande, sous le
nom de *Banshées*. Lorsqu'il devait mourir
une personne considérable, la *Banshée*
paraissait dans les environs sous la figure
d'une vieille femme, et faisait entendre une
voix plus qu'humaine. Les peuples les moins
civilisés sont en général ceux qui paraissent attacher le plus d'importance à la
mort ; mais il semble qu'ils l'aient considérée comme un grand événement plutôt
que comme un malheur ; qu'elle les étonne
plus qu'elle ne les afflige. Elle est chez eux
accompagnée de prodiges plutôt que de regrets. Je n'ai pas vu de pays où elle fût en-
vironnée de plus d'appareil qu'en Irlande,
et peut-être de moins de respect et de douleur. De toutes les calamités de la vie, la
plus grande pour un irlandais, serait de
ne pouvoir se préparer un bel enterrement.
De toutes les cérémonies, celle qu'il consen-
tirait le moins à manquer, c'est un enterrement. On s'occupe dans les dernières années

de sa vie à économiser pour ses funérailles,
et un mendiant vous demande de quoi se
faire enterrer. On se rend à l'enterrement
quelque part que l'on sache qu'il s'en fait
un ; on le suit en quelque lieu qu'il passe ;
mais ce qu'il y a de plus couru, ce sont les
veillées des morts.

Sitôt qu'un irlandais a rendu le dernier
soupir, sa famille s'assemble devant sa ca-
bane, et par un hurlement qui se répète en
chœur, avertit tout le voisinage. Hommes,
femmes, tout le monde accourt ; et quand
la nuit vient, on place le mort dans une
grange ; on s'assemble tout autour, et le
hurlement recommence : il a des règles, une
mesure connue, et doit durer un certain
tems. Les vieilles femmes sont fort recherchées dans ces sortes d'occasions, parce
qu'elles ont la voix perçante et se font entendre de loin. Bientôt on distribue des gâ-
teaux, des pipes et de l'eau-de-vie ; on parle
du mort, puis des affaires du tems, puis du
tems passé. Les pipes et l'eau-de-vie se
renouvellent, les vieux s'endorment, les
jeunes s'éveillent, les discours finissent,
et les jeux commencent ; et, dit le pro-
verbe irlandais, *il se fait à l'enterrement*

plus de mariages qu'à la noce. Aussi la veillée des morts est-elle pratiquée, non-seulement dans toute l'Irlande, mais encore à Londres et dans tous les endroits de l'Angleterre où il se trouve un certain nombre d'irlandais réunis.

Je n'aurai pas grand'chose à vous dire d'ailleurs du paysan irlandais : il est pauvre, opprimé et menteur, comme il doit l'être dans un pays où la civilisation introduite parmi les classes supérieures, en éteignant les passions cruelles, n'a laissé subsister que celle de l'argent ; tandis que l'ignorance du peuple et son manque d'industrie ne présentent à l'avidité d'autre moyen que l'injustice, à la misère d'autre ressource que la fraude ; où l'inférieur a tout à gagner s'il vous en impose, et rien à perdre s'il est surpris en mensonge. Un tel peuple doit mentir comme les enfans, de bonne-foi, s'il est permis de s'exprimer ainsi, sans finesses, sans subterfuges, sans argumens avec sa conscience. Un italien ment pour vous tromper, un irlandais ment pour mentir.

C'était sur-tout avant la réunion que les seigneurs irlandais exerçaient chez eux

une autorité presque despotique. Je passai
l'autre jour devant un château sur lequel on
m'avait raconté beaucoup d'histoires : j'y
entrai, et m'adressai à un vieux domestique
que je trouvai balayant l'escalier avec sa
perruque, comme c'est l'usage dans les
anciens châteaux d'Irlande, où les perru-
ques servent à toutes sortes d'offices. Il me
raconta qu'un maître de ce château y avait
tenu sa femme enfermée pendant vingt ans,
sans la laisser communiquer avec personne.
Ce fait était connu de tout le monde, et
personne ne s'en inquiétait. Quand le mari
donnait à dîner à ses amis, il avait coutume
d'envoyer proposer à sa femme un plat de
sa table, et celle-ci répondait ordinairement qu'elle n'avait besoin de rien, et
qu'elle présentait ses respects à la compagnie. Elle avait conservé quelques bijoux :
ne sachant comment les dérober à la connaissance de son mari, elle trouva moyen
de les confier à une vieille mendiante qui
passait quelquefois sous ses fenêtres, et de
lui indiquer les personnes auxquelles elle
voulait qu'ils fussent portés en Angleterre.
Les bijoux furent fidèlement remis. Son
mari mourut enfin : quand on le lui apprit,

elle imagina qu'on voulait se moquer d'elle :
la pauvre créature le croyait probablement
immortel. « Je l'ai vue quand elle sortit
« d'ici, ajouta le vieux domestique ; elle
« avait l'air égaré et pouvait à peine dis-
« tinguer une personne d'avec une autre.
« La pauvre dame n'avait, pour toute coif-
« fure, qu'une perruque comme la mienne».
En disant cela il se remit à essuyer les tables
et les chaises avec cette même perruque,
que je revis sur sa tête l'instant d'après, etc.

Nota. Les détails qu'on vient de lire sont
tirés d'un ouvrage anglais, intitulé *Castle
Rackrent* (le château de Rackrent). C'est
une espèce de roman, aussi curieux par la
peinture des mœurs irlandaises, que piquant
par l'esprit et le talent avec lequel elles y
sont peintes. L'auteur est miss Maria Edge-
worth, célèbre par différens ouvrages ingénieux et utiles. Le plus connu en France est
un excellent traité d'*Education pratique*,
qu'elle a composé avec son père, et qui a
été très-bien traduit par M. Pictet.

RELATION

DE L'ILE

DE SAINT-KILDA,

Tirée d'un ouvrage anglais.

SAINT-KILDA est une des petites îles
nommées *Hébrides*, qui se trouvent à
l'occident de l'Ecosse. On ne conçoit guère
comment la description d'un rocher, placé
au milieu d'une mer peu fréquentée, et
sous un ciel triste et rigoureux, habité
par une poignée d'hommes simples et
grossiers, peut fournir la matière d'un
volume entier, comme celui que j'ai sous
les yeux ; mais on va voir que l'histoire des
habitans de Saint-Kilda est aussi intéressante
que celles de tant de nations sauvages que
les voyageurs vont visiter au-delà des tro-
piques. C'est un petit peuple qui ne s'est
pas civilisé par les progrès naturels de
l'esprit social du tems et de l'expérience.
On voit bien que ses mœurs ont déjà été
modifiées par des institutions politiques

et religieuses; mais le défaut de commu-
nication de cette île avec le reste du
monde, et d'autres circonstances physiques, ont presqu'effacé les traces de ces
institutions, et ramèneraient peut-être les
habitans à l'état de la nature, si le petit
despotisme féodal auquel ils sont soumis
ne travaillait constamment à les éclairer
comme à les corrompre.

L'île de Saint - Kilda a environ trois
milles anglais de longueur de l'est à l'ouest,
et deux milles de largeur du sud au nord.
Lorsque M. Martin y alla dans le dernier
siècle, il s'y trouvait cent quatre-vingts habitans; M. Macaulay n'y en a plus trouvé
que quatre-vingt-huit : c'est une épidémie
de petite vérole qui, dans cet intervalle,
a causé une si grande diminution.

La nature a divisé Saint-Kilda en quatre
parties distinctes, séparées l'une de l'autre
par cinq montagnes, qui présentent du
côté de la mer d'énormes précipices. Ces
montagnes sont presqu'entièrement nues
et dépouillées à leur sommet; les vents et
les pluies ont entraîné sans doute les terres
dans les vallées, et ont laissé le rocher à
découvert.

Il n'y a dans l'île que très-peu de terres labourables. Les habitans aiment mieux élever des troupeaux et tuer des oiseaux sauvages, que de se livrer aux travaux et aux soins de l'agriculture : on en avait engagé quelques-uns, il y a plusieurs années, à ensemencer et labourer une portion de terrain; mais ce premier essai n'ayant pas réussi, on n'a jamais pu depuis leur persuader de faire de nouvelles épreuves : c'est le sort de la plupart des nouveautés les plus utiles, même chez des peuples beaucoup plus éclairés, lorsqu'elles se trouvent en opposition avec de longues habitudes et d'anciens préjugés.

Tous les habitans sont rassemblés dans un petit village où les maisons sont rangées sur deux lignes, faisant face l'une à l'autre ; ce qu'il y a de plus remarquable à ces maisons, c'est qu'elles ont des toîts presqu'entièrement plats, comme on en voit chez quelques nations d'Orient : ce n'est pas qu'ils aient pris d'elles cette manière de bâtir ; le bon sens seul la leur a enseignée. Comme l'île est fort exposée aux ouragans et aux tempêtes, des toîts aplatis donnent moins de prise à l'effort des vents.

Saint-Kilda a sûrement autrefois servi
d'asile à des solitaires chrétiens; on y
retrouve encore des églises avec des cellu-
les de moines, et il n'y a aucun endroit au
monde plus convenable à la vie d'un her-
mite. On y conserve avec vénération la
mémoire de deux saints, *Colombo* et *Bren-
dan*, dont on y célèbre tous les ans la
fête. Aux jours consacrés à ces deux fêtes,
tout le lait qui se trouve dans le village
est remis, avec la plus scrupuleuse exactitude, entre les mains de l'intendant [1]
de l'île ou de son député, qui distribue
le tout par portions égales, indistincte-
ment aux hommes, aux femmes et aux
enfans de la communauté. On pourrait
croire que cet usage singulier vient de
quelques moines des premiers siècles, qui
cherchaient à établir la communauté des
biens; mais on retrouve chez tous les peuples anciens, et même chez des nations

---

[1] Saint-Kilda appartient à un seigneur écossais,
qui en donne la direction à un ami ou à un de ses
domestiques; et celui-ci, à qui on donne le nom
d'intendant (Stewart), fait tous les ans une visite
dans l'île pour y recueillir le tribut dû au seigneur,
y établir la police, juger les contestations, etc.

sauvages, des jours consacrés par la religion, et où toute distinction de rang et de fortune était oubliée pour faire place à une égalité entière et universelle, égalité dont l'image plaît toujours aux hommes même qui s'en sont le plus éloignés.

On trouve aussi dans cette île beaucoup de traces du paganisme ; il y a sur le sommet d'une colline un autel qui, suivant la tradition, était consacré au Dieu qui préside aux saisons ; au dieu du tonnerre et des éclairs, des tempêtes et du beau tems. On reconnaît ici une coutume très-commune chez les orientaux. Les sacrifices *sur les hauts lieux* sont souvent mentionnés dans l'ancien testament. Des hommes superstitieux et barbares peuvent croire qu'en s'approchant plus près du ciel, leurs dieux seront plus à portée d'entendre leurs prières et de recevoir leurs hommages.

Il y a aussi une plaine dont le nom, en langage du pays, signifie *la plaine des exorcismes ou des prières* : c'est là que les anciens habitans allaient implorer les bénédictions du ciel sur leurs troupeaux, en les purifiant avec l'eau, le feu et le sel, toutes les fois qu'ils les faisaient passer

d'un pâturage à un autre. Ils croyaient
conjurer, par la vertu de cette cérémonie,
le pouvoir des sorciers et des mauvais
génies. C'est encore une superstition très-
ancienne, et qui était pratiquée par les
anciens romains.

Près de cette plaine de lustrations est
une portion de terrain assez étendue, et
en apparence très-fertile; mais les habitans n'osent pas y toucher : ils regardent
cette place comme sacrée, et sont très-
fortement persuadés que si l'on s'en em-
parait pour la cultiver, cette témérité serait incontinent punie par quelque grande
calamité. Ils ont oublié le nom de la divinité à qui ce terrain est consacré ; mais
semblables aux athéniens, et à quelques
autres nations, ils n'en sont pas moins
déterminés à adorer le dieu inconnu.

Ce culte est peut-être celui auquel ce
petit peuple est le plus attaché. Les supers-
titions sont d'autant plus difficiles à attaquer qu'elles donnent moins de prise à
l'esprit, et qu'elles tiennent davantage à
l'imagination. Un chrétien pouvait ébran-
ler un adorateur de Jupiter en lui disant :
Tu te prosternes devant un morceau de

pierre ou de bois ! quel dieu que cet être
de chair et de sang, injuste, partial, cruel,
sujet aux passions et aux faiblesses, un dieu
auquel un honnête homme rougirait de ressembler ! Mais comment argumenter contre
un être imaginaire et invisible, qu'on croit,
qu'on craint, et dont on ne se forme aucune idée ? Si saint Paul, en parlant de
l'aréopage, se fût contenté de faire voir
combien il était absurde d'adorer un Dieu
qu'on ne connaissait pas, il aurait bien
pu se faire lapider ; mais il connaissait
mieux les hommes : « J'ai vu parmi vous,
« dit-il aux athéniens, un temple avec cette
« inscription : *Au Dieu inconnu.* Ce Dieu
« que vous adorez, et que vous ne connais-
« sez pas, je viens vous le faire connaître :
« c'est le Dieu qui a fait le ciel et la terre ; il
« n'habite point dans les temples ; il n'a pas
« besoin de l'encens des hommes ; c'est lui
« qui donne à tout le mouvement et la vie. »
Ce trait est de la plus grande éloquence. Un
des juges de l'aréopage (Denis), embrassa
sur-le-champ le christianisme ; et il y a lieu
de croire que le discours de saint Paul
aurait eu plus d'effet, s'il n'eût parlé en
même tems de la résurrection des morts;

dogme mystérieux que les esprits de ses
auditeurs n'étaient guères préparés à recevoir. Aussi nous lisons dans les Actes,
que lorsqu'il parla de résurrection [1], les
uns se mirent à rire, et d'autres dirent à
l'apôtre : *Vous nous reparlerez de cela
une autre fois.*

Revenons à notre petite île : il s'y trouve
trois sources d'eau que les habitans regardent comme sacrées, et comme douées
de grandes vertus, sur-tout pour de certaines maladies ; c'est une ancienne superstition, née dans les tems où la religion
catholique s'était établie dans l'île ; et le pro-
testantisme ne l'a point détruite. On croit
que chacune de ces fontaines est sous la
garde d'un génie particulier, qu'on cherche à se rendre favorable par des prières et
des offrandes. Dans les premiers tems, lorsque les moines avaient la direction de ces
eaux, les offrandes étaient vraisemblablement plus considérables qu'aujourd'hui ;
car ceux qui viennent invoquer le génie
de ces fontaines, ne lui offrent plus en

---

[1] *Quidam quidem irridebant, quidam verò dixe-
runt : Audivimus de te hoc iterùm.* Act. Apostol.
eap. XVII, 32.

don que des coquilles, des épingles, des clous rouillés, des morceaux de linge ou d'étoffes usées, et quelquefois même des pierres communes. En analysant ces eaux, peut-être les trouvera-t-on propres effectivement à la guérison de quelques maladies ; on retrouve par-tout des traces de l'ancienne union de la médecine et de la superstition, union qui subsiste encore chez tous les peuples ignorans et sauvages ; et ce double charlatanisme doit avoir un terrible empire sur la tête des hommes : on peut en juger par celui que chacune des deux branches a conservé dans tous les pays où elles se sont séparées.

Il y a dans les îles *Hébrides* une prodigieuse quantité d'oiseaux de passage, de différentes espèces, qui se succèdent les uns aux autres dans les différens tems de l'année. Quelquefois les rochers en sont entièrement couverts, et ressemblent, de loin, à des montagnes couvertes de neige. Ces oiseaux se nourrissent de poissons, et servent eux-mêmes de nourriture aux habitans des îles.

L'espèce de ces oiseaux, qui est la plus nombreuse et la plus remarquable à Saint-

Kilda, est celle que notre auteur appellé
Solan goose, et dont nous ignorons le
nom français : cet oiseau est gros comme
une poule ordinaire ; il a le bec long,
tranchant, et un peu recourbé à la pointe;
le bout de ses aîles est noir, et tout le reste
du corps est blanc ; il se nourrit principalement de harengs, qu'il prend avec une
merveilleuse adresse. Sa vue est très-per-
çante ; on le voit s'élever dans l'air à une
grande hauteur, observer de là sa proie,
et fondre tout-à-coup sur elle avec une rapidité incroyable. Le moyen dont les pêcheurs prennent cet oiseau, est curieux; ils
fixent un hareng sur un morceau de bois
enfoncé un peu au-dessous de la surface de
l'eau ; l'oiseau fond perpendiculairement
sur le hareng qu'il aperçoit, avec sa vîtesse
ordinaire, et cette force est telle qu'il en-
fonce son bec dans le bois même, de manière à ne pouvoir se dégager.

Cet oiseau fait son nid sur des rochers,
et il y emploie tout ce qu'il peut trouver :
herbe, morceaux de bois ou d'étoffes, tout
lui est bon ; cependant il a souvent bien de
la peine à ramasser assez de matériaux pour
cela; aussi en voit-on qui vont dérober les

nids de leurs voisins, et les précautions
qu'ils prennent pour cacher leur larcin sont
remarquables. Le voleur, après avoir emporté d'un nid tout ce qui lui convient,
prend son vol du côté de l'Océan, et revient ensuite à son nid avec le butin qu'il
a l'air d'avoir été chercher bien loin ; mais
si le voisin s'est aperçu du larcin, il attaque le voleur avec furie, et le combat finit
souvent par la mort de l'un des deux. Ne
semble - t - il pas que ces animaux aient
quelques notions de la *propriété?* Cette
idée n'a été engendrée que par la rareté
des choses nécessaires ; par-tout où ces
choses abondent, elle n'est point connue.

Les oiseaux dont nous parlons vont en
troupes ; il y a toujours une sentinelle qui
va en avant dans les marches ; qui veille la
nuit pendant que les autres dorment, et
les avertit du danger lorsqu'elle aperçoit
les chasseurs : ceux-ci connaissent aux cris
différens de ces oiseaux s'ils ont peur ou
s'ils sont tranquilles. Lorsqu'un de ces animaux a été tué, ses camarades volent autour de lui, retournent son corps avec leurs
becs, et leurs cris plaintifs semblent annoncer la douleur que leur cause sa perte.

Un autre oiseau très-commun à Saint-Kilda est le *tulmer*; il est très-précieux aux habitans, à qui il fournit une nourriture agréable et saine, de l'huile pour les lampes, et du duvet pour leurs lits, indépendamment de plusieurs autres services qu'ils en tirent. Cet oiseau ne pond qu'un œuf à la fois; il est très-jaloux de son nid, qu'il prend en aversion si quelqu'un a seulement soufflé dessus; aussi est-ce un crime public à Saint-Kilda, que de toucher un de ces nids avant que l'œuf soit éclos. Lorsqu'on vient pour prendre le jeune *tulmer* dans le nid, il lance de ses narines une espèce d'huile, sur le visage et dans les yeux de l'ennemi; et se sert souvent de ce stratagème pour s'échapper. Cette huile est très-précieuse, et sert à beaucoup d'usages; chaque *tulmer* en donne environ une pinte, mesure d'Angleterre.

La troisième espèce de ces oiseaux de passage est appelée *lavie*. C'est l'avant-coureur de l'abondance; car il paraît au mois de février, avant la *poule solane* et le *tulmer*. Le lavie ne fait point de nid, et met seulement son œuf sur une pointe de rocher, où il le pose avec tant d'a-

dresse ; que dès qu'on y a touché, il est
impossible de le rétablir dans la même position. La manière dont nos insulaires tuent
ces oiseaux est assez curieuse ; ils vont se
planter pendant la nuit sur une pointe de
rocher, ayant sur la poitrine un morceau
de toile très-blanche, ou autre chose de
même couleur, que le *lavie* prend pour
un rocher ; il va s'y poser, et le chasseur
le prend et l'assomme.

Nous nous sommes arrêtés à l'énumération de ces oiseaux, parce que c'est un
objet très-intéressant pour les habitans ;
ils en observent avec une grande attention
toutes les allures et tous les mouvemens ;
de ces observations combinées, ils ont fait,
comme bien d'autres peuples, un art des
augures.

Cette espèce de divination est bien ancienne. On voit dans les livres de l'ancien
testament, qu'elle était connue dans l'Orient
avant Moyse. Il paraît même, par un passage de la Genèse, que Joseph prenait les
augures ; car on y parle d'un vase dont ce
patriarche se servait pour cette opération.

Des érudits, qui ont bien étudié l'histoire des empires, ont laborieusement re-

cherché quelle était l'origine et la filia-
tion de cette divination , et si elle a pris
naissance en Egypte, en Phrygie, ou en
Grèce ; mais c'est dans l'histoire de l'esprit
humain qu'il faut en rechercher la source ;
il ne faut pas croire que toutes les coutumes , communes à plusieurs nations ,
aient toujours été transmises des unes aux
autres : les mêmes causes physiques ou mo-
rales produisent les mêmes opinions et les
mêmes usages dans les tems ét chez des
peuples divers. On ne peut nier que différentes espèces d'oiseaux n'annoncent, par
les différences de leurs accens et de leur
vol, les changemens qui sont près d'arriver dans l'état de l'atmosphère , sur-
tout la pluie et les tempêtes. Cela se
remarque plus sensiblement dans le voisinage des mers. Les grandes variations de
l'air ne se font pas brusquement ; mais se
préparent et s'annoncent par des altéra-
tions qui , quoiqu'insensibles pour nous ,
peuvent ne pas l'être pour des animaux
doués d'organes plus déliés ou de sens
plus exquis : de là, les mouvemens divers
qu'excitent dans certains animaux ces impressions diverses. Cette raison qui est très-

simple à imaginer pour des hommes accoutumés à chercher les causes physiques de ce
qu'ils voient, ne se présente pas aisément
à des peuples ignorans et sauvages. Ces
peuples doivent observer avec plus d'attention les variations du tems; parce qu'ils
y prennent un grand intérêt pour leur
subsistance, et parce que leur vie est plus
oisive. Ainsi lorsque ces hommes grossiers, après avoir observé que certains oiseaux faisaient entendre certains accens,
ou se jouaient dans l'air d'une certaine
manière, verront qu'il s'ensuit constamment de l'orage et de la pluie, ils en con-
cluront que ces oiseaux connaissent ce
qui doit arriver dans l'air, et l'annoncent.
Ce don de prédire, tout merveilleux qu'il
doit paraître à des hommes ignorans, ne
les portera cependant pas à croire que les
oiseaux ont une intelligence supérieure
à la leur; mais s'ils ont quelque idée
de religion, ils croiront que ces oiseaux
sont les organes dont les dieux se servent
pour annoncer l'avenir : idée qui deviendra
bientôt féconde entre les mains de leurs
prêtres, qui en feront bientôt un art profond et un instrument utile de domina-

tion. Cet art, qui se réduisait sans doute
dans ses commencemens, à prédire la
pluie et le beau tems, s'étendit ensuite
par des procédés très-simples, aux plus
grands objets du gouvernement. Si les
dieux se servent de certains oiseaux pour
annoncer les tempêtes, pourquoi ne s'en
serviraient-ils pas aussi pour annoncer la
famine et la guerre? Ainsi chez les romains, on ne pouvait ni se marier, ni
donner une bataille, ni commencer une
délibération publique, ni ensemencer un
champ, sans avoir consulté les augures.

La superstition est grossière chez les peuples grossiers, et ses progrès sont toujours
proportionnés à celui des esprits; aussi la
divinisation par le moyen des oiseaux ne
put pas devenir un art aussi raffiné chez
les anciens écossais que chez les anciens
romains. Cependant on voit par la tradition et par des préjugés populaires, encore
subsistans dans les montagnes d'Écosse, que
cette superstition y avait été poussée assez
loin. Il n'y a pas un siècle qu'on y trouvait encore des charlatans qui se vantaient,
comme Apollonius de Thyane, d'entendre
le langage des oiseaux, et l'on ne peut douter

que cette grossière imposture ne fût encouragée par la crédulité du peuple.

Les espèces d'oiseaux prophétiques étaient divisées en deux classes, l'une favorable, l'autre funeste. Les corbeaux sont ceux de tous dont les prédictions ont toujours eu le plus de crédit. *Avoir la prévoyance du corbeau* est encore aujourd'hui une expression proverbiale dans les montagnes d'Ecosse. Le corbeau était fort considéré chez les grecs et les romains ; il était consacré à Apollon, le patron des augures. C'était autrefois une croyance généralement répandue dans les îles Hébrides, que lorsqu'une personne considérable était sur le point de mourir, on voyait certains oiseaux voler autour de l'habitation de la personne menacée de mort, et annoncer par leurs accens ce grand évènement. On retrouve encore aujourd'hui les mêmes rêveries dans quelques provinces de France; on les trouve aussi chez les sauvages de l'Amérique. Ces extravagances sont de tous les tems et de tous les pays. Je ne sais quel historien raconte qu'on vit plusieurs corneilles voltiger autour de la tête de Cicéron, le jour même qu'il fut massacré

par l'ingrat Popilius Lœnas. Virgile nous
peint le hibou solitaire qui, du haut des
toîts, annonce par de longs et lugubres
gémissemens la mort de Didon. Que tous
ces présages, tirés du vol des oiseaux, soient
racontés sérieusement par Suétone, celui
de tous les historiens anciens qui nous a
conservé le plus de puérilités et de sotti-
ses populaires, cela est tout simple; mais
ce qui étonne, c'est de trouver de semblables contes dans Tacite, ce philosophe profond et si peu religieux. On dit que Hobbes,
qui ne croyait pas en Dieu, croyait aux
esprits; toutes ces contradictions peuvent
s'expliquer : l'athéisme n'exclut pas toute
superstition.

Revenons à Saint-Kilda; nous avons dit
que la chair et les œufs des oiseaux de mer
faisaient la principale nourriture des habitans pendant une partie de l'année. La
manière dont ils s'y prennent pour faire
la chasse à ces oiseaux et prendre leurs
nids, est une chose très-curieuse. On y
voit tout ce qu'un besoin puissant et con-
tinu peut donner à l'homme d'adresse et
de courage. Ces chasseurs d'oiseaux vont
deux à deux, ayant chacun, attachée à leur

ceinture, l'extrémité d'une corde, longue
au moins de trente brasses. Cette corde
est faite de cuir de vache, coupée circu-
lairement en trois courroies d'égale longueur, qui, tressées fortement ensemble,
peuvent soutenir un très-grand poids et
durent environ deux générations. Une
corde de cette nature est un effet précieux : c'est le lot du fils aîné, et il est
regardé comme équivalant aux deux meil-
leures vaches de l'île.

Au moyen de ces cordes, deux chasseurs
expérimentés traversent et parcourent les
rochers les plus hauts et les plus escarpés.
Ils descendent dans les plus affreux précipices pour aller chercher des nids ; et
pour cela, un des deux chasseurs cherche une place sur le rocher, où il puisse
trouver une assiète assez solide pour être
en état de retenir son camarade, au cas
qu'en descendant, celui-ci vienne à faire
un faux pas et à tomber. On conçoit quelle
force il faut pour soutenir ainsi l'effort d'un
homme qui tombe de la hauteur de trente à
quarante brasses.

Les habiles chasseurs répètent souvent
ces exercices périlleux devant tout le

peuple de l'île, et y ajoutent les tours
de force les plus effrayans, seulement
pour amuser l'assemblée et faire parade
de leur, adresse. M. Macaulay assista à un
spectacle de ce genre. Deux des plus habiles chasseurs de l'île en étaient les acteurs : tandis que l'un se tenait ferme sur
la pointe d'un rocher, ayant à sa ceinture
le bout d'une très longue corde, son compagnon descendit de soixante brasses, et de
là, il s'élança au-devant du rocher, soutenu seulement par sa corde, au-dessus
d'un précipice affreux, et il se mit à voltiger
et à faire en riant et en chantant plusieurs
tours qui amusèrent infiniment toute l'assemblée, mais, qui faisaient frissonner
d'effroi notre voyageur.

M. Macaulay, ainsi que tous ceux qui
sont allés à Saint-Kilda, racontent une
chose très-étrange, que nous allons exposer avant que de faire aucune réflexion.
On trouve dans la relation publiée il y a
soixante-dix ans par M. Martin, le passage
suivant : « Les habitans, dit-il, m'ont as-
« suré qu'ils étaient constamment attaqués
« d'une toux lorsque l'*intendant* arrivait
« dans l'île ; qu'ils en étaient sur-tout fort

« incommodés la nuit, et qu'alors ils éva-
« cuaient beaucoup de phlegme. Cette in-
« disposition dure ordinairement dix à
« douze jours..... Je leur dis naturellement
« que cette idée de contagion me paraissait
« une chimère. Ils furent offensés de mon in-
« crédulité, et me dirent qu'avant leur minis-
« tre et moi, jamais personne n'avait douté
« de la vérité de ce fait ; et pour me prouver
« qu'il ne pouvait y avoir en cela ni imagina-
« tion ni imposture, ils me citèrent l'exem-
« ple des enfans à la mamelle, qui étaient
« également sujets à la même toux. J'inter-
« rogeai en particulier, sur ce sujet, pres-
« que tous les habitans, et tous m'assurè-
« rent la même chose ; on m'ajouta que,
« lorsqu'on apportait dans l'île des mar-
« chandises étrangères, la toux était de
« plus longue durée. Ils ont remarqué en-
« core, que si quelques personnes de la
« suite de l'intendant ont eu la fièvre,
« même avant leur arrivée dans l'île, quel-
« ques-uns des habitans en sont bientôt
« infectés aussi..... Lorsque le période de
« cette toux est passé, on n'entend plus
« tousser personne ; etc. »

Voilà ce qu'écrivait Martin en 1697. Le

même récit, dit M. Macaulay, m'a souvent
été confirmé par des personnes dignes de
foi, qui avaient été à Saint-Kilda toutes les
années successivement, depuis ce période.
D'après leur rapport, on n'y a jamais vu
un seul habitant qui ait échappé à la contagion. Malgré tous ces témoignages, il dou-
tait beaucoup de la vérité de ce fait; les
membres de la société qui l'a député à
Saint-Kilda, avaient la même incrédulité,
et le chargèrent spécialement de rechercher les fondemens d'un pareil préjugé.
« Je peux les assurer, ainsi que le public,
« ajoute notre auteur, qu'il n'y a pas un
« homme de ceux qui ont été à Saint-Kilda,
« qui n'affirme la même chose. Quoique mon
« témoignage puisse servir à donner du
« poids à une opinion que j'avais regardée
« moi-même comme fausse, je ne saurais
« le supprimer sans manquer à la vérité.
« Quand je débarquai dans l'île, tous les
« habitans, excepté deux femmes en cou-
« ches, étaient en parfaite santé, et con-
« tinuèrent pendant deux jours à se bien
« porter; j'en conclus, avec un secret plai-
« sir, que mon arrivée n'avait produit au-
« cun effet; mais je cachai mes soupçons,

« dans la crainte de quelque supercherie ;
« j'imaginais que ces insulaires avaient
« quelques motifs pour entretenir l'idée de
« cette toux contagieuse ; celui, par exem-
« ple, de justifier leur aversion pour les
« étrangers qui viennent souvent les oppri-
« mer ; mais ce motif était bien chimérique,
« car ce petit peuple aime fort les étran-
« gers. Mes premiers soupçons furent bien-
« tôt entièrement dissipés ; le troisième jour
« après mon arrivée, quelques habitans eu-
« rent les symptômes les plus marqués d'un
« violent rhume, et le huitième jour, tous,
« depuis les vieillards jusqu'aux enfans, fu-
« rent attaqués de la même incommodité,
« accompagnée, dans quelques-uns, de
« fièvre et de maux de tête. Il ne m'est
« pas possible, sans rejeter le témoignage
« le plus évident de tous mes sens, de
« croire qu'il y eut là-dedans ni super-
« cherie ni illusion. » M. Macaulay ré-
fute ensuite les raisons que quelques personnes avaient imaginées pour expliquer
naturellement ce rhume épidémique. Parmi
les différens témoignages qu'il rapporte
pour établir la vérité du fait, il cite la
veuve du dernier ministre de Saint-Kilda

laquelle y a résidé plusieurs années. Pendant
les trois premières années de son séjour, elle
échappa à cette singulière contagion; mais
depuis elle y fut constamment sujette
comme tous les autres habitans, lorsqu'il
arrivait des étrangers dans l'île.

Nous ne doutons pas que ce récit ne paraisse bien ridicule à la plupart de nos lecteurs; mais avant de s'en moquer il serait
bon de l'examiner. Peut-être que des lecteurs plus sérieux y trouveront matière à
des réflexions utiles. D'un côté, voilà un
fait étrange, inexplicable, sans analogie
apparente avec aucun autre fait connu;
d'un autre côté, voilà une foule de témoignages précis, unanimes, bien authentiques, recueillis sans aucune contradiction
pendant un siècle. L'auteur qui les rapporte, et qui y joint le sien, est un homme
sage, instruit, qui a examiné le fait merveilleux qu'il atteste avec défiance et dans
la persuasion que c'était une fable; et ce
même fait, tout incroyable qu'il paraît,
était très-aisé à observer et à vérifier.
Quel parti prendre? Si l'on rejette tous
ces témoignages, quelle croyance donne-
rons-nous donc aux récits de tant d'histo-

riens et de voyageurs qui n'ont pas assurément les mêmes preuves à nous offrir,
pour appuyer les choses singulières qu'ils
avancent? Quant à l'impossibilité physique
du fait, qui peut la démontrer? On con-
fond trop souvent l'incroyable avec l'impossible. Nous proposerons ici quelques
observations, que nous soumettons au jugement de physiciens plus éclairés que
nous. 1.º Il ne paraît pas que la nature et
lés causes du rhume soient très-connues,
et l'on observe qu'il est souvent occasioné
par des impressions de l'air, bien légères et
très-peu sensibles. 2.º Il y a lieu de croire
que le rhume est un peu contagieux, sur-
tout parmi les enfans ; on le remarque
particulièrement dans les écoles et les pensions. 3.º Saint-Kilda est continuellement
chargé de brouillards, l'air y est épais, les
étrangers qui y arrivent sont pendant les
premiers jours désagréablement affectés de
l'odeur qui s'exhale du corps et des vêtemens des habitans : ceux-ci, de leur côté,
prétendent qu'ils éprouvent une sensation
désagréable à l'approche des étrangers.
Ces rapports combinés et rapprochés ne
pourraient-ils pas servir à expliquer le fait

dont il s'agit ? Est-il absolument impossible que l'air plus pur et plus rare , que
ces étrangers ont respiré , et dont leur haleine et leurs habits sont encore pour
ainsi dire imprégnés, ait conservé quelque qualité capable de donner cette espèce
de rhume à des hommes vivans dans un
air épais et grossier ? Nous avouons que
ces rapports sont bien subtils , et qu'on ne
voit guère de proportion entre cette cause
et l'effet que nous y supposons : aussi n'a-
vons-nous pas grande confiance en cette
explication ; mais nous ajouterons qu'il ne
faut pas s'arrêter trop rigoureusement sur
cette proportion des effets physiques avec
leurs causes; n'échappe-t-elle pas en mille
cas divers aux recherches des philosophes?
Ceux qui riront en attendant raconter qu'un
étranger qui arrive dans une île , enrhume
sur-le-champ tous les habitans, riraient sans
doute bien davantage , si, n'ayant jamais
entendu parler de la peste, ils lisaient
qu'une lettre envoyée du Caire à Marseille, a répandu un poison invisible, qui
a fait périr dix mille hommes en six semai-
nes. Des peuples de l'Amérique trempent
la pointe de leurs flèches dans un suc enve-

nimé, dont l'action est aussi prompte que
la foudre ; une seule goutte presqu'imper-
ceptible, introduite au bout du doigt dans
les pores de l'épiderme, donne la mort en
une minute. Quelle proportion y a-t il entre
cet effet et sa cause ?

Que conclure de tous ces raisonnemens?
Que le rhume merveilleux de Saint-Kilda
est un fait avéré ? Non ; mais qu'il faut
attendre et douter. Nous connaissons encore trop peu les forces et les moyens de
la nature, pour être en état de fixer les limites de son action ; d'un autre côté, il
ne faut pas ajouter trop de foi aux traditions qui paraissent les plus constantes
et les plus fidèles. Les témoignages des
hommes n'ont jamais qu'une force proportionnée à la probabilité des choses qu'ils
attestent.

Terminons cet extrait par quelques
observations sur la religion, le caractère
et les mœurs des habitans de Saint-Kilda.
Ils sont protestans, et n'ont qu'un culte
fort simple, auquel ils paraissent attachés
sans superstition. Il y a dans l'île une église,
et un ministre qui en fait le service, qui
prêche, instruit et baptise les enfans, etc.

Ils croient à la fatalité, c'est-à-dire, à une destinée inévitable. En y regardant de bien près, on trouvera que c'est le dogme le plus universellement reçu chez tous les peuples, et dans tous les tems ; des nations entières le professent encore aujourd'hui, et c'est peut-être le sentiment intérieur de presque tous les hommes qui n'ont pas réfléchi sur cet objet. S'il y a une question métaphysique qui paraisse intéresser essentiellement la morale, c'est celle de la liberté ou de la nécessité des actions humaines. On voit cependant par le fait qu'elle est assez indifférente à la pratique ; et l'homme qui se croit libre, et celui qui se croit entraîné par une invincible nécessité, agiront dans presque toutes les choses de la vie l'un comme l'autre. Rien ne prouve mieux combien les opinions spéculatives, en général, ont peu d'influence sur la conduite des hommes. C'est une vérité qu'il serait important de démontrer, et de rendre bien sensible ; ce serait un grand pas de fait pour la perfection de la législation, et la tranquillité des peuples.

La langue qu'on parle à Saint-Kilda

est un mélange corrompu de la langue
gallique et de la langue de Norwège. Les
habitans ont dans leur prononciation un
grassaiement remarquable et incorrigible ;
ils ne peuvent jamais articuler les lettres
liquides.

Leur langage est emphatique et propre
à la poésie; aussi ont-ils des poëtes qui
composent non seulement des chansons,
mais encore des pièces d'un genre élevé.
On sent que le cercle des idées et des
images poétiques doit être bien resserré.
La poésie ne va jamais sans la musique ;
le petit peuple de Saint-Kilda l'aime pas-
sionnément. Ils ont une espèce de harpe, et
dansent au son de cet instrument ; l'air
le plus médiocre les transporte de plaisir
et d'admiration. Les hommes et les femmes
chantent ordinairement pour égayer leurs
travaux.

Ils aiment les étrangers, et rer lissent,
dans toute leur étendue, les devoirs de
l'hospitalité. C'est la vertu de tous les peuples barbares, et elle tient peut-être à leur
pauvreté même.

Ils sont en général doux, polis, complai-
sans, humains et officieux. Les femmes y

sont pour la plupart d'une figure agréable
et régulière, et il y en a beaucoup de
vraiment belles. Les mœurs y sont très-
pures. Les filles y sont très-chastes, et les
femmes très-fidèles.

Nous ne ferons pas, comme M. Macaulay, un grand mérite à ces insulaires de
n'avoir et de ne désirer ni palais superbes,
ni meubles élégans, ni riches habits, ni
table somptueuse; on concevra aisément
qu'il n'y a point d'ambitieux où il n'y a pas
de places, et de magistrats corrompus où
il n'y a point de lois; on conçoit aussi
que chez un petit peuple qui ne sait ni
lire ni écrire, il ne se voit guère de déis-
tes et d'athées. Nous les excuserons d'être
dissimulés, et même un peu menteurs: c'est
un vice qu'ils doivent à leurs maîtres. L'*intendant* chargé d'aller chaque année faire
sa tournée dans l'île, est un petit despote
qui règle tout arbitrairement, et dont les
décisions sont sans appel. Comme chaque
habitant est imposé à une taxe, en proportion de ce qu'il paraît posséder, chacun
a intérêt de cacher une partie de ce qu'il a,
et de paraître plus pauvre; ce qui n'arrive
pas seulement à Saint-Kilda. De là ré-

sulte une pratique presque générale de
petites ruses et de mensonges. La fausseté
et l'hypocrisie sont le produit de la bassesse
et de la crainte, c'est-à-dire, les fruits naturels du despotisme. La franchise suppose
toujours de l'élévation d'ame et de la liberté.

Nos insulaires divisent le tems en années,
en quarts d'années et en mois ; ils distinguent les parties du jour par le mouvement que fait le soleil d'un rocher ou d'une
colline à un autre ; lorsque le soleil ne
paraît pas, ils connaissent l'heure par le
flux et le reflux. Ils observent avec soin
tous les changemens de la lune.

L'écriture est une des choses les plus
merveilleuses pour eux. Ils ne conçoivent
pas comment on peut faire connaître aux
autres toutes les conceptions de son esprit,
en traçant sur du papier blanc de petites
marques noires.

Comme ils ne sortent jamais de leur île,
ils ont les idées les plus étranges de tout ce
qui se passe au-dehors. Ils regardent leur
coin de terre comme une partie très considérable du globe. Un d'eux voyagea en
Écosse, du tems de M. Martin ; il fut bien

étonné de la longueur du voyage, et trouva
le monde bien plus grand qu'il n'avait cru.
Une des choses qu'il admirait davantage,
c'était la grandeur et la beauté des arbres ;
mais il remarquait avec frayeur qu'en passant à travers les branches, elles le repous-
saient. A Saint-Kilda, il ne croît que des
buissons.

On le mena dans une ville ; la hauteur
des maisons l'effrayait ; et il n'osait marcher
dans les rues à moins qu'on ne le tînt par la
main. On lui montra la principale église ; il
trouva que c'était en effet un rocher très-
élevé, mais il prétendit qu'il y en avait
dans sa patrie de plus élevés encore ; il
convint cependant que les cavernes qu'on
y avait creusées étaient les plus commodes
et les plus belles qu'il eût jamais vues : il
appelait ainsi la nef et les bas-côtés de l'intérieur de l'église. Pendant qu'il y était, on
sonna les grosses cloches. L'ébranlement
qui se fit dans le clocher, et le bruit horrible qui vint frapper ses oreilles, le rem-
plirent d'une telle épouvante qu'il crut que
le monde entier se brisait et s'écroulait.

En voyant passer dans les rues des personnes qui avaient un masque sur le visage,

il crut que c'étaient des gens qui avaient fait une mauvaise action, et qui ne voulaient pas être reconnus.

On lui fit boire un grand verre d'eau-de-vie qui l'enivra ; se sentant accablé par un assoupissement invincible, il se crut à son dernier moment, mais cette idée ne l'affligea point : *Je n'aurais pas cru*, disait-il, *qu'on pût sortir si doucement de ce monde. Cela ne fait aucun mal.*

Tels sont ces hommes simples que nous appelons sauvages ; nous les méprisons, mais ils l'ignorent. Ils mènent une vie uniforme, mais tranquille, et voient la mort sans trouble et sans effroi. Ce petit peuple sera un jour plus éclairé ; est-il bien sûr qu'il en sera plus heureux ?

S.

DE LA MÉDIOCRITÉ.

Aurea mediocritas. C'est ainsi que pensait et l'exprimait entre Mécène et Virgile, un homme comblé des faveurs des Muses et de la fortune, le plus voluptueux des épicuriens et le premier des poëtes philosophes.

Fort d'une autorité si importante, j'entreprends l'éloge de la médiocrité ; il convient mieux à mon siècle qu'à celui d'Auguste, et j'aurai sur Horace l'avantage de louer ainsi indirectement mes contemporains.

Je les blesserais sans doute, si, vantant des perfections qu'ils n'ont pas, je célébrais les dons du génie, et les prodiges des antiques vertus ; mais comme il n'y a eu dans aucun tems plus d'hommes médiocres que dans celui-ci, le moment que je saisis et le sujet que je traite me répondent également du succès.

S'il arrivait qu'un amour-propre malentendu, ou qu'une modestie excessive engageât quelques personnes à refuser la distinction qu'elles méritent ; qu'elles

crussent paraître au-dessus de la médiocrité en la dédaignant, et qu'elles se per-
suadassent qu'un témoignage de mépris serait un titre d'exemption, j'avertirais ceux
qui n'ont pas d'autre preuve, qu'elle est
très-équivoque, pour ne rien dire de plus,
parce qu'il est démontré que les défauts
contre lesquels on s'emporte le plus, ne
sont pas ceux que l'on aime le moins, et
que l'on n'affecte de répandre la morale
en discours, que pour se dispenser de la
mettre en action.

Cette opinion est d'un tel poids pour
certains observateurs, qu'ils n'hésitent pas
à commander de s'abstenir de toute affaire
d'intérêt avec les gens qui parlent sans
cesse de probité ; ils professent aussi cette
autre maxime : *N'attendez point de com-
misération de ces êtres qui exaltent habi-
tuellement la bienfaisance.*

Au reste, je déclare avec les détrac-
teurs de la médiocrité, qu'elle est insupportable dans les arts et dans les lettres ;
qu'une musique sans expression, qu'un
tableau sans vérité, qu'une tragédie sans
intérêt, sont détestables ; que dès que l'auteur est faible, il est rebutant ; que dès

qu'il n'a pas le secret de plaire, il a certainement celui d'ennuyer ; *qu'il n'est point
de degré du médiocre au pire ;* que la
mémoire , la méthode , la correction ne
sont pas l'équivalent du génie ; qu'il n'est
rien qu'on puisse lui suppléer ; qu'il faut
que le poëte et le peintre soient animés
d'un feu divin ; qu'ils aient été séparés de
l'ordre commun par la nature, et qu'elle
les ait doués d'autant de sensibilité que
d'énergie.

Ce n'est donc pas à ceux qui aspirent
à charmer mon esprit, à attendrir mon
cœur, à maîtriser mon ame, que je désire la médiocrité ; mais est-il si difficile
à l'homme qui manque de verve, de ne
point courir après des rimes ? Celui qui
est privé d'un talent supérieur, ne doit-il
pas renoncer à combiner des sons dont
il ne peut résulter qu'un vain bruit ? Le
repos n'a-t-il donc point de charmes ?
et ne devrait-on pas se féliciter d'une heureuse impuissance qui préserve de dégoûts
nombreux, de veilles amères, de ces peines
qui assiégent l'artiste et qui lui font si souvent arroser de larmes la production qui
doit faire nos délices ?

L'imagination ne vous sollicite pas , un Dieu puissant ne vous aiguillonne pas, votre sang est paisible, ne l'enflammez pas par des liqueurs fortes ; la chaleur factice que vous éprouveriez ne se communiquerait à qui que ce soit, et serait bientôt suivie d'un assoupissement mortel.

Bornez-vous à jouir des compositions sublimes de ces êtres privilégiés sur lesquels la nature a accumulé ses trésors. Si vous leur êtes trop inférieurs pour qu'ils vous transportent, ils vous amuseront, et vous serez, sinon aussi illustres, du moins plus fortunés qu'eux. Il y a quelque chose de plus tentant et de plus extraordinaire : vous serez leur juge. Hors d'état d'écrire la phrase la plus faible de leurs ouvrages, vous ne mettrez pas moins de despotisme dans vos décisions, et l'artiste qui en sera l'objet aurait d'autant plus de tort de les récuser , qu'il aura la puérilité de les craindre et la faiblesse de s'en affliger.

Vous pouvez encore cultiver les sciences ; la médiocrité n'y est pas absolument fâcheuse. Un savant qui ne dit pas tout ce qu'on souhaiterait apprendre sur une

matière, en fait toujours connaître quelque
partie ; d'ailleurs un savant est si peu lu,
à moins qu'il ne s'illustre par des *diction-*
naires portatifs ou des *ana*, qu'on s'em-
barrasse peu que son érudition soit super-
ficielle ou profonde, et qu'il est respecté
sur sa parole.

Voulez-vous faire encore mieux ? Ne
soyez ni amateur, ni juge, ni docte, ni
protecteur, soyez *bonhomme* : livrez-vous
sans réserve à cette médiocrité pour laquelle vous êtes si décidément né ; n'en
contrariez pas la douce influence ; ayez-
la dans le cœur, dans la tête, dans toutes
les facultés du corps, dans celles de l'ame,
j'ajouterais dans la fortune, si je ne crai-
gnais de révolter mon siècle, qui me reprocherait avec raison de ne point connaître
les mœurs qui existent, les moyens qui dé-
cident l'opinion, les preuves qui constatent
le mérite, et qui m'accuserait d'être un
philosophe inepte, qui ayant plus de jugement que de revenu, sait mieux disserter
sur la modération et sur la sagesse, qu'il
n'entend à estimer le pouvoir de l'argent.

J'en crois mon siècle : pleinement con-
vaincu qu'une satyre contre les richesses

he ralentira pas de la fureur d'en acquérir, et m'apercevant d'ailleurs qu'elles sont
presque toujours dans les mains de gens
plus que médiocres, je ne prescrirai rien
sur cet article.

J'affirmerai uniquement qu'il n'y a de
félicité que pour l'homme médiocre, et que
le père qui ne le sera point désirera ar-
demment que son fils le soit, parce que
l'expérience lui aura enseigné qu'il faut
être tel pour échapper à un grand nombre
de maux, et pour obtenir ainsi le seul bonheur auquel il soit permis de prétendre.

Voyez-le, ce fils que je me peins : sa
figure ne séduit ni ne repousse ; ses yeux
sont assez ouverts et son regard n'a point
d'expression ; il a des traits réguliers sans
physionomie ; le sourire est sur ses lèvres,
et n'indique ni joie ni malignité, il annonce simplement l'absence des peines ; sa
taille, qui manque d'élégance, n'offre
point de difformité ; sa démarche n'est pas
agile, elle est ferme ; son extérieur ne se
fait point remarquer ; son teint est reposé,
son tempérament robuste ; la contradiction n'agace point ses nerfs, le chagrin
n'interrompt pas son sommeil, aucun évé-

2.   16

nement ne trouble sa digestion ; son esprit
calme n'enfante point de projets qui le
tourmentent ; une raison bornée ne lui
demande pas compte de ce qu'elle ne comprend pas ; il n'établira aucun système,
parce qu'il sera privé d'invention ; n'ayant
pas assez d'orgueil pour s'indigner contre
les préjugés, il s'y soumettra sans murmure. Sans idolâtrie pour la vérité, et sans
passion pour la vertu, il ne leur sacrifiera
ni son tems ni sa fortune. S'il est vrai,
comme un philosophe l'a si cruellement
prononcé, que *l'amour ne soit bon qu'au
physique*, l'homme dont il s'agit, qui n'en
connaîtra pas le moral, n'aura pas lieu de
s'en plaindre ; les orages qui s'élèvent entre
les amans, n'approcheront pas de lui ; la
fureur du desir ne le tyrannisera pas ; il ne
pourra pas même soupçonner qu'il soit
possible de placer sa félicité dans celle de
quelque objet que ce puisse être, sa douleur dans une douleur étrangère, sa vie
dans une autre vie, et qu'on ait la faculté,
si souvent funeste, de doubler ainsi son
existence ; il formera de ces liaisons qui
n'exigent que de la complaisance, ne cul-
tivera point l'amitié qui demande un cœur

chaud; il n'excitera point la haine qui ne
poursuit que les grands talens et les rares
vertus; il s'estimera comme il estimera
tous ceux qui l'environneront, sans examen, sans préférence et sans jalousie. On
ne lui fermera pas le palais de la fortune,
dont on sera sûr qu'il ne briguera point
les premières places; n'ayant pas d'élévation, il se fera des protecteurs; il ne re-
muera pas le destin des empires, mais le
sien sera tranquille; il remplira ses obliga-
tions de façon à éviter la censure, et à ne
pas mériter la louange, et il mourra sans
former et sans laisser de regrets.

Tout ce que j'ajouterais ne serait qu'un
commentaire inutile de ces mots admirables, qui renferment tout ce qu'il faut savoir et pratiquer pour être heureux : *facere
officium taliter qualiter, sinere ire tempus
ut vult ire, et semper benè dicere de
domino priori.* Ces préceptes sont ceux
d'un philosophe, de l'illustre ami du grand
Pentagruel, qui avait été captif, amoureux,
pourfendeur, qui buvait largement, mariait
les vieilles, caressait les jeunes, obtenait des
pardons, savait dix langues, et avait soixante-
trois manières de gagner de l'argent.

Comment se refuser à une autorité si
grave? qu'opposer à de telles maximes?
comment les gens médiocres pour qui elles
ont été dictées, peuvent-ils se résoudre à
s'en écarter? par quelle étrange manie
veulent-ils être des personnages, de petits
intrigans, de froids écrivains, des critiques
platement méchans? pourquoi cherchent-
ils à cabaler, à tracasser, à noircir? pourquoi entreprennent-ils de décider? pourquoi abandonnent-ils une place commode
pour en enlever une autre dans laquelle ils
sont importuns, ridicules et malheureux?
pourquoi affligent-ils la société par cette
même médiocrité qui était le gage de l'obscurité et de la paix?

Mais a-t-on bien compris toutes les
beautés du passage latin que j'ai cité? est-on
assez pénétré de son excellence? pourrait-
on y opposer un volume entier de quelque
moraliste que ce soit, plus fécond en consé-
quences utiles? Ne voit-on pas que chaque
mot est si plein de sens, qu'il n'en faut ni
un de plus ni un de moins pour former le
plan d'éducation le plus complet?

Faire son devoir tellement quellement :
on est d'abord un peu surpris de ce conseil;

mais plus on le médite, plus on en admire
la sagesse, plus on en aime la simplicité. Si
vous faites trop mal, vous serez puni ; si
vous faites trop bien, vous serez persé-
cuté. Il n'y a que le *tellement quellement*
qui soit exempt d'inconvénient ; c'est le
point juste au-delà et en-deçà duquel il n'y
a que danger. Félicitez-vous donc de ce
que la seule bonne position qu'on ait pu
vous indiquer soit la plus facile à prendre
et à garder.

*Laisser aller le tems comme il veut
aller :* voilà un de ces axiômes qui, comme
l'a dit Bâcon, sont faits avec l'expérience :
celle de tous les siècles a enseigné que
pour vivre riche, applaudi et content, il
ne fallait point attaquer l'homme injuste,
se révolter contre l'oppresseur, ridiculiser
la sottise, et que, fût-il en son pouvoir de
confondre l'imposteur, de défendre l'innocence et de faire pâlir le tyran, il faudrait
rejeter loin de soi ces projets hasardeux,
parce qu'il sera toujours infiniment plus
sûr et plus aisé de *laisser aller le monde
comme il veut aller.*

Quelque sublime que soit ce précepte,
j'avouerai qu'il ne suffisait pas ; il n'était

que négatif : aussi notre auteur en a-t-il ajouté un plus ferme, plus décisif, et qui doit à la fin vaincre toutes les résistances : *C'est de dire toujours du bien de M. le prieur.*

La finesse et la profondeur de ce grand mot *toujours* ne vous échappent pas. Vous entendez bien que, quoi que *M. le prieur* puisse dire ou faire, il faut toujours le louer, fût-il aussi bizarre que Tibère, ou un imbécille tel que Claude, ou un fou furieux comme Néron. Prodiguez les éloges, et *le prieur* vous prodiguera ses faveurs.

Si l'on n'a pas quelques motifs secrets d'animosité contre Panurge, on ne niera pas qu'il n'ait enseigné tout ce qu'il était nécessaire d'apprendre, et que la science du bonheur ne se trouve dans les trois sentences que cet homme de génie nous a laissées.

DEVAINES.

RÉFLEXIONS

LES ANGLAIS, LES VOYAGES,

LE THIBET, MAROC ET LE CONGO.

———

J'AI vu beaucoup d'anglais entreprendre des voyages pour leur plaisir ; mais je n'ai guère lu de relations que de ceux qu'ils ont fait pour leurs affaires. Nous aimons à parler de ce qui nous réussit le mieux, et les anglais qui choisissent quelquefois mal leurs plaisirs, font presque toujours bien leurs affaires. Il m'a passé sous les yeux depuis quelque tems beaucoup de relations de voyages dans l'Inde, et tous faits par des anglais, tous par des ambassadeurs, qui tous ont été envoyés avec le même but, et presque les mêmes instructions. L'un va au royaume d'Ava, régler des intérêts de commerce entre les anglais et les birmans ; un autre cherche à établir des relations commerciales entre les habitans

du Thibet et les anglais du Bengale ; un
troisième entreprend de faire pénétrer des
commerçans anglais jusque dans l'intérieur
de la Chine. S'ils ne réussissent pas également, c'est du moins une chose bien frappante que cette persévérance à chercher
les moyens de s'agrandir ; cette sagacité à
les démêler et cette activité à les saisir ; cette
unité de vues, cette union de volontés qui
forment le caractère distinctif d'une nation
essentiellement commerçante. L'esprit de
commerce est le seul qui intéresse directement les particuliers à l'agrandissement de
la nation, le seul qui leur donne les moyens
d'y coopérer d'une manière sensible ; et
c'est une alliance bien puissante que celle de
l'intérêt des individus avec l'intérêt du gouvernement ; que celle où tant de regards
se tiennent toujours ouverts pour avertir
et diriger un bras toujours prêt à agir.

Une autre chose à remarquer dans les
écrits des anglais, est la simplicité du récit.
Un anglais part pour un voyage sans aucune détermination prise sur la manière
dont il doit envisager les choses, sur les
choses même qu'il peut se proposer plus
particulièrement d'observer ; il n'a pas le

projet de faire de sa relation un corps d'ouvrage destiné à établir tel ou tel système.
Il se met en route, observe également
tout ce qui se présente à ses yeux, vous
dit ce qu'il a vu et non ce qu'il a pensé,
vous associe à sa marche beaucoup plutôt
qu'à ses réflexions. Il ne cherche point à
former votre opinion ; mais après avoir pour
ainsi dire voyagé avec lui, vous avez en
arrivant une opinion toute formée sur les
faits qu'il vous a présentés avec tant d'exactitude : de là vient la supériorité des anglais dans la partie des voyages. On sent
qu'on doit les croire, et dès-lors l'intérêt
existe.

Par ce mot d'intérêt, je n'entends pas
seulement celui que tout voyageur cherche
à inspirer pour sa personne et ses aventures,
et qui, dans un ouvrage de ce genre n'est
jamais qu'un avantage secondaire, le moyen
et non le but de l'ouvrage. Ce canevas histo-
rique, qui sert de base à des faits curieux,
à des observations utiles, a sans doute le
mérite d'attirer l'attention du lecteur, d'attacher à des souvenirs locaux ces faits et
ces observations qui autrement pourraient
se confondre et se perdre dans sa mémoire ;

mais ce serait un grand inconvénient, si l'on abusait de cette manière facile d'amuser l'imagination, et que l'historien étouffât l'observateur. Il est cependant quelques aventures qui, indépendamment de toute vue d'instruction, méritent par leur singularité, d'être recueillies et d'occuper une place parmi les voyages. Mais dans ce sens, les relations les plus intéressantes ne sont pas toujours les plus utiles. Certainement l'histoire d'un homme qui aura traversé des déserts, et couché sous les huttes des sauvages, qui aura été exposé à la cruauté des cannibales et à la rage des lions et des tigres, certainement, dis-je, cette histoire sera très-amusante; mais quels résultats bien curieux pouvons-nous en tirer? A peu de chose près, tous les sauvages se ressemblent, et ce n'est pas pour courir la chance d'être mangé des bêtes qu'il vaut la peine d'aller faire quelques milliers de lieues.

Généralement les peuples les plus curieux à observer sont les peuples à demi-civilisés, ceux sur-tout auxquels la civilisation est venue du dehors, et chez qui elle ne s'est point formée insensiblement du besoin et de l'habitude de la société. Ces peuples qui, éclairés sur quelques points par les lumières qu'ils ont empruntées à leurs voisins, sont restés sur tous les autres dans une obscurité profonde. Cet exemple ne peut guère se rencontrer en Europe ; cependant ce serait encore un voyage piquant que celui de la Russie, pour un homme qui n'aurait d'idée sur les russes, que d'après ceux qu'il aurait pu voir en France. Je crois aussi qu'après avoir soupé en bonne compagnie avec un pair d'Ecosse ou d'Irlande, on serait un peu étonné de se trouver transporté parmi des paysans irlandais, ou des montagnards d'Ecosse. Mais ces contrastes doivent tous les jours devenir moins frappans parmi des nations dont la portion éclairée communique nécessairement à la longue des lumières à l'autre. Le lieu où il faut les chercher, c'est parmi ces nations à qui leur position ou la forme de leur gouvernement ôte le moyen d'acquérir de nouvelles lumières sans leur permettre de laisser périr celles qui leur sont acquises. Le Thibet en Asie, en Afrique, l'empire de Maroc, et peut-être dans un degré de civilisation

encore moins avancée, le royaume de
Congo, peuvent servir d'exemple.

Je commence par le Thibet : c'est cette
partie de la Tartarie qui confine au nord
et à l'ouest à l'empire de la Chine : c'est
l'empire et la résidence du dalai - lama,
souverain pontife, et même dieu des chinois et des indous, et immortel comme on
sait. C'est enfin des trois contrées que j'ai
citées, la plus avancée dans la civilisation,
et celle qui probablement restera le plus
long-tems arrêtée à ce point auquel elle est
depuis long-tems parvenue.

Les européens n'avaient eu jusqu'à présent que des notions vagues et incertaines
sur l'existence du dalai-lama, et l'intérieur
des pays soumis à son obéissance ; ce fut
vers la fin du siècle qui vient de se ter-
miner, que la compagnie anglaise de Cal-
cutta trouva moyen de faire pénétrer successivement dans le Thibet plusieurs envoyés, dont la mission était de tâcher d'é-
tablir quelques communications entre les
thibétains et les anglais du Bengale, et par
là, s'il était possible, d'arriver enfin jusqu'à la Chine. Le dernier de ces envoyés fut
M. Turner, qui passa au Thibet, en 1783.

Les thibétains se trouvaient, quand M.
Turner arriva chez eux, dans une circonstance bien heureuse et bien importante. Le
lama, éloigné depuis quelque tems de sa
demeure terrestre, c'est-à-dire, mort
dernièrement de la petite vérole, avait
enfin daigné reparaître au milieu de ses
adorateurs. Des signes certains avaient ma-
nifesté la naissance d'un petit lama. M. Turner le vit, lui parla ; il avait alors dix-huit
mois, recevait fort bien les ambassadeurs,
écoutait leurs harangues: A la vérité il n'y
répondait pas ; mais d'ailleurs il soutenait
avec beaucoup de dignité sa qualité de
dieu ; qualité qui au reste n'est pas rare
dans cette partie du monde ; car il y en a
trois pour gouverner le Thibet, chacun souverain dans son pays et immortel selon
l'usage. Mais les thibétains ne s'en tiennent
pas là : ils ont d'autres dieux dans le ciel ;
ils en ont dans tous les chemins, sur toutes
les montagnes ; et la nuit personne ne sort
de sa maison de peur des démons qui sont,
comme on sait, les maîtres de la terre dès
que le soleil est couché.

Un de leurs dieux, nommé *Krischna*,
l'Apollon des Indes, est célèbre par sa

galanterie. Rencontrant un jour les neuf
Koulis , apparemment les Muses , il prit
le parti de se multiplier pour leur offrir à
chacune un compagnon. Ce *Krischna* pourrait bien être le même qu'un certain *Kisna*
dont j'ai lu ailleurs l'histoire, qui passait sa
vie à voler les vases des laitières, et à cacher
les habits des femmes qu'il surprenait au
bain. Un jour, mécontent d'un peuple qu'il
gouvernait, *Kisna* le détruisit, et n'en ré-
serva pour lui que seize mille femmes qu'il
emmena dans le ciel, dont il n'est plus sorti
depuis ce tems-là. Si c'est là un des dieux des
thibétains, il ne les a assurément pas formés
à son image. De tous les pays, le Thibet est
celui où les femmes sont le moins recherchées. L'usage est de n'en avoir qu'une
pour tous les frères d'une même famille, et
c'est l'aîné qui choisit; car on rencontre
par-tout cette aristocratie de primogéni-
ture. Une fille peut d'ailleurs avant le mariage , se livrer à tous ses goûts; personne
ne lui en sait mauvais gré. On la destine
ensuite à faire le bonheur de quatre ou cinq
maris; mais passé cela , il faut qu'elle garde
une certaine réserve.

Dans le Boutan, pays voisin et dépendant

du Thibet, quoique gouverné par un raja
particulier, le célibat est en honneur, et le
mariage ferme la porte aux dignités. Au
Thibet, ce lien est regardé comme un joug
honteux ; on le laisse aux gens du peuple ;
encore voit-on comment ils s'en soulagent.
Tout près de là, dans le Conch-Bahar, l'u-
sage autorise à mettre sa femme en gage
et à vendre ses enfans. Au Boutan, ce sont
les femmes qui labourent la terre : ce. pays
n'est pas aussi avancé que le Thibet pour la
civilisation. Par exemple, on monte par
une échelle à la maison du raja, et ce prince
nettoie lui-même, avec sa langue, la tasse
dans laquelle on lui a servi du thé. Mais il
a des forteresses, des maisons d'été et
d'hiver, de grands officiers et un médecin,
qui est obligé de prendre toujours la moitié
des médecines qu'il présente à son maître,
ne fussent-elles pas de son ordonnance.

Au Thibet l'imprimerie est connue ; le
cercueil du lama est d'or pur, ainsi que sa
statue ; ses chapelets sont de perles et de
corail, mais il n'a pas de cheminée pour se
chauffer, quoiqu'il y gele quelquefois.

Dans le Thibet et le Boutan, les souverains sont prêtres ; ceux qui les approchent

sont aussi, pour la plupart, des prêtres : la
moitié de leurs sujets sont prêtres, reclus
ou recluses; le reste vit dans le plus entier
éloignement des pratiques religieuses,
mange de la viande, boit des liqueurs; et
n'observe qu'à peine le précepte de l'ablu-
tion. Où chercher la cause de cette éton-
nante différence ? Moins peut-être dans la
forme d'un gouvernement théocratique que
dans sa position par rapport à d'autres états
plus puissans auxquels il est subordonné
par sa faiblesse, tandis qu'il paraît les régir
par l'opinion, et qui semblent l'entretenir
dans cette faiblesse, afin de pouvoir lui
conserver sans inconvéniens cette apparence de supériorité due au caractère sacré
dont il est revêtu.

Car le lama est le chef de la religion des
chinois; quand il daigne se rendre à Pékin,
l'empereur envoie ses fils au-devant de lui;
fait bâtir sur sa route des maisons tout exprès
pour l'y recevoir; et dans ses états le lama
ne peut laisser entrer aucun étranger sans
la permission de l'empereur. En cas de mé-
contentement ou de méfiance, celui-ci
envoie des troupes dans la forteresse du
lama, un général et une armée dans sa

capitale, et ensuite se recommande à ses
prières.

Ainsi, toujours dominé, contenu, protégé
par les états qui l'environnent, l'empire du
dalai-lama est au milieu de l'Asie, comme
un vaste couvent de moines qui, en se gouver-
nant dans l'intérieur d'après ses règles particulières, suit, pour les affaires du dehors,
les lois de l'état dans lequel il subsiste,
dont les richesses l'alimentent, dont le
respect fait toute son existence. On peut
bien s'agiter dans les murs du monastère,
former des ligues, des cabales, des intrigues, pour parvenir aux dignités de l'ordre;
mais elles n'influeront en rien sur la forme
extérieure de l'association, et les vassaux
qui en dépendent ne dormiront pas moins
tranquilles. De tems en tems seulement un
d'entr'eux, qui, en faisant des commissions
dans le couvent, aura été séduit par l'abondance qui y règne, sentira les atteintes de
l'ambition, et sacrifiera sa liberté pour parvenir aux honneurs; mais avec les honneurs
il ne désirera point les richesses. De quoi
lui serviraient-elles dans une institution où
le rang règle la forme des habits, et la religion le genre de la nourriture ?. Il ne con-

naîtra de talent que celui qui sert à s'élever.
Le peuple du dehors n'aura d'actions que ce
qui lui sera commandé par ses besoins, et
ces besoins seront rares. L'intrigue indique à
la mollesse plus de besoins que celle-ci
n'en peut inventer. Avant que, pour gagner
de l'argent à ceux qui en dépensent pour
se désennuyer, quelqu'un se fût avisé d'inventer les lits de plume, qui est-ce qui
avait songé à trouver des matelas de crin
trop durs ? Et qui pourrait inspirer à l'habitant du Thibet, une industrie qui ne le
conduira pas aux honneurs ? Qui pourrait
lui faire désirer des richesses qui ne lui
donneront pas la considération ? Il restera
donc au point où il est arrivé : sa religion l'y
fixe, et cette religion suffit à ses lumières.
Sans le gêner beaucoup dans sa conduite,
les pratiques du culte, qui sont le chemin
des honneurs, deviennent exclusivement
la fonction de ceux qui les ont obtenus.
L'adoration de Dieu est l'affaire des gouver-
nans : les gouvernés ne s'en mêlent pas ; ils
regardent passer une procession comme
nous courons à une revue, et la renaissance
du lama est chez eux un point de constitu-
tion presque autant qu'un article de foi.

A Maroc aussi, la religion fixe la forme du gouvernement, mais elle n'en dirige pas les détails. Cette religion, née parmi des arabes et adoptée par des africains, qui met tout le pouvoir entre les mains d'un souverain à qui elle n'a rien appris, si ce n'est qu'il est le maître, fait de l'autorité du prince l'instrument le plus effrayant et le fléau le plus terrible. Au Thibet, le peuple est profondément ignorant; c'est dans le gouvernement que s'est concentré ce que le pays possède de lumières; c'est là que se trouvent aussi le plus de vertus et de droiture. De tous les habitans de l'empire de Maroc, l'empereur est celui avec lequel on doit le plus craindre de traiter.

Muley Absulem [1], l'un des fils de l'empereur de Maroc, se voyait près de perdre la vue. Un mal trop compliqué pour ne pas échapper à la science des médecins barbaresques, menaçait de le priver entièrement de la lumière. En 1789, il fit demander au gouverneur de Gibraltar de lui envoyer un chirurgien d'Europe. Les promesses du prince étaient magnifiques; la

---

[1] *Muley* signifie *prince.*

mission paraissait intéressante, et le pays
curieux à parcourir. Un chirurgien anglais,
nommé Lemprière, fut désigné, accepta et
partit. Rendu en six heures à Tanger, d'où
il devait être défrayé de tout, et escorté
par un détachement jusqu'à Tarudant, où
résidait Muley Absulem, il réclama l'exécution des promesses du prince, et obtint
quatre mules, une tente trouée, deux
soldats nègres, un interprète juif et un mu-
letier arabe : c'étaient là ses voitures, son
bagage et son escorte. Le voyage qu'il
avait à faire était de deux cent cinquante
milles, dans un pays presque sans chemins,
sans ponts et sans bateaux. Quant aux cou-
chées, elles étaient tantôt dans les villes
où la populace venait consulter, injurier et
piller le médecin d'Europe, tantôt en pleine
campagne, dans la saison des pluies, ou
sous les tentes des arabes vagabonds ; et
c'était ici que le voyageur se trouvait le
moins mal.

Dans cette route, il rencontrait à chaque
instant des châteaux rasés par l'ordre de
l'empereur, des villages dévastés par ses
troupes, pour s'être refusés aux taxes
exorbitantes que l'on exige en son nom.

Cependant le sort de ce peuple, entretenu dans la misère par la paresse, offré peut-être un spectacle moins pénible que celui d'une autre classe d'habitans, sans cesse occupés à dérober aux yeux d'un maître avide des richesses, qu'ils éprouvent le besoin d'accroître sans cesse. On se demande comment il existe des hommes qui puissent vivre volontairement au milieu d'un ordre de choses, dont le seul aperçu afflige tous les amis de l'humanité. Mais un danger habituel, en nous dérobant le sentiment de l'avenir, augmente de beaucoup la valeur du moment présent. Le maure, au milieu de ses femmes, prenant son thé, ou causant sur sa porte les jambes croisées, oublie que, dans une heure, un ordre de son maître peut lui ravir ses biens, sa liberté, sa vie, ou le priver de quelqu'un de ses membres.

Lemprière était enfin arrivé à Tarudant; enfin il avait surmonté toutes les préventions que devait naturellement inspirer un homme poudré, vêtu à l'européenne; et un médecin qui n'employait point de topiques, voulait guérir une incommodité extérieure avec des remèdes intérieurs, dé-

fendait l'eau-de-vie à un prince maure, et
prétendait que l'usage immodéré des plaisirs pouvait avoir quelques rapports avec
le mal des yeux. Mais ces dangers qu'avait
fait naître l'envie des courtisans, n'étaient
rien auprès des dégoûts que lui préparait
l'ingratitude du maître.

Il avait presque guéri le prince, lorsqu'il
fut contraint de se rendre à Maroc d'après les
ordres de l'empereur qui, pour prix de ses
soins, l'obligea à se justifier de l'intention
d'avoir voulu empoisonner son fils. Il y parvint sans l'intervention de Muley Absulem
qu'il avait mis en état de se passer de lui,
et qui par conséquent ne crut pas devoir
dire un mot en sa faveur. Il se présenta
chez ce prince, qui lui envoya deux pièces
d'or indépendamment d'un cheval dont il lui
avait fait présent pendant le traitement, et
que même Lemprière ne pouvait pas em-
mener avec lui lorsqu'il quitterait l'empire
de Maroc. Mais ce départ, qui faisait désormais l'objet de ses vœux, qu'il demandait
pour toute récompense qu'on lui permît
d'effectuer, il était bien loin d'en voir le
moment. Il avait cependant, pour obtenir sa
demande, payé le ministre qui partageait

avec l'empereur, le secrétaire qui partageait
avec le ministre, et le portier qui était obligé
de partager avec le secrétaire. Il avait écrit,
il avait fait parler : lettres, sollicitations,
présens, tout demeurait sans effet.

Un jour enfin il reçoit l'ordre de se transporter au palais. Il y vole, rempli d'espérance ; il s'agissait de traiter une des sultanes. Découragé, dégoûté d'entreprendre
de nouvelles cures, il aurait refusé, si, à
Maroc, on pouvait refuser quelque chose.
Le voilà donc introduit dans le sérail ;
toutes les femmes du harem commencent
par s'enfuir ; toutes finissent par se rapprocher ; toutes veulent en secret le voir, le
consulter. Il ne sort de chez Alla-Zara, la
sultane malade, que pour aller chez Alla-
Batoum, la première sultane ; de là chez
Alla-Douyaw, la sultane favorite ; celle-ci
était sans doute celle que l'empereur avait
le moins d'envie de lui montrer, mais que
le jeune anglais désirait le plus de voir.

« En entrant, dit-il, dans son apparte-
« ment, je fus tellement frappé de sa beauté,
« qu'elle dut s'apercevoir du trouble qu'elle
« me causait. Mon premier mouvement me
« fit commettre une imprudence qui au-

« rait pu me coûter cher. Je lui marquai ma
« surprise de trouver tant de charmes chez
« une africaine. A peine eus-je fait à cette
« charmante sultane un compliment aussi
« indiscret, que j'en sentis tout le danger,
« sur-tout devant le cerbère qui ne me
« perdait point de vue. Elle n'eut point l'air
« d'être inquiète. »

Cette démarche pouvait avoir des suites
terribles ; mais Alla-Douyaw était si jolie,
si curieuse de la conversation du médecin
européen, que la visite se prolongea, se
renouvela. Alla-Douyaw gagna ses femmes
et l'eunuque ; il ne restait plus que ses ri-
vales. « J'allai, dit l'auteur, les visiter dans
« leurs appartemens ; par ce moyen leur
« conduite devint également repréhensi-
« ble ; ce qui leur fit sentir la nécessité de
« se taire. »

Cependant le danger n'était qu'éloigné ;
chaque jour l'imprudence d'Alla-Douyaw
en faisait naître de nouveaux. Les devoirs
du jeune chirurgien le rappelaient dans sa
patrie ; il fallut donc songer à s'arracher de
ce lieu de délices. Mais comment obtenir
des sultanes qu'elles voulussent solliciter

son départ? Il feignit d'être obligé d'aller
chercher en Europe des médicamens pour
achever la cure de cette sultane malade
dont il avait déjà avancé la guérison; il
obtint enfin la permission de partir, et ne
revint plus. Une ruse employée avec succès
lui procura le congé après lequel il soupirait depuis long-tems, et termina ses
relations avec la belle sultane. Si depuis il
retourna à Tanger pour y compléter les
renseignemens qui devaient le mettre en
état d'écrire son voyage, il ne fut pas tenté
de se rapprocher d'une cour d'où, après
dix-huit mois d'esclavage, il n'avait rap-
porté que des observations, intéressantes à
la vérité, le souvenir d'Alla-Douyaw, et des
détails curieux sur l'intérieur du harem. Il
avait pu être étonné de voir la sultane favorite, couverte de bijoux et d'étoffes pré-
cieuses, en pension pour sa nourriture au
prix d'un petit écu par jour; des femmes
qui se peignent en rouge et en noir les
pieds, les mains, les sourcils, les joues, le
menton et le bout du nez, avaient dû lui
paraître d'abord un peu extraordinaires. Il y
a lieu de croire cependant qu'il resta moins
frappé de la singularité des parures que de

celle des manières de cette cour; car il faut bien l'appeler ainsi.

Rien n'a plus contribué dans les ouvrages des voyageurs sur les mœurs des pays encore sauvages, que ces noms inventés par la civilisation, qu'on a été obligé, faute d'autres, d'appliquer à des lois et à des usages de barbares. C'est par exemple une chose curieuse que de voir au Congo, habité par des nègres, la traite des nègres appelée le commerce du pays et considérée par les lois de ce pays comme le véritable objet de son commerce. C'est encore un singulier état de choses que celui qui résulte d'un gouvernement dans lequel il n'existe que deux manières d'être, vendre les autres ou être vendu par eux; dans lequel l'étendue plus ou moins considérable de ce droit de vendre, constitue les différens degrés de dignité; dans lequel le suzerain vend ses vassaux; le prince du sang, le suzerain; le roi, qui il lui plaît, excepté les princes du sang; qu'un pays où il y a des princes du sang, des ministres, un ordre de succession établi dans certains états, un mode d'élection adopté dans quelques autres, une forme d'hommage-lige, des grands vassaux, des grands officiers, et tous, ainsi que le roi, marchant tous nus, et logés dans des huttes de paille.

Mais ce qu'il y a de plus frappant, c'est de retrouver sous le ciel brûlant de la ligne, ce même système de féodalité qu'on a cru long-tems l'ouvrage des peuples du nord de l'Europe ; c'est d'observer la forme de ces gouvernemens tout-à-la-fois despotiques et féodaux ; la position de ces souverains revêtus par les lois d'une autorité infinie sur des vassaux presque toujours plus puissans qu'eux, et qu'ils auraient le droit de vendre s'ils avaient le pouvoir de les réduire, que l'on ne cherche pas à dépouiller d'une autorité sans vigueur, que leur faiblesse préserve de la chûte, et la facilité des révoltes du danger des révolutions. On aime à observer l'ignorance de ce peuple qui a des lois, un commerce, différentes classes de juges et des juridictions très-distinctes, et qui, en même tems, ne connaît ni l'écriture ni les monnaies, non plus que les révolutions du soleil, et cette division du tems que nous désignons sous le nom d'année. Ce qu'il faut remarquer encore, c'est le caractère d'une classe

d'hommes avides de richesses et privés d'industrie; la jalousie qui tient les femmes
renfermées, et l'insouciance qui les laisse
présque nues; l'usage qui veut que pour
plus de sûreté l'enfant n'hérite que des biens
maternels, usage, par ses causes et par ses
effets, si contraire à cet orgueil marital
qui, parmi les sujets, produit l'esclavage
des femmes; de ce même usage résulte le
droit qu'ont les princesses de changer à
leur gré de mari et de prendre celui qui
leur plaît, sans égard à sa volonté. On enlève un mari pour une princesse, comme
un esclave pour la traite; le même mot sert
à désigner ces deux expéditions, et le ré-
sultat en est à-peu-près le même pour le
malheureux qui se voit l'objet de la préférence. Exclus sous peine de mort du commerce, et même de la vue des autres femmes,
soumis à l'autorité sans bornes que la sienne
conserve sur lui, et dont elle se sert pour
le dépouiller des richesses qui l'ont ordinairement fait préférer; sûr d'être renvoyé
sitôt qu'il n'aura plus rien à perdre, il ne
voit rien qui puisse le consoler d'un honneur auquel l'opinion n'a pas attaché un
prix égal à celui qu'il lui coûte : et dans le

fait, il serait difficile d'établir cette égalité pour des hommes aux yeux de qui tout se calcule en valeur de marchandises. Un missionnaire, à force de soins et de persévérance, avait déterminé un seul congo à se convertir; tout s'arrangeait; le néophite paraissait instruit; il ne manquait presque plus que le baptême; mais vint l'article de l'autre vie, et il fut impossible de passer outre, parce que le nègre ne voulut jamais entendre à aller en paradis si on ne lui payait son voyage.

Cette opinion qui attache un prix exclusif aux richesses, qui fait du courtier le premier personnage de l'empire; ces peuples exempts de préjugés, et privés de lumières; cette législation presque toujours en contradiction avec les mœurs; ces vices de la corruption adoptés avec la bonne foi de la vie sauvage, tout semble désigner un état de choses sur lequel ont agi des causes étrangères; et l'une de ces causes est le commerce des hommes. Tous ces faits nous portent à la réflexion, et la réflexion nous ramène à des faits plus rapprochés de nous. Les causes ne seront pas par-tout les mêmes; les nuances différeront encore davantage;

mais par-tout où des circonstances quel-
conques tendront à changer les lois d'un
peuple, les mœurs se détruiront sans être
remplacées par d'autres; les lois pourraient
revenir, les mœurs ne reviendront pas; le
lien une fois brisé se retrouvera trop court;
l'opinion, sans aucun point qui la fixe, sera
interprétée au caprice de chacun; la vanité
remplacera l'orgueil, et le besoin de se faire
remarquer, celui de se voir honoré; le désir
de se distinguer cédera à celui de s'enrichir;
on ne voudra plus *faire son chemin* que
pour arriver au moyen de *faire sa fortune*;
et alors tous les chemins seront bons, pourvu
qu'ils aboutissent à ce point. Ce n'est pas là
peine d'aller au Congo pour voir cela.

P.

LE BON HOMME;

CONTE MORAL,

OU HISTOIRE SCANDALEUSE.

JE viens d'apprendre la mort de ce pauvre *Cléon*; j'en suis fâché : je l'ai beaucoup connu, c'était un *bon homme*. Toute sa vie, il ne pensa, ne dit, ne fit que ce qu'il croyait devoir plaire aux personnes avec qui il vivait. Il était né avec une de ces ames souples et mobiles, qui reçoivent toutes les impressions et n'en conservent aucune. Il avait l'imagination gaie, vive et sensible; tout venait s'y peindre, et s'en réfléchissait avec des couleurs agréables. Il paraissait s'intéresser à tout, aimer tous les gens à qui il parlait; il intéressait lui-même, et on l'aimait, du moins on croyait l'aimer.

Il eut tous les goûts sans avoir jamais de passion. Il avait de l'esprit, des connais-sances, du tact, et tout ce qu'il fallait pour bien juger les hommes et les choses; mais ses principes n'étaient que dans sa tête,

et aucun n'avait pris racine dans son ame,
ne réglait ses sentimens, n'influait sur sa
conduite.

Il avait le talent de la plaisanterie; mais
il ne l'employait jamais contre ses amis,
que lorsqu'ils étaient absens; et c'était toujours pour amuser, jamais pour nuire.

Il était toujours prêt à sacrifier ses opinions, ses goûts et ses sentimens à ceux
des autres : il ne croyait pas que la vanité
de défendre son avis sur quoi que ce fût,
valût la peine de contredire un galant
homme. Il ne mettait point son amour-propre à avoir plus d'esprit qu'un autre, et tout
le monde lui en trouvait beaucoup.. Il
n'avait de prétention que celle d'être
l'homme de Paris le plus sociable; et personne ne lui refusait ce mérite-là.

Son caractère se montra dès l'enfance.
Cette facilité le rendit docile à toutes les
leçons de ses maîtres; il en profita, fit très-
bien ses exercices, et fut jeté de bonne
heure dans le monde, avec les avantages
que peuvent donner l'esprit, la figure, la
politesse et les talens.

Les femmes les plus à la mode s'empressèrent de lui plaire, et y réussirent aisément.

Aucune ne put le fixer ; mais on lui pardon-
nait ses infidélités , même ses indiscrétions ;
car , comme il n'avait rien de caché pour
ses amis , il n'avait jamais une femme sans
leur en faire confidence. Cependant les
soins qu'exigeaient les honnêtes femmes ,
même les moins exigeantes , le gênaient et
le rebutaient. Il se répandit parmi les beautés complaisantes qui ornent la capitale. La
facilité de ce commerce lui plut beaucoup ;
mais ses plaisirs ne furent pas toujours
purs , et il y trouva quelque amertume.

Sa santé n'était pas forte ; cependant il
mangeait et buvait comme les hommes les
plus robustes. Il ne voulait pas troubler la
gaîté d'un souper agréable par une sobriété
déplacée , presque toujours incommode
pour les autres , et souvent susceptible de
ridicule , car il aimait mieux une indigestion qu'un ridicule.

En passant de plaisirs en plaisirs , il se
trouva bientôt avec un corps épuisé et une
fortune délabrée. On lui dit qu'il fallait songer à prendre un état ; il le sentit et y songea.

Il avait inspiré une véritable passion à
Elmire , jeune veuve, belle, honnête et très-
intéressante, qu'il aimait lui-même autant

qu'il pouvait aimer. Cette femme avait fait de grands sacrifices à l'espérance qu'il lui avait donnée de l'épouser ; mais elle n'était pas riche : il avait dérangé ses affaires, et il songea qu'il pourrait les rétablir par un bon mariage. On lui proposa la fille d'un millionnaire. Il eut quelques scrupules sur la peine que ce mariage causerait à Elmire ; mais ses amis trouvèrent cette délicatesse exagérée ; il en convint lui-même, et épousa la riche héritière. La tendre veuve se retira dans un couvent, où elle mourut peu de temps après de douleur et d'ennui. Cléon en fut sincèrement affligé ; car il était *bon homme.*

Sa femme était jolie et naïve ; elle l'aima comme une jeune fille qui sort du couvent aime ordinairement son mari, quand elle ne le hait pas. Cléon se crut obligé, par décence et pour sa commodité, de modérer ce sentiment ; il traita d'enfance et les caresses, et les jalousies, et les petites exigences de sa femme ; il lui dit qu'ils devaient vivre ensemble comme des gens raisonnables. Elle en fut d'abord au désespoir. Un de leurs amis communs tenta de dissiper son chagrin, et le calma un peu. Vingt au-

tres consolateurs se succédèrent en une
année, et parvinrent à la consoler parfaitement. Cléon se trouva fort à son aise ; il
se vit successivement père de deux fils et
d'une fille, qu'il fit élever de son mieux ;
mais l'enchaînement des plaisirs et des devoirs de la société ne lui permettait pas de
s'occuper de leur éducation ; et les dissipa-
tions de sa femme, les siennes propres, join-
tes à l'aversion insurmontable qu'il avait
pour toute espèce d'ordre et d'affaires, mirent sa fortune dans un état qui lui permettait encore moins de faire donner à ses enfans les secours dont ils auraient eu besoin
pour leur instruction.

Enfin sa femme, égarée par le besoin de
multiplier et de varier ses consolations, eut
une aventure d'éclat qui la força de se retirer dans un couvent avec sa fille, qui y
prit le voile pour délivrer son père de
l'embarras de la marier. Les deux fils, presque inconnus à leur père, ont été un peu
trop connus du public. Cléon, obligé d'a-
bandonner ses biens à ses créanciers, et de
se retirer du grand monde, où il ne lui
était plus possible de se montrer, vivait
depuis quelques années en fort mauvaise

compagnie , pauvre et accablé d'infirmités ,
oublié de tous ces honnêtés gens à qui il
avait dévoué sa vie , sa réputation et sa fortune , et qui disaient quand on parlait de
lui : *C'était un homme charmant ; c'est
dommage qu'on ne puisse plus le voir !*

Enfin il est mort avant l'âge , des suites
de sa belle vie , abandonné de sa femme ,
de ses enfans , de ses amis et de ses va-
lets ; c'était cependant un *bon homme* que
Cléon.

S.

DES ANCIENS POETES

DE L'EUROPE,

CONNUS SOUS LE NOM DE BARDES.

Si l'on observe l'histoire des peuples sauvages, on y verra la poésie, unie à la musique, former le premier des arts, avant même que les arts mécaniques les plus communs et les plus nécessaires aux premiers besoins de la vie y fussent établis; c'est que le goût comme le talent de la poésie et de la musique, tient à un instinct naturel, d'autant plus énergique et plus impérieux, que l'homme s'est moins altéré par les progrès de la société et de la civilisation.

Ces poëtes musiciens ne pouvaient manquer d'être très-considérés chez les peuples sauvages; ils les animaient au combat par leurs chansons, et amusaient leurs loisirs dans la paix : c'était l'emploi des *Bardes* chez les celtes et les gaulois.

Les nations celtiques avaient un si grand attachement pour leur poésie et leurs *Bar-*

des , qu'au milieu des révolutions de leur gouvernement et de leurs mœurs, même long-tems après que l'ordre des druïdes fut détruit et que la religion nationale fut changée , les *Bardes* florissaient encore , non comme une troupe de chanteurs errans , tels que les rapsodes des grecs , du tems d'Homère , mais comme un ordre d'hommes très-considéré dans l'état , et soutenu par un établissement public. Ils ont subsisté presque jusqu'à notre tems , sous le même nom , et exerçant les mêmes fonctions qu'autrefois en Irlande et dans le nord de l'Ecosse. On sait que dans l'un et dans l'autre de ces pays , chaque *régulus* ou chef avait son *Barde* , qui était regardé comme un officier considérable de la cour; il avait des terres qui lui étaient assignées , et qui passaient à sa postérité. On trouve dans les poëmes d'Ossian un grand nombre d'exemples de la considération qu'on avait pour les *Bardes*.

Si l'on étudie l'histoire ancienne des peuples de l'Orient, on y trouve des poëtes musiciens à la suite des princes. Le poëte Chéryle , qui accompagnait Alexandre dans son expédition de l'Inde , était un de ces poëtes ambulans.; mais il ne paraît pas qu'il fut traité avec la distinction dont les *Bardes* jouissaient chez les celtes. Il s'offrit pour chanter les exploits d'Alexandre, qui ne le permit qu'à la condition que le poëte recevrait une pièce d'or pour chaque bon vers, et un soufflet pour chaque mauvais. L'ancien scoliaste Horace, qui nous a trasmis cette anecdote, ajoute que ce malheureux poëte fut souffleté à mort par une suite de cette singulière convention.

Les portraits de Démodocus et de Phémius, qu'Homère a introduits dans l'Odissée pour célébrer son art, prouvent que les poëtes de son tems étaient des improvisateurs ambulans, semblables aux *Bardes* des celtes, aux scaldes des scandinaves, aux troubadours et aux ménestrels des tems plus modernes. Comme ceux-ci, les rapsodes grecs poëtes et musiciens, allaient chanter chez les grands dans les fêtes et les festins, et en étaient bien traités.

Ces poëtes passaient pour être inspirés; on regardait l'enthousiasme subit dont ils semblaient saisis, comme une véritable inspiration de la Divinité : on croyait qu'ils disaient ce dont ils n'avaient pas même

la connaissance. *Voyez* l'Ion de Platon.
Poëte et prophète (*Vates*) étaient deux
noms synonymes. Dans le huitième livre
de l'Odissée, Démodocus ayant amusé ses
hôtes du récit de quelques aventures de la
guerre de Troie, Ulysse lui dit : « Vous
« avez chanté ces faits d'une manière très-
« intéressante, et comme si vous en aviez
« été témoin ; mais chantez à présent l'aven-
« ture d'Ulysse dans le cheval de bois, telle
« qu'elle s'est passée, et je reconnaîtrai que
« les dieux vous ont inspiré vos chants. »
Démodocus se met à chanter cet évènement, et Ulysse en pleurant reconnaît la
vérité.

Dans les tems plus modernes, les cali-
fes et les autres princes de l'Orient avaient
leurs *Bardes.* Le chevalier Maundeville,
qui voyageait dans le Levant en 1340, rapporte dans sa relation, que lorsque l'empereur du Cathay, ou le grand khan de
Tartarie est à table avec les grands de sa
cour, personne n'est assez hardi pour lui
adresser la parole, excepté ses musiciens
chargés de le divertir. Le même voyageur
dit que ces chanteurs de cour étaient des
officiers distingués de l'empereur. Leon

J'Africain parle aussi des poëtes de cour
(*poetae curiae*), qui étaient à Bagdad vers
l'an 990. Ces rapports entre les usages du
midi et ceux du nord, ont pu faire croire
que l'institution des *Bardes* avait été transportée de l'Orient en Europe.

C'est une circonstance remarquable, que
les *Bardes* celtiques, ainsi que les anciens
Bardes de l'Orient et de la Grèce, se distinguaient par la richesse de leurs vêtemens. Hérodote nous dit qu'Arion sauta
dans la mer avec les riches habits qu'il portait ordinairement en public (*Clio*). Suidas
parle de la robe élégante, dans la forme
milésienne, que portait le rapsode Anté-
génide (*Str. in Antegen*). Virgile, toujours
si vrai dans ses peintures, ne manque pas
de décrire la robe flottante qui distin-
guait Orphée, dans son triple emploi de
prêtre, de législateur, et de musicien
(*Enéid. VI,* 645.)

Les *Bardes* ne négligeaient aucun moyen
de fortifier et d'étendre l'espèce d'empire
que les charmes de leur art leur donnaient sur des peuples ignorans et barbares.

Suivant une ancienne tradition du pays

de Galles, Édouard Ier, ayant fait la conquête de la province, fit massacrer tous les *Bardes*. Voici comment le sage Hume raconte le fait : « Le roi, persuadé que « rien n'était plus propre à entretenir « parmi le peuple les idées de la valeur « militaire et le sentiment de son ancienne « gloire, que cette poésie traditionnelle, « qui, jointe aux charmes de la musique et « à la gaîté des fêtes publiques, faisait une « impression profonde sur l'esprit des jeu- « nes gens, fit rassembler dans un même lieu « tous les *Bardes* du pays; et par une poli- « tique, qu'on peut bien appeler barbare, « mais non absurde, ordonna qu'on les « mît à mort. » Quelques auteurs ont contesté ce fait; il semble cependant confirmé par des traditions authentiques et par des raisons assez plausibles. Il paraît, par d'anciennes lois du pays de Galles, que ces *Bardes*, semblables à l'ancien Tyrtée, étaient sur-tout employés à exciter le courage des gallois contre les anglais. Nous citerons ici le texte curieux d'une de ces lois : *Quandocumque musicus aulicus iverit ad prædam cum domesticis, si illis precinuerit, habebit ju-*

vencum de prædâ optimum ; et si acies sit instructa ad prælium, præcinat illis canticum vocatum UNBENJAETH PRIDAIN (sive monarchia Britannica.)

. Ces *Bardes* devaient joindre au talent de la poésie la valeur et l'audace ; ils marchaient à la tête des armées, et donnaient le signal du combat. « Les anciennes chro- « niques nous apprennent qu'au premier « rang de l'armée normande, un écuyer « nommé Taillefer, monté sur un cheval « armé, chanta la chanson de Roland, qui « fut si long-tems dans la bouche des fran- « çais, sans qu'il en soit resté le moindre « fragment. Ce Taillefer, après avoir en- « tonné la chanson que les soldats répé- « taient, se jeta le premier parmi les « anglais et y fut tué. » L'histoire a conservé les noms de plusieurs *Bardes* qui ont péri ainsi dans les combats.

. Dans le pays de Galles, ils formaient un corps respectable, composé de différentes classes, et ce n'était que par des talens éprouvés qu'on parvenait au premier rang. Ils avaient des assemblées publiques et régulières, où l'on distribuait avec appareil des prix à ceux qui se distinguaient

dans les différens exercices de leur profession : c'était des espèces de jeux olympiques.

Ces institutions se corrompirent dans
la suite ; et ces *Bardes*, si respectés du
peuple, dégénérèrent en troupes de ba-
ladins et d'histrions errans, avilis par la
bassesse et la licence de leurs mœurs, et
contre lesquels les princes furent obligés
d'employer la rigueur des lois.

Il nous est resté une ordonnance de la
reine Elisabeth, de l'an 1567, dont l'extrait suffira pour faire connaître la dépravation où était tombée cette institution des
Bardes.

« Elisabeth, par la grace de Dieu, reine
« d'Angleterre, etc. Comme nous avons
« appris qu'une multitude de prétendus
« ménestrels, rimeurs et *Bardes*, ennuient
« et molestent les habitans de Galles, et
« empêchent les ménestrels, les habiles
« rimeurs et musiciens, d'exercer leur pro-
« fession et de s'y perfectionner ; voulant
« réformer cet abus, et sachant que l'é-
« cuyer Mostin et ses ancêtres ont eu le
« don de la poésie et celui de pincer de
« la harpe d'argent, etc. Nous vous or-
« donnons à vous chevalier Becley, che-

« valier Griffith, Ellis-Prixe, et vous Guil-
« laume Mostin, écuyer, de vous assembler
« le premier lundi après la fête de la Tri-
« nité; de choisir les meilleurs ménestrels
« de la principauté de Galles, et de ren-
« voyer les autres labourer la terre, ou
« exercer des métiers nécessaires, etc. »

Il est bon de remarquer qu'à mesure que
ces poëtes ambulans perdirent de la considération dont ils jouissaient à la cour des
princes et dans les maisons des grands, leur
air se dégrada comme leurs personnes, et
leurs compositions devinrent à la fin aussi
méprisables que leurs mœurs.

S.

DE L'ORIGINE

DES LANGUES.

I. C'est sans doute une recherche de pure curiosité que de remonter à l'origine du langage. Il serait cependant intéressant de connaître comment se sont formées les langues. L'intelligence humaine ne s'est montrée plus puissante dans aucune de ses inventions; mais peut-être avons-nous l'esprit trop exercé et trop raffiné pour être en état de deviner aujourd'hui comment l'esprit de l'homme sauvage a dû procéder dans ses premières découvertes.

J.-J. Rousseau dit quelque part que le langage a eu pour principe, non les besoins de l'homme, mais ses passions; il établit cette distinction sur une observation fine, mais bien subtile. Quand on a dit que le besoin avait appris à l'homme sauvage à former des sons pour faire connaître à son semblable ses sentimens et ses pensées, on a entendu sans doute les besoins moraux comme les besoins physiques.

II. L'homme n'a pas commencé par parler, mais par crier. La parole suppose des sons articulés.

Des mouvemens violens et subits de frayeur, d'étonnement, de douleur ou de joie, lui ont arraché des cris diversement modifiés, selon la nature et le degré de sentiment qui les produisaient.

Ces cris, répétés en différentes occasions, devinrent les signes communs qui firent bientôt connaître distinctement à chaque individu de la même société les affections qui les inspiraient. Les enfans répétèrent par imitation ceux de leur père et de leur mère. Ce fut d'abord un langage de famille, mais non articulé.

Ces cris ne se bornèrent pas long-tems à exprimer des affections violentes ; ils servirent bientôt à exprimer des sentimens plus doux, des besoins habituels ; à indiquer des objets physiques, le soleil, la mer, des arbres, des animaux, etc. La mère eut un cri pour appeler son enfant ; il y en eut un pour annoncer l'approche d'une bête féroce, le bruit du tonnerre, la tempête, etc.

Ces voix n'étant point articulées, ne pou-

vaient être distinguées que par les modifications particulières du son même et par
les degrés de grave et d'aigu : or ces modifications devaient être très-sensibles, pour
être aisément reconnues ; les sons devaient
donc être lents et prolongés, avec des intonations très - marquées. Ces caractères
durent se conserver dans le langage, lorsque le progrès naturel des choses y intro-
duisit des sons articulés ; et l'on sent par-là
comment les premières langues ont dû être
musicales.

Les premiers mots ne furent composés
que de voyelles ; et les sons les plus naturels, comme les plus sensibles, durent y
dominer. Ainsi, dans les langues encore
sauvages, les *a* et les *o* sont plus nombreux que les autres voyelles. Cela se remarque d'une manière frappante dans les
dialectes des îles nombreuses, nouvellement découvertes dans la mer du Sud. Cela
est frappant encore dans la langue basque,
l'un des monumens les plus curieux de
l'antiquité.

III. C'est une des plus belles productions
de l'industrie humaine que la parole. Il s'en
faut beaucoup que l'homme forme naturel-

lement des sons articulés, comme on l'a
cru. On en peut juger par les efforts que
sont obligés de faire les sourds et muets,
lorsqu'on leur apprend à parler.

L'art de la parole s'étendant et se per-
fectionnant par degrés, on eut bientôt
épuisé la combinaison des noms simples;
et il fallut pour former de nouveaux signes
vocaux, trouver quelques moyens de varier
ces combinaisons.

Les accens et les articulations offrirent
deux sources fécondes de combinaisons. Il
serait assez naturel de croire que les accens
ont précédé les articulations; car il paraît
plus vraisemblable qu'on chercha à varier
les intonations par les accens divers, avant
de trouver les articulations, qui sont un
effort des organes de la parole.

On sait que dans la langue chinoise, qui
est incontestablement très-ancienne, un
même monosyllabe exprime différentes
choses, suivant l'accent dont il est affecté;
et ces monosyllabes sont en grand nombre.
Dans les dialectes sauvages de l'Amérique,
les mêmes mots prennent aussi différentes
acceptions par la variété des accens.

IV. Les premières articulations qui ser-

II.   19

virent à varier les sons pour en multiplier
les combinaisons, furent celles de la gorge.
Ce sont les plus naturelles, et vraisemblablement les plus faciles à exécuter : car les
cris que produisent les violentes affections
de douleur ou d'effroi, sont accompagnés
de fortes inflexions gutturales; et en exa-
minant le mécanisme de l'organe de la
voix, on verra que les inflexions, s'opérant
par une modification de l'extrémité de la
flûte vocale, ont dû se produire les premières. Si l'on observe les faits, on verra
que les langues sauvages sont pleines de
fortes aspirations, d'autant plus variées
que la langue est plus simple. Celle des
hottentots, la plus grossière et la plus imparfaite que l'on connaisse, n'a, dit-on, que
très-peu d'articulations sensibles, et n'offre
d'abord à l'oreille que des sons modifiés
par des inflexions gutturales. La langue des
hurons, qui passe pour la plus simple de
toutes celles de l'Amérique septentrionale,
est remarquable aussi pour la variété des
aspirations. Les langues orientales, qui
semblent avoir plus conservé de leur ancien caractère que nos langues d'Europe,
en ont beaucoup aussi. La langue des

basques, langue originale et très-ancienne, en a de très-marquées.

Les plus savans hellénistes ont observé que la langue grecque, dans son origine, était composée d'une multitude de voyelles, séparées et variées par différentes inflexions gutturales, qui, à mesure que la langue s'adoucit, furent remplacées par des consonnes. Le digamma grec, dont on a tant parlé et sur lequel il reste tant de choses à savoir, n'a servi d'abord qu'à suppléer à ces aspirations. Il en est resté encore beaucoup de marquées par les accens ou *esprits*, lesquels, en passant dans la langue latine, ont été suppléées par des consonnes.

V. Les progrès de la sociabilité amenant chaque jour de nouvelles idées et de nouveaux objets à exprimer, on apprit à varier les combinaisons de la voix par le moyen des articulations formées par différens mouvemens des dents, de la langue, des lèvres: mais quelles sont les articulations les plus naturelles, c'est-à-dire, les plus faciles à exécuter? Cette question est moins indifférente qu'on ne le pourrait penser. Ce qui est plus difficile à expliquer qu'il ne l'a paru à quelques savans, qui ont prétendu trouver dans l'organisation humaine les principes qui ont présidé à la formation du langage.

Il ne reste aucun fait qui puisse nous conduire dans cette recherche ; et c'est quand on a moins de faits qu'on est plus disposé à faire des hypothèses : aussi en a-t-on fait un grand nombre sur l'origine du langage. Ces théories doivent être sujettes à de grandes erreurs, mais ce sont du moins des erreurs bien innocentes.

L'auteur ingénieux de la *Mécanique du langage* a eu raison d'observer, comme une chose remarquable, que, dans la plupart des langues connues, les premières syllabes que prononcent les enfans, sont *ab*, *pap*, *am*, *ma*; de là les mots de *papa, baba, mama*, et d'autres approchans qu'on trouve par-tout : il en a conclu que les premières consonnes que doivent articuler les enfans, étaient les labiales B, F, M, P, comme étant les plus faciles à articuler. Malheureusement pour cette hypothèse, il y a des peuples qui manquent de plusieurs de ces consonnes. Lahontan dit qu'il employa quatre jours entiers à essayer de faire prononcer à un huron les consonnes labiales ; et qu'il ne put en venir à bout ; le sauvage trouvait qu'il était absurde de fermer les lèvres pour parler.

Il y a un vocabulaire chinois, dans lequel on trouve que *fou*, prononcé d'une certaine manière, signifie *père*, et que les enfans ne pouvant prononcer la lettre *f*, disent *ou*. Il y a loin d'*ou* et de *fou* à *papa*. Le mot *natoui*, qui exprime la même chose dans la langue canadienne, n'y ressemble pas davantage.

VI. On a dit et répété que les premiers mots des langues ont dû être de simples monosyllabes; et cette conjecture est fondée sur des raisons spécieuses. Cependant M. de la Condamine nous a appris qu'il y avait sur les bords de l'Amazone un peuple qui, pour exprimer le nombre *trois*, n'avait que le mot *poetazzarorincouroac*. Suivant un vocabulaire anglais de la langue des esquimaux, le mot *wonnawencktuckluit* signifie *beaucoup*, et *mikkenaukrook* signifie *peu*. Cela pourrait s'expliquer peut-être par des raisons métaphysiques ; peut-être que ces longs mots ne sont que des réunions de mots qui expriment plusieurs idées.

VII. On a regardé généralement les inflexions que les grecs et les latins ont don-

nées aux noms et aux verbes pour exprimer
différens rapports, comme des propriétés
particulières aux langues grecque et latine,
qui les rendaient plus parfaites, et paraissaient même l'ouvrage de la plus subtile métaphysique. M. Smith a prétendu au contraire
que la multiplicité des tems dans les conjugaisons, et des cas dans les déclinaisons,
indiquait une langue naissante et formée
par un peuple ignorant et grossier; il croit
que ces inflexions diverses n'ont eu pour
principe que la difficulté de former des
idées générales et abstraites. Cette idée
peut paraître bien paradoxale : mais avant
de la rejeter, il faut y réfléchir long-tems.

L'artifice des déclinaisons tient peut-être
à des abstractions encore plus déliées que
celui des conjugaisons; mais pourquoi
trouve-t-on cet artifice dans des langues
orientales qui sont si anciennes, dans le
langage des albénaquis d'Amérique, qui est
si pauvre; dans celui des basques, qui est si
singulier et si ancien ?

On a cru découvrir aussi l'origine des
conjugaisons dans quelques inflexions des
verbes grecs. On a dit que les grecs n'a-
vaient fait qu'ajouter à la fin du monosyl-

labe, qui exprime une action ou un sentiment, les tems du verbe *eô*, qui signifient
être. Ainsi, les mots *phileó*, *phileeis* et
phileeï, qui signifient en grec, *j'aime*, *tu
aimes*, *il aime*, ne seraient que le mot *phil*,
qui exprime l'amour, joint aux mots *eô*, *eis*
ou *ei*, qui signifient, *je suis*, *tu es*, *il est*.
On a donc voulu simplement dire : *Je suis
aimant*, *tu es aimant*, *etc*.

Au premier coup-d'œil, cette explication est satisfaisante ; mais elle aurait de la
peine à soutenir l'examen. Voici quelques-
unes des objections qu'on peut y faire :

1.° Il faudrait que les inflexions du verbe
grec *eô*, qu'on remarque au présent de
l'indicatif de certains verbes, se trouvassent
aussi dans les autres tems ; ainsi, par exemple, les grecs disant *en* pour exprimer *j'é-
tais*, il faudrait qu'ils eussent dit *phileen*,
et non pas *éphileon*, pour exprimer *j'aimais*.

2.° Pour supposer que ce sont les tems
du verbe *eô*, qui ont servi à former les
conjugaisons grecques, il faut commencer
par admettre que les grecs avaient déjà
conjugué ce même verbe *eô*, c'est-à-dire,
qu'ils avaient déjà conçu l'idée de donner

différentes inflexions au mot radical du
verbe, pour lui faire exprimer les différens
rapports du tems : or c'est cette première
conception qui fait tout le merveilleux. Dès
qu'on a su conjuguer un verbe, il est aisé
d'en conjuguer cent ; et quand les inflexions
du verbe *eô* auraient été ensuite appliquées
à tous les tems des autres verbes, ce qui est
bien éloigné d'être vrai, cela prouverait
seulement qu'on aurait suivi la même forme
pour la conjugaison de tous les verbes.

3.° Si l'on fait réflexion que le verbe
être, exprimant une idée très-abstraite qui
suppose déjà d'autres idées abstraites et une
langue très-avancée, a dû être un des derniers inventés, on trouvera peu vraisemblable que ses modifications aient pu servir
à former celles des autres verbes. On peut
assurer que la plupart des peuples sauvages
n'ont point de mots pour exprimer cette
idée abstraite : nous avons une grammaire
et un dictionnaire de la langue des galibis,
et nous y trouvons que, pour exprimer
je suis malade, ils disent simplement *moi
malade.* Ce ne serait que par une connaissance exacte des langues sauvages qu'on
pourrait espérer d'arriver aux véritables

principes de la formation des langues : mais
cette connaissance est difficile à acquérir ;
les rapports des voyageurs sont trop vagues
et trop suspects.

VIII. C'est une vue très-heureuse et très-
profonde de l'abbé de Condillac, que d'avoir
considéré les langues comme des méthodes
analytiques, comme des espèces d'algèbre
et d'arithmétique.

On peut en effet juger, par l'usage de
l'arithmétique pour fixer dans l'esprit l'idée
des nombres, combien une langue est nécessaire pour donner de l'étendue, de la
précision, de la clarté à ses propres idées.

Sans les langues, il serait peut-être impossible d'avoir une seule idée abstraite bien
claire ; et sans les abstractions, l'esprit serait
bien borné dans ses conceptions. C'est par
abstraction que l'arithmétique opère ; c'est
par des abstractions plus hardies encore
que se font les opérations d'algèbre.

L'astronomie nous apprend que l'étoile
fixe la plus voisine de la terre en est au
moins cinq cents fois plus éloignée que le
soleil ; que le soleil en est au moins trois
cents fois plus éloigné que la lune, qui n'en
est éloignée que d'à-peu-près trente dia-

mètres de la terre; qu'un diamètre de la
terre est estimé de mille sept cent vingt
milles, de vingt-quatre mille pieds chacun!
Toutes ces mesures comparées sont autant
d'idées abstraites, sans lesquelles il serait
impossible de se former une idée nette de
semblables distances. Sans les mots de *cent*,
de *mille*, de *millions*, on ne pourrait point
compter avec précision de grandes multi-
tudes.

Au-delà d'un nombre d'objets très borné,
un sauvage ne voit plus qu'une multitude
innombrable; et pour désigner *mille*, il
montre tous les cheveux de sa tête ou les
sables de la mer.

Quelle brièveté dans cette formule:
15 *juin* 1784! Rendez-la en latin : *Die*
quindecimâ mensis junii, anno millesimo
septingentesimo octogesimo quarto.

S.

LETTRE

DE M. L'ABBÉ ARNAUD

AU P. MARTINI.

M ON RÉVÉREND PÈRE,

Je viens vous parler d'un art que vous aimez, que vous cultivez, et que vous éclairez. La musique touche au moment d'une révolution, si toutefois ce moment, comme vous pouvez en juger par ma lettre, n'est déjà venu. Mais quand les beautés, dont nous n'avions pas encore eu d'exemple, paraissent justifiées par un succès qu'on peut regarder comme général, le croiriez-vous ? quelques gens d'esprit, des hommes de lettres s'obstinent à leur préférer les fausses richesses et les vains ornemens qui se sont introduits dans la musique italienne, et que vous condamnez avec tant de raison et de force dans l'excellent ouvrage dont vous avez déjà publié deux volumes !

Long-tems idolâtres de la musique de Lulli, musique qui n'est guères au fond qu'une sorte de déclamation, les français l'abandonnèrent il y a environ un demi-siècle, pour ne plus goûter que celle de Rameau. Mais Rameau, beaucoup plus savant que Lulli, est, j'ose le dire, beaucoup moins dramatique ; trop souvent, ainsi que je l'ai déjà remarqué, il substitua la science à l'art, et l'art au génie. D'ailleurs il ne connut point ce beau naturel, cette précieuse simplicité sans laquelle il n'y a rien de véritablement beau dans les arts imitateurs, et particulièrement dans la musique théâtrale. Enfin, un allemand est venu, qui, après avoir profondément réfléchi sur le véritable objet du mélodrame, a renoncé à sa première manière jusqu'alors absolument italienne, et a déployé dans son *Orphée*, son *Iphigénie* et son *Alceste* un ensemble de grands effets qui n'avait encore existé dans aucun ouvrage de musique dramatique.

Votre langue, mon révérend père, a de grands avantages sur la nôtre ; elle est beaucoup plus sonnante, et sur-tout beaucoup plus souple ; mais cette souplesse a fait que votre musique vocale s'est confondue avec l'instrumentale, de là, pour me servir de

vos propres expressions, ces *sonatine di
gula* qui ont pris la place du chant passionné et de la mélodie véritablement ex-
pressive. Trop occupé du soin de plaire à
l'oreille, vous avez tellement brisé les sons,
vous les avez mis en un si grand nombre de
pièces et de morceaux, que le rhythme,
appelé avec tant de raison par les grecs le
mâle de la musique, a totalement disparu
de la vôtre. On n'y trouve aucune suite,
aucune combinaison de dactyles, de spon-
dées, d'anapestes, d'ïambes, de trochées,
et de ces différens pieds dont la poésie
grecque et latine se servait avec tant de
succès pour exprimer et les images physiques et les mouvemens de l'ame. L'effet
admirable que produisent les vers *sdruc-
cioli*, dans quelques-uns de vos airs, devrait
cependant faire sentir à vos compositeurs
combien grandes sont les ressources dont
ils se privent volontairement en détruisant
tous les rhythmes par le grand nombre de
notes dont ils surchargent les syllabes.

M. Rousseau de Genève a reproché
durement à notre idiôme son inflexibilité;
il aurait dû plutôt la bénir, puisqu'elle nous
préserve des faux ornemens dont l'excès a

entièrement énervé la musique italienne, et
transformé en ramage celui de tous les
arts qui a le plus d'empire sur les mœurs.
et sur les affections de l'ame. Je dois vous
observer, mon révérend père, que notre
poésie, sans être métrique comme celle des
grecs et des latins, ni aussi cadencée que
la vôtre, ne laisse pas d'avoir ses mouvemens particuliers, plus ou moins ressentis,
et que ceux qui y dominent le plus, répondent parfaitement à l'ïambe et à l'ana-
peste, c'est-à-dire, aux deux pieds les
plus propres à exprimer le mouvement et
l'action.

C'est ce qu'a très-bien senti le chevalier
Gluck : aussi, loin d'ensevelir les mots dans
une multitude innombrable de sons, n'a-t-il
guères plus employé de notes qu'il n'y a
de syllabes dans les vers; mais ces notes
sont toujours vraies, toujours passionnées,
toujours prises dans le sanctuaire de la
nature.

S'il se permet quelques prolations, ce
n'est que fort rarement, et seulement pour
imiter ces accens ou de la joie, ou de la
douleur, ou du désespoir, qui coupent ou
élèvent, ou prolongent la parole, et dont

l'effet est d'autant plus grand qu'ils sont l'expression immédiate de l'ame, au lieu que les mots ne sont par eux-mêmes que des signes conventionnels et arbitraires.

Lorsque le vers masculin, dont la chute est très-brusque et la terminaison très-sèche dans notre langue, se montre trop souvent, de sorte que le musicien ne peut plus donner à sa phrase l'espace nécessaire pour former un chant agréable, et qu'il est forcé d'y trouver des trous et des vides, que fait le chevalier Gluck? Il jette habilement les notes de liaison dans les parties de l'orchestre; et par ce moyen, non-seulement il ne laisse plus apercevoir de lacunes, mais il donne à sa phrase la rondeur et le mouvement dont elle a besoin, sans faire la moindre violence à la prosodie.

Venons au récitatif : on ne peut se dissimuler que l'intérêt de vos drames ne se trouve principalement dans la scène, et que ce ne soit sur-tout dans la scène que votre musique manque d'intérêt. Vos compositeurs négligent-ils le récitatif, parce que le spectateur ne l'écoute pas? ou le spectateur dédaigne-t-il de l'écouter, parce que le compositeur le néglige? c'est ce que

j'ignore, et ce qu'il est inutile d'examiner.
Toujours est-il certain que ni les uns ni
les autres n'y font aucune attention, et
que tous abandonnent le tronc pour ne
s'attacher qu'aux branches; branches que
le plus souvent il faudrait élaguer. Car
vous conviendrez avec moi, mon révérend
père, que la plupart des couplets qui ter-
minent vos scènes, et que nous appelons
airs et *ariettes*, sont autant de parties
hétérogènes et superflues. Voilà cependant
les seuls endroits pour lesquels le compositeur et l'auteur réservent tout leur talent,
et le spectateur toutes ses oreilles; mais
lors même que le poëte a su lier ces parties
à l'action, quelle est la manière dont elles
sont traitées par le musicien, et qu'y trouve-
t-on? Des passages déchiquetés et à fila-
gramme comme les ornemens de l'architecture gothique; des fusées, des cascades
et des traînées éternelles de sons, qui peuvent faire quelque honneur au gosier du
chanteur, mais en déshonorant le compositeur qui, d'un spectacle destiné à attaquer
l'ame et à remuer les passions, ne rougit pas
de faire une volière de serins et de rossignols.

Je rends justice, mon révérend père, à vos récitatifs obligés; ils sont d'une grande éloquence et d'un effet surprenant; mais voyez l'abus qu'on est parvenu à en faire; l'unique objet de ceux qui les premiers les ont introduits, a été de faire annoncer, et plus souvent de faire commenter et fortifier par l'orchestre le sentiment, la passion, la situation de l'acteur; aujourd'hui on ne laisse pas à l'acteur le tems d'exprimer ni la situation, ni le sentiment qui l'anime, ni la passion qui l'agite; il ne profère plus un seul mot auquel l'orchestre n'attache une longue queue, c'est-à-dire, qui ne soit commenté ou plutôt parodié par les instrumens : comment n'a-t-on pas senti que cette affectation ridicule faisait d'un des plus riches moyens de l'art, une imitation purement bouffonne ?

Maintenant, mon révérend père, jetez les yeux sur les partitions d'*Orphée*, d'*Iphigénie* et d'*Alceste*; vous y verrez que c'est à la scène tant négligée par les italiens que le chevalier Gluck s'est particulièrement appliqué; que le récitatif vient s'y lier naturellement au chant mesuré; que le chant mesuré se perd et se fond dans le récitatif;

que ces deux manières de procéder se font
valoir réciproquement, quand dans les
opéras italiens, elles n'ont aucun rapport,
aucune analogie, rien en un mot qui conduise de l'un à l'autre. Vous admirerez
comment ces récitatifs sont plus ou moins
ressentis, plus ou moins *chantés*, selon que
les personnages sont plus ou moins intéressés à l'action. Quant aux récitatifs obligés,
vous n'y verrez jamais l'acteur arrêté ni
interrompu mal-à-propos par l'orchestre ;
ce n'est que pour donner à ses sentimens
plus d'énergie et d'effet que les instrumens
viennent prendre sa place.

Il faut que je vous entretienne un moment des chœurs ; il est fâcheux, mon révérend père, que vos poëtes n'en fassent
aucun usage, ou du moins qu'ils ne les lient
pas au corps de l'action ; ils vous privent
d'un des plus puissans effets de la musique
dramatique ; nous les avons toujours employés dans nos opéras ; mais jusqu'au chevalier Gluck, rangés et immobiles comme
des tuyaux d'orgue, ils se bornaient à exécuter des morceaux d'harmonie et de contrepoint qui pouvaient faire quelque plaisir
aux oreilles, mais en portant le trouble et

la confusion dans les paroles. Le chevalier Gluck le premier les a toujours mis en action ; et par l'harmonie simple, naturelle et vraie qu'il y a répandue, il a toujours embelli la parole, fortifié l'expression, et imprimé au drame un mouvement extraordinaire. Toutes les fois que je les entends, je me vois rejeté au tems de l'ancienne Athènes, et crois assister aux représentations des tragédies de Sophocle et d'Euripide.

A-propos d'harmonie et de contrepoint, permettez - moi de vous dire que cette partie est beaucoup trop négligée par vos compositeurs. Sans doute les fugues qui ne sont que savantes, les répliques trop recherchées, les marches renversées, syncopées, etc. ne peuvent guères entrer avec succès dans la musique vocale dramatique ; ce serait bien peu connaître l'art que de déployer si mal-à-propos tout cet artifice ; mais on ne se justifie pas d'être superficiel par la crainte de se montrer pédant. Aujourd'hui la plupart de vos airs sont sans fonds et sans substance. Vos professeurs devraient-ils donc avoir besoin d'autre chose que du premier couplet du *Stabat* de Pergolèse, pour sentir combien l'harmonie peut servir l'expression? Le parti qu'en a tiré le chevalier Gluck est vraiment admirable; il en déploie toutes les richesses, que son génie sait toujours rendre pittoresques, sans que l'effort, la contrainte et l'affectation paraissent jamais.

Les ouvertures qui dans vos opéras n'ont aucun rapport avec le drame, cet habile artiste les lie toujours à l'action : ainsi l'ouverture de son *Iphigénie* annonce une action religieuse, une action grande, une action guerrière, une action pathétique, et tous ces caractères y sont exprimés d'une manière, j'ose le dire, divine ; celle d'*Alceste* est pleine de gémissemens, de sanglôts, de larmes, et a je ne sais quoi de sombre, d'imposant et de terrible, dont je maintiens qu'il n'y a point d'exemple dans aucun ouvrage de ce genre. Enfin, mon révérend père, en rendant à votre nation toute la justice qui lui est due, en convenant que c'est à elle que toutes les nations de l'Europe doivent leurs connaissances et leurs lumières, j'ose avancer qu'en fait d'opéra, vous n'avez encore fait que de belles choses et qu'il vous reste *une* belle

chose à faire. Je m'explique : il y a dans vos
mélodrames des morceaux admirables et
des beautés vraiment sublimes ; mais le
chevalier Gluck est le premier, est le seul
qui ait produit *de grands ensembles* en
musique ; et nous ait donné des ouvrages
tragiques et de longue haleine, dont toutes
les parties intimement liées les unes aux
autres, s'embellissent, se fortifient et se
servent réciproquement : aussi sont - ils
accueillis avec transport et honorés des
larmes du spectateur. Cependant au milieu
de ces succès, quelques personnes repro-
chent au chevalier Gluck de manquer de
chant, c'est-à-dire, de dédaigner les petits
détails, les mignardises et la bagatelle. Si
ce reproche était dans la bouche de cette
classe d'hommes, qui sacrifia toujours la
raison et la convenance aux plaisirs des
sens, je n'en serais pas surpris ; mais que
des gens d'esprit et de lettres, que ces
mêmes hommes qui veulent que dans les
ouvrages dramatiques le poëte se cache
toujours, exigent qu'un tableau sente la
palette, et que le musicien affecte de se
montrer, quand, pénétré du grand objet de
son art, il met toute son application à cacher

l'instrument avec lequel il imite pour ne
montrer que la chose imitée ; voilà une
contradiction que vous aurez peine à concevoir, et que je les défie d'expliquer.
Ces mêmes personnes prétendent que le
chevalier Gluck est à peine regardé en
Italie comme un compositeur du second
ordre ; et moi je soutiens qu'il est précisément l'homme que vous invoquez dans une
des notes de votre savant ouvrage (1).

  Je vous supplie, mon révérend père, de
me faire parvenir votre opinion sur ce
point ; ainsi que sur tous ceux qui sont
contenus dans ma lettre, et de joindre à
votre autorité celle des compositeurs et des
connaisseurs que vous jugez vraiment dignes
d'être regardés comme tels. Dans les circonstances actuelles, vous rendrez un grand
service à notre opéra ; vous le préserverez
de la manière froide, mesquine, bizarre et
gothique qu'on se propose d'y introduire ;
et en mon particulier, je vous en aurai
une obligation infinie.

  J'ai l'honneur d'être, etc.

---

1 *E desiderabile che rinasca qualche professore
di raro talento e ben instruito di tutte le parti della
musica.*

RÉPONSE

DU P. MARTINI,

A LA LETTRE PRÉCÉDENTE.

Vous me faites, monsieur, un éloge bien juste et bien mérité des talens de M. le chevalier Gluck. Cet artiste, dont vous me parlez, s'est appliqué à exciter les passions et à soumettre la musique aux paroles, plutôt que les paroles à la musique. Dans une visite qu'il daigna me faire à l'occasion de l'opéra qu'il avait composé pour l'ouverture du théâtre à Bologne, je me félicitais avec lui de ce qu'il avait su réunir *toutes les plus belles parties de la musique italienne à quelques-unes de la française, ainsi qu'aux grandes beautés de la musique instrumentale allemande.* Et cependant qui le dirait ? plusieurs de nos chanteurs et de nos cantatrices ne sont pas contens de sa musique. Pourquoi ? c'est qu'ils veulent briller seuls en faisant montre de leur voix et de l'agilité de leur gosier, en insérant dans leurs airs certaines petites tournures de chant, qu'ils jugent propres à faire valoir leur adresse, bien qu'elles soient le plus souvent étrangères au sens des paroles et au caractère de la musique du compositeur. M. le chevalier Gluck méprise avec raison ces petites fantaisies, et n'y a aucune espèce d'égard; couvert de la protection de l'auguste maison d'Autriche, il ne se met point en peine des murmures et des sots propos des chanteurs; il n'obéit qu'à son talent, et s'attache uniquement à exprimer le sens des paroles de la manière la plus vraie et la plus animée [1].

[1] Dans le reste de sa réponse, le père Martini traite au long des défauts de l'ancienne musique française, des vices de la musique italienne moderne, et sur tous ces points son opinion se trouve toujours conforme à celle de l'auteur de la lettre. Cette réponse est terminée par quelques questions sur les causes des révolutions et des changemens qui se font si rapidement dans la musique, et sur le fréquent usage que les compositeurs modernes font des dissonances. Ces questions sont, comme on voit, absolument étrangères à l'objet que s'est proposé l'auteur de la lettre, mais méritent d'être examinées, et en tems et lieu on pourra les faire connaître. *(Note de l'abbé Arnaud.)*

PROFESSION DE FOI,

EN MUSIQUE,

D'UN AMATEUR DES BEAUX-ARTS,

ADRESSÉE A M. DE LA HARPE.

JE CROIS ET JE DIS, Monsieur, que tout art qui n'excite que des sensations passagères, n'est plus qu'un métier aux yeux du vrai philosophe.

Que, dans les beaux-arts, la convenance est la loi première et suprême, et que jamais cette loi ne fut plus scandaleusement violée que dans les opéras italiens.

Que, dans tout ouvrage dramatique, l'auteur, soit poëte, soit peintre, soit musicien, loin d'affecter de montrer son art, doit mettre toute son application à cacher l'instrument avec lequel il imite, pour ne montrer que la chose imitée.

Que ces airs modernes que vous vantez tant, et *qui se font entendre d'un bout de l'Europe à l'autre*, sont presque tous jetés dans le même moule, et que les différences

qu'on y remarque doivent passer pour des
variations plutôt que pour des variétés.

Que les ornemens gothiques déshonorent
beaucoup moins l'architecture, que ce que
vous appelez *richesse* ne déshonore la musique dramatique.

Que ce que vous appelez *pauvreté*, est
aux yeux des vrais connaisseurs cette élégante et noble simplicité qui fait le prix des
beaux-arts, l'objet des veilles du chevalier
Gluck, et le caractère de tous les chefs-
d'œuvre de l'antiquité.

Que dans les opéras italiens, la base de
l'intérêt du poëme n'est que dans la scène,
et que la scène est tellement négligée par
les compositeurs italiens, qu'on ne daigne
pas même l'écouter.

Que le spectateur, dispensé de faire attention à ce qui précède l'air, ainsi qu'à ce
qui le suit, n'apporte au théâtre que ses
oreilles, et que ce n'est aussi qu'à caresser
ou à étonner les oreilles que le compositeur met son talent.

Que la musique vocale italienne s'étant
confondue avec la musique instrumentale,
la multitude de petits sons dont on a sur-
chargé les syllabes, a presque toujours

détruit l'harmonie propre du vers ; et qu'au lieu d'embellir et de fortifier la parole, le compositeur a fait dégénérer la parole en ramage.

Que, dans les opéras italiens, entre le récitatif et l'air il n'y a nul rapport, nulle analogie, rien qui conduise l'oreille de l'un à l'autre ; et que c'est souvent à l'ennui de la scène que l'air doit en grande partie son charme et ses succès.

Qu'au lieu de ne voir dans les mots que des syllabes propres à recevoir de vains ornemens, et à faire briller la voix du chanteur, le compositeur, avant de mettre la main à la plume, doit se pénétrer du poëme, prendre la place du poëte, et se soumettant à l'accent et aux mouvemens de la langue, exprimer et reproduire une seconde fois, par tous les moyens de son art, les situations et les mouvemens que le poëte n'a pu rendre que par des mots.

Que les opéras italiens composés par le chevalier Gluck dans la manière italienne, ne lui coûtaient, ainsi qu'aux autres compositeurs, qu'un mois de travail ; mais qu'ils n'avaient aussi qu'un mois de vie comme les opéras des autres compositeurs ; tandis que

ceux que vous avez trouvés pauvres de
chant et de mélodie lui ont coûté une année
entière d'application et *une sueur de sang :*
je me sers de ses propres expressions.

Qu'il faut aux italiens des opéras nouveaux tous les ans, comme il faut tous les
ans à nos femmes des étoffes nouvelles ;
parce que ce qui est joli ne plaît qu'un moment, et qu'il appartient au beau seul de
plaire éternellement.

Qu'à la vérité il y a dans les opéras italiens des airs d'une grande et belle expression, mais qu'ils ne s'y montrent que de
très-loin en très-loin, et que deux ou trois
beaux airs ne font pas plus un bel opéra
que deux ou trois belles tirades ne font
une belle tragédie ; que d'ailleurs ces airs
ne sont jamais dramatiques : car de même
que dans un tableau une figure peut être
pleine d'expression, et ne point se grouper
avec les autres figures, et demeurer même
étrangère à l'action représentée ; de même
dans le mélodrame un air peut être très-
expressif sans tenir à ce qui précède, ni à
ce qui suit, sans devoir et sans communiquer une partie de son effet aux morceaux
qui l'environnent ; et dès-lors, tout plein

d'expression qu'il est, cet air n'est point dramatique.

Que dans ces airs de chant et de mélodie, que vous demandez avec tant d'autorité, que vous aimez tant à retenir, et dont je défie que vous ayez jamais retenu un seul, le compositeur s'occupe si peu des paroles que souvent il en change le sens pour avoir un mot plus favorable ; que plus souvent encore, pour quarrer ou pour arrondir le chant, il termine le sens musical, quand le sens verbal est encore suspendu, et que ces airs n'en sont pas moins vivement applaudis, tant on s'est accoutumé à regarder la musique comme un art dont l'effet ne doit point aller au-delà de l'oreille.

Qu'il en est des compositeurs italiens comme de ce rhéteur de l'ancienne Grèce, qui renfermait scrupuleusement la parole dans des espaces parallèles et symétriques, mais dont aussi les faibles ouvrages ne retentirent jamais au barreau ; tandis que franchissant ces puériles et misérables barrières, Démosthène tonnait, foudroyait et disposait à son gré de l'ame des athéniens.

Que la dégénération de la musique ex-

pressive et théâtrale est encore moins affli-
geante que ne sont les éloges dont quelques-
uns de nos gens de lettres n'ont pas honte
de l'honorer.

Qu'il ne faut pas confondre la criaillerie
habituelle de quelques-uns de nos chanteurs, fruit de la mauvaise éducation qu'ils
ont reçue des maîtres de chant, avec ces
cris que dans la déclamation chantante,
les acteurs peuvent et doivent jeter quelquefois ; que les cris tels que les emploie
M. le chevalier Gluck ne sont dans la nature ni précédés, ni suivis, ni accompagnés d'instrumens qui, tant par la qualité
de leurs sons, que par les rapports que ces
sons ont entr'eux, concourant à rendre
l'exclamation ou plus douloureuse, ou plus
terrible, ou plus lamentable, la transportent dans le domaine de l'art, et sont en
effet suffisans pour avertir que tout cela
n'est pas *vrai*, mais seulement *vraisemblable* ; que ce n'est point là la nature elle-
même, mais la nature embellie, agrandie
dans l'imitation.

Qu'il n'est pas vrai que les compositions des *Jomelli*, des *Galuppi*, des *Sacchini*, etc. soient exemptes des défauts que

je viens de reprocher à la musique théâtrale italienne; que leurs opéras, comme ceux de tous les autres compositeurs, ne sont jamais revus deux années de suite sur un même théâtre, et que ce qui en subsiste n'est plus entendu que dans les concerts, où l'on va chercher de l'amusement et non de l'émotion.

Que, s'il fallait juger de la bonté d'un morceau de musique sur ce qu'il fait d'abord son effet, ainsi que sur la facilité avec laquelle on le retient, les brunettes, les barcarolles et les vaudevilles seraient ce qu'il y a de plus parfait en musique; qu'il se peut que les airs italiens plaisent sur-le-champ, mais qu'ils ne plaisent jamais long-tems, quand dans les opéras du chevalier Gluck, comme dans tous les véritables beaux ouvrages, on découvre toujours des beautés nouvelles.

Que l'auteur d'un seul bon ouvrage qui ait encore paru sur la musique théâtrale, auteur italien, et de plus napolitain, appuie toute sa théorie sur les principes du chevalier Gluck, et sur les grands effets de cet opéra d'*Alceste*, qui n'a pu trouver grace devant vos yeux.

Que le célèbre père Martini, qui a passé le long espace de sa vie à réfléchir et à écrire sur la musique, n'a trouvé la réunion des véritables beautés de la musique vocale et instrumentale, que dans les compositions de ce même chevalier Gluck, sur lequel vous prononcez d'une manière si leste et si despotique, vous qui, de votre aveu, n'avez pas même les premiers élémens de l'art.

Que ceux qui partagent et répandent la doctrine que je viens d'exposer ne sont ni plus enthousiastes ni plus intolérans que ne l'étaient Molière et Despréaux, quand le premier ridiculisait, et le second foudroyait les *concetti*, qui, de la littérature italienne du seizième siècle, avaient passé dans la nôtre.

Qu'en regardant le chevalier Gluck comme le créateur de la musique théâtrale et dramatique, on n'a jamais prétendu qu'il dût fermer la carrière, parce qu'il l'a le premier ouverte ; et quel grand talent pourra jamais épuiser le trésor immense de nos sensations ? Que seulement on affirme que ce ne sera qu'en suivant, je ne dis pas sa manière, car chaque artiste doit avoir la sienne, mais sa marche, sa méthode et ses principes, que ses rivaux pourront espérer de se placer à côté de lui.

Que les admirateurs du chevalier Gluck s'honorent de porter jusqu'à l'enthousiasme le sentiment que leur inspirent les beautés de ses productions sublimes; qu'à leurs yeux l'homme de génie est une chose sacrée; que l'attaquer et le critiquer, c'est déclarer la guerre aux arts mêmes, et qu'ils les aiment, ces arts, comme les adversaires du chevalier Gluck aiment leurs opinions.

Par l'abbé ARNAUD.

LA SOIRÉE PERDUE

A L'OPÉRA;

Par M. l'abbé ARNAUD.

────────────

On donnait *Alceste* pour la cinquième fois, et je voyais pour la cinquième fois *Alceste*. L'opéra ne faisait que de commencer, lorsqu'un de mes voisins m'adressant la parole : Voilà, dit-il, une triste musique. — Vous avez voulu dire une musique triste? — A la bonne heure. — Mais les paroles vous semblent-elles bien gaies? — Qu'importe, c'est un mal de plus. — Sans doute monsieur n'aime pas la tragédie? — Belle raison! la tragédie a-t-elle jamais été chantée? — Elle l'était chez les grecs. — Bah! les grecs étaient des grecs. — Oui, monsieur, et tout ce qui n'était pas eux était barbare....Oh! dit un autre, c'est un drôle d'opéra que celui-ci; on m'a assuré qu'il n'y avait point de danse. — Eh! monsieur, en voilà une, et sur un air si noble, si touchant, si

religieux ; sur un air qui devrait vous
transporter au milieu des temples , vous
mettre au pied des autels , et vous inspirer le plus profond recueillement.—Vous
appelez donc cela une danse ? — Eh ! ne
voudriez-vous pas que des prêtres, des
prêtresses vinssent adorer et prier en bat-
tant des entrechats ? Tous ces mouvemens,
parfaitement d'accord avec ceux de l'orchestre, ne peignent-ils pas ce qu'ils doivent peindre , n'expriment-ils pas ce qu'ils
doivent exprimer ? Or, monsieur, auriez-
vous la bonté de me dire quelles sont les
passions ou les idées que réveillent en vous
les cabrioles, les entrechats, les gargouil-
lades et les moulinets ; croyez-moi , ce que
vous cherchez ici ne devrait, le plus souvent, se rencontrer qu'à la foire : lisez
Noverre.... — Mais, monsieur, pas une
cadence ! d'où peut donc venir l'aversion
du chevalier Gluck pour les cadences ?
— Mais, monsieur, comment les cadences
vous ont-elles inspiré ce tendre intérêt, et
quel grand plaisir peuvent donc vous faire
des tremblemens de voix, des convulsions
de gosier, de fréquentes et longues oscil-
lations d'une note à l'autre ? Quand même

ce prétendu agrément serait propre à représenter ou le ramage des oiseaux, ou le
frémissement des feuilles doucement agitées
par un vent léger, serait-ce une raison pour
l'obliger à l'attacher constamment à la terminaison de toutes les phrases de chant?
N'est-ce pas là, dites-moi, l'abus le plus
étrange, et de toutes les pédanteries musicales la plus impertinente et la plus ridicule?... Voilà un chœur agréable, dit un
quatrième; mais il est pillé de l'opéra de
Golconde. — Attendez, monsieur, il y a,
à la fin du second acte, un des plus beaux
airs qu'on ait jamais entendus sur aucun
théâtre lyrique, et dans cet air, l'inflexion
la plus pathétique et la plus heureuse que
l'art ait encore empruntée à la nature; eh
bien! ce même accent, ce même trait se
rencontre dans un air de l'*Olympiade* de
M. Sacchini; mais il faut que vous sa-
chiez que long-tems avant la naissance et
de l'*Olympiade* de M. Sacchini, et de l'o-
péra de *Golconde*, celui d'*Alceste* avait
vu le jour, et le grand jour, c'est-à-dire,
qu'il avait été représenté, gravé, publié.
Oh! vous ne connaissez pas tous les vols qui
ont été faits à ce pauvre chevalier Gluck :

on trouvait avec raison, qu'il était bien
plus aisé de le piller que de l'imiter...
— Je crois, monsieur, que voilà l'air dont
vous venez de nous parler; il faut l'avouer,
l'accompagnement en est charmant, oh!
oui, c'est une chose charmante que cet
accompagnement! — Qu'est-ce que vous
dites-là, monsieur? Quoi! cet orchestre,
d'abord plein de gémissemens, de sanglots
et de larmes, et ensuite de mouvement,
d'action et de vie; cet orchestre qui devrait
vous représenter la nature entière, parta-
geant la situation et tous les sentimens de
l'actrice, vous l'appelez une chose charmante! Ah! monsieur, vous avez furieu-
sement négligé l'*instruction* [1] de vos oreilles; venez, venez souvent ici, et si cette
musique ne les forme pas, n'y reparaissez
que lorsqu'on vous donnera les innocentes

---

[1] Pour être en état de juger des arts, il ne suffit
pas d'avoir reçu de la nature des organes bien con-
formés; il faut encore les avoir beaucoup exercés,
cultivés, instruits : cette éducation est d'autant plus
importante que c'est de nos sensations que se forment nos idées, et qu'il est impossible que celles-ci
soient jamais correctes et saines, si celles-là ne le
sont pas.

psalmodies de Lulli [1], ou les savans *mélogry-*
phes de Rameau , ou les pastiches bruyans
de Philidor — Plût au ciel , s'écria un vieux

---

[1] Qu'on fasse attention au siècle et à la circonstance où je parle ; car s'il faut se transporter au tems
de Lulli , dès ce moment je partage tous les sentimens de ses plus grands admirateurs. Lulli eut de
la sensibilité, du naturel, de la grâce , une imagination vive et tendre , et sur-tout cette noble audace
qui porte aux grandes entreprises , et décèle les talens supérieurs. Aucun musicien de son siècle ne
connut mieux son art , et n'en fit un plus heureux
usage ; mais ses compositions , correctes, faciles,
naturelles , et souvent même élégantes, manquaient
de mouvement et de vie ; elles n'avaient ni la variété,
ni la force , ni le feu, ni l'expression qui se font remarquer aujourd'hui dans les beaux morceaux des
opéras des grands maîtres italiens , et dans l'ensemble
de ceux du chevalier Gluck. Il faut observer que la
partie instrumentale de la musique , très-faible, très-
imparfaite au tems de Lulli , ne lui permettait pas
d'y puiser les étonnantes ressources qu'elle a fournies
depuis ; enfin , il en est de la musique comme de la
peinture , avant que *Michel - Ange* et *Raphaël*
eussent animé et agrandi le dessin , et que *Georgion*
et le *Titien* eussent porté au plus haut degré l'intelligence du coloris et l'effet du clair-obscur.

Quant à Rameau, ce fut sans doute un grand
homme ; on ne peut lui contester la gloire d'avoir
révélé le premier le secret de l'harmonie, et enlevé

officier; plût au ciel qu'on pût nous les
donner ces psalmodies de M. Lulli! Mais
il faudrait pour cela des acteurs, et malheureusement nous n'en avons plus. — Il y
a quelque chose de vrai dans ce que monsieur vient de vous dire. Comme la musique de Lulli, ainsi que celle de presque
toute l'école française, ne faisait rien pour
les acteurs, les acteurs avaient tout à faire
pour la musique; de là ces remuemens de
tête, de bras, de sourcils, ces ports de voix
langoureux, ces cadences molles, ces cris
inhumains, ces sons arrachés du fond des
entrailles et accompagnés de longs râlemens,
et tout cet immense amas d'affectations et
de minauderies qu'on avait la bonté de
prendre pour de *l'expression* ¹... J'avoue,
dit un jeune homme, qu'en pensant à

la musique, aux tâtonnemens de la routine. Mais ce
fut la profondeur même de ses connaissances dans la
théorie, qui l'égara dans la pratique : trop souvent il
substitua la science à l'art, et l'art au génie.

¹ Il faut excepter mademoiselle Arnould, qui a
tant d'obligation au rôle d'*Iphigénie*, et à qui tous les
autres rôles ont tant d'obligation. Peu de cantatrices
ont réuni à un si haut degré la sensibilité, l'intelligence et les grâces.

ce que la musique d'*Orphée* a fait de
M. Le Gros, et à ce que fait aujourd'hui de
mademoiselle Levasseur [1] celle d'*Alceste*,
je serais tenté de croire que la manière du
chevalier Gluck est en effet plus animée,
plus théâtrale que celle des autres compositeurs; mais qu'est-ce qu'un opéra où
il n'y a point de chant? — Ah! barbare...
Mille pardons, monsieur, de ma vivacité;
j'ai voulu soulager mon cœur, et non pas
vous offenser. Vous trouvez donc qu'il
n'y a point de chant dans cet opéra? Serait-ce parce qu'il n'y a ni chansonnettes,
ni noëls, ni brunettes, ni vaudevilles,
ni cantiques, ni airs à boire? — Eh! qui
peut penser à de pareilles misères? Croyez,
monsieur, qu'il y a beau tems que mes
oreilles sont déniaisées. — Monsieur, monsieur, ne dédaignons rien. Toutes ces petites
choses, mises à leur place, ont leur mérite et leur prix; mais ici!.... — Mais
ici, je veux autre chose que ce que j'entends; et puisqu'il faut vous parler net,
ce n'était pas la peine que M. le chevalier

---

[1] Cette actrice qui, jusqu'à présent, n'avait paru
propre qu'aux rôles de gaité, s'est montrée vraiment
tragique et sublime dans celui d'*Alceste*.

Gluck, qui n'ignorait pas les progrès que la musique a faits en France, fit deux fois le voyage de Vienne à Paris, pour nous apporter des opéras sans ariettes. — Ah! monsieur, au nom d'Apollon et de toutes les Muses, laissez, laissez à la musique ultramontaine, les pompons, les colifichets et les extravagances qui la déshonorent depuis trop long-tems ; gardez-vous de porter envie à de fausses et misérables richesses, et n'invoquez point une manière, proscrite par tout ce qu'il y a de philosophes, de gens d'esprit et d'amateurs éclairés en Italie [1]. Quoi! vous trouverez bon qu'au moment même où l'on devrait porter au plus haut degré l'émotion à laquelle on avait préparé votre ame, l'acteur s'amuse à broder des voyelles, et reste, comme par enchantement, la bouche ouverte au milieu d'un mot, pour donner passage à une foule de sons inarticulés! De toutes les invraisemblances que vous pouvez dévorer, voyez s'il en est de plus forte et de plus choquante. Que diriez-vous d'un acteur qui, déclamant une

[1] Les notes correspondantes à ces passages, sont à la fin de cette pièce.

scène tragique, entremêlerait ses gestes
des *lazzis* d'arlequin ; ou d'un orateur
qui, ayant à tonner, à foudroyer, à bou-
leverser son auditoire, enfilerait bout-à-
bout toutes les figures badines de la rhéto-
rique ? Lorsqu'il ne s'agira que de charmer
mes loisirs en amusant mon oreille, qu'on
défie tant qu'on voudra par le plus long
et le plus joli des ramages, les serins et les
rossignols, à la bonne heure ; mais réduire
la musique à ses gentillesses, quand mon
ame demande des émotions, c'est se jouer
ouvertement du bon sens et de toutes
les convenances ; c'est insulter tout-à-la-
fois et à l'art et à la nature. — Je vous
abandonne les ariettes, dit un autre jeune
homme qui m'écoutait attentivement et avec
intérêt ; mais un opéra peut-il se passer de
cantabilés[1] ? — Avez-vous déjà vu celui-

---

[1] Le *cantabile* se forme de phrases de musique
divisées en parties égales ou presqu'égales, coupées
par des repos imparfaits ou parfaits, lesquels représentent fidèlement les virgules et les points de la
phrase verbale ; enchaînées et variées par des déno-
minations faciles, naturelles et voisines du mode
principal ; soumises à une mesure réglée, constante
et sensible, sans qu'elle soit ni trop lente, ni trop

ci ? — Non, mais j'ai vu des connaisseurs...
— Eh ! monsieur, que ne jugez-vous par
vous - même ; et pourquoi soumettre vos
sensations à l'opinion de quelques personnes, qui bien souvent, sans avoir ni
la connaissance ni le sentiment des véritables beautés des arts, parviennent à
imposer, en prononçant au hasard certains
mots techniques, auxquels elles n'ont jamais attaché d'idée distincte et précise ?
Abandonnez - vous à vos propres impres-

rapide ; et construites enfin de manière qu'elles
aillent toujours en fortifiant les sensations qu'elles
ont d'abord fait naître.

Observons que si le *cantabile* appartient au genre
tragique, les notes doivent y être en très - petit
nombre ; c'est par les moyens les plus simples que
s'opèrent les plus grands effets : d'ailleurs, des traits
chargés et trop riches manifesteraient l'artifice, et
détruiraient la vraisemblance et l'illusion. Il faut
encore que les sons ne soient ni trop graves ni trop
aigus ; mais qu'en se développant, ils décrivent,
pour ainsi dire, une courbe, de sorte qu'il n'y ait
rien d'anguleux, rien qui puisse heurter ni blesser
l'oreille. Nous nous croyons obligés de dire à ceux
qui désirent des *cantabiles* dans la musique du chevalier Gluck, que c'est d'après la musique du chevalier Gluck que nous avons tracé cette définition
du *cantabile*.

sions; et non à des opinions empruntées ;
jugez de cette musique, comme on juge
des odeurs et des couleurs, sans écouter
les pédans, les cœurs froids, et tous ces
assassins des arts, qui voudraient pres-
crire à l'artiste la marche de l'artisan, et
substituer la méthode à la liberté, déesse
du génie. L'examen, la discussion, l'analyse sont nécessaires, sans doute, toutes
les fois qu'il faut prononcer sur des ouvrages de raisonnement ; mais s'agit-il des
productions des beaux-arts, si vous pensez,
si vous raisonnez avant d'applaudir et de
vous écrier, c'est la faute de l'artiste ou
celle de vos organes. Voyez avec quelle
rapidité partent les applaudissemens qui
se font entendre dans toutes les parties
de la salle ; regardez autour de vous, levez
les yeux sur les loges ; on y bâillait autrefois, aujourd'hui on y pleure. — Un
moment, un moment, monsieur l'admi-
rateur éternel, s'écria avec emportement
un homme qui pleurait de rage, quand
toutes les personnes sensibles pleuraient
d'attendrissement : vous allez entendre un
morceau dont je vous invite à entreprendre
l'éloge.... Le voilà : Eh bien ! qu'en dites-

vous, messieurs? quatre vers entiers sur
le même ton, sur la même note! Y a-t-il
rien de plus misérable, et n'est-ce pas là
le contraire de la musique? — Il est vrai
que le propre de la musique, et sur-tout de
la musique théâtrale, est de saisir l'accent
des passions, de l'embellir, de le fortifier
et de le rendre plus sensible; mais ce sont
des *ombres* qui sont sur la scène, et il
n'y a plus de passions au-delà de la
vie; ces vers ne sont point susceptibles
d'une autre déclamation : et c'est en les
privant même de leur accent naturel et
ordinaire, que le chevalier Gluck nous
prouve à quel point il sent et respecte
les convenances. Cependant, comme il ne
s'agit pas seulement d'imiter, et que l'imitation doit se faire en musique, réservez pour
l'orchestre un bout de vos oreilles, et vous
verrez qu'à cette déclamation monotone,
le compositeur attache une harmonie très-
variée, très-expressive et très-pittoresque,
une harmonie faite pour émouvoir toutes
les personnes sensibles, et pour pénétrer
tout à-la-fois de terreur et d'admiration
celles qui à la sensibilité joignent la connaissance de l'art.

Comment se peut-il qu'*Iphigénie* et qu'*Orphée* ne vous aient pas accoutumé à écouter plus attentivement l'orchestre? Cette indifférence n'est pardonnable que dans tous vos autres opéras, où, à l'exception d'un très-petit nombre de morceaux, les instrumens accompagnent la voix, comme un valet accompagne son maître, et non comme les bras, les mains, les yeux, les mouvemens du visage et de tout le corps, accompagnent le langage du sentiment et de la passion. — Vous avez beau admirer, louer, pérorer, nous savons que votre chevalier Gluck n'est regardé que comme un compositeur du second ordre. — Par qui donc, monsieur, s'il vous plaît? — Par tout le monde, en Italie et dans le reste de l'Europe. — Je n'avais pas entendu dire cela; mais ce que je sais parfaitement, c'est que l'auteur du meilleur traité qui ait encore paru sur la musique dramatique, auteur italien, et de plus napolitain, compare les opéras du chevalier Gluck aux chefs-d'œuvre de Raphaël; que le même auteur, après avoir invité les *Jomelli*, les *Piccini*, les *Traetta* et les *Sacchini* à ramener enfin sur la scène la véritable

musique [1], celle qui peint les passions, et
qui parle au cœur, leur propose le chevalier
Gluck pour modèle ; et que c'est sur l'*Alceste* de ce même chevalier Gluck, que cet
écrivain philosophe fonde toute sa théorie.
Je sais encore que l'homme de l'Angleterre
le plus profondément versé dans l'histoire
et la science de la musique, le docteur
Burney, appelle le chevalier Gluck le
Michel-Ange de la musique. L'illustre
citoyen de Genève n'a pas dissimulé son
admiration pour les talens et les ouvrages
de ce grand artiste : et voici les expressions
d'un des plus célèbres écrivains de l'Alle-
magne, M. *Wieland*. « Graces au génie
« puissant du chevalier Gluck, nous voilà
« donc parvenus à l'époque où la musique
« a recouvré tous ses droits : c'est lui, et
« lui seul qui l'a rétablie sur le trône de la
« nature, d'où la barbarie l'avait fait des-
« cendre, et d'où l'ignorance, le caprice et
« le mauvais goût la tenaient jusqu'à pré-
« sent éloignée. Frappé d'une des plus belles

---

[1] Tempo sarebbe ormai che i Jomelli, i Piccini,
i Traetti, i Sacchini prendendo per mano la vera
musica *vocale* la rimenassero sulle scene.

Planelli, dell'opera in musica. Napoli, 1772.

« maximes de Pythagore, IL A PRÉFÉRÉ LES
« MUSES AUX SIRÈNES : il a substitué à de
« vains et faux ornemens cette noble et
« précieuse simplicité qui, dans les arts,
« comme dans les lettres, fait toujours le
« caractère du vrai, du grand et du beau.
« Eh ! quels nouveaux prodiges n'enfan-
« terait pas cette ame de feu, si quelque
« souverain de nos jours voulait faire pour
« l'opéra ce que fit autrefois Périclès pour
« le théâtre d'Athènes..... » Mais je vous
vois rougir et pâlir tour-à-tour : je n'ache-
verai point, monsieur ; mon intention n'é-
tait pas de vous faire de la peine ; je ne
voulais que vous détromper. Je me contenterai donc de vous dire que M. le chevalier
Gluck n'est ni de la première, ni de la
seconde classe des compositeurs, mais qu'il
occupe une classe à part, et qu'il y a peu
d'apparence que beaucoup de musiciens
viennent s'asseoir sur la même ligne. Adieu,
messieurs, vous m'avez privé d'un grand
plaisir ; si l'on donne trente représentations
de cet opéra, je ne l'aurai bien vu que vingt-
neuf fois ; *vous m'aurez fait perdre une
soirée ;* mais si j'ai détruit vos préjugés, je
m'en console, et vous pardonne.

NOTES.

QUEL QUE soit ce pauvre drame, assurément ce ne sont pas nos musiciens d'aujourd'hui qui le feront valoir.... Contens d'avoir dans leurs airs, le plus souvent ennuyeux, chatouillé les oreilles avec une *sonate de gosier*, ils ont fait de notre théâtre dramatique, un amas d'invraisemblances honteux et intolérable. (*Lettre de M. l'abbé Metastase, à M. Mattei.*)

Oh combien de fois devrions-nous adresser à plusieurs de nos airs le mot de Fontenelle : *musique, que me veux-tu ?* Ces airs sont chantés parfaitement juste, et exécutés avec une agilité prodigieuse; il y règne une parfaite égalité de sons dans la voix ; le tems et la mesure y sont scrupuleusement observés ; ils sont enrichis de trilles et de cadences d'une longueur admirable ; encore une fois : *musique, que me veux-tu ?* En vérité, je l'ignore, si tu ne m'inspires aucun sentiment. Je connais des voix auxquelles on ne pouvait rien reprocher : mais mon cœur leur faisait le plus grand de tous les reproches, car elles ne lui disaient rien. On paye les danseurs de corde pour étonner ; on paye les musiciens pour émouvoir ; et la plus grande partie des musiciens veulent faire les danseurs de corde. (*Extrait d'une Dissertation du célèbre Beccaria.*)

Nos airs consistent dans un assemblage hétéro-
gène d'idées, et de différens morceaux cousus au
hasard, sans dessein, sans ordre et sans unité ; assemblage qui n'excite le plus souvent dans l'ame des
auditeurs qu'un mélange de sentimens opposés les
uns aux autres, et dont on ne peut attendre ni plaisir, ni émotions.

Il est à désirer qu'il se présente enfin quelque
professeur doué d'un rare talent, et parfaitement
instruit de toutes les parties de la musique, lequel,
sans se mettre en peine des propos impertinens de
tous ses rivaux, fasse renaître, à l'imitation des grecs,
l'art d'émouvoir les passions, et délivre enfin les
auditeurs de l'ennui que leur fait éprouver la musique de nos jours [1].

On doit à l'école romaine la renaissance de la
parfaite harmonie dans la musique, et à l'école de
Naples la chaleur et la fécondité des idées. Il faut
espérer que quelques professeurs de nos jours, qui
nous ont déjà donné des preuves d'un talent vraiment supérieur, procureront à notre musique tous
les avantages qui caractérisaient celle des grecs.
(*Extrait de l'Histoire de la Musique, par le*
P. Martini.)

_____

[1] Il paraîtra sans doute étonnant que quelques personnes
appellent avec empressement en France ce même genre de
musique dont les italiens sont rassasiés, excédés, ennuyés;
car lorsque le P. Martini a publié son ouvrage, tous les
théatres de l'Italie avaient retenti des productions des
Jomelli, des *Traetta*, des *Sacchini*, etc.

C'est pour être ému, et pour jouir du charme de l'imitation, que je vais au théâtre, et non pour admirer le musicien qui chante. Le vulgaire qui ne voit, n'entend, et ne sent que par les yeux, les oreilles et le cœur d'autrui, applaudit les trilles, les broderies, les sauts et les bords de la voix, comme il applaudissait au dix-septième siècle cette poésie ampoulée et extravagante, où l'on *faisait suer le feu,* et où l'on *empoisonnait l'oubli avec de l'encre.* Quel nom donner à une musique où le compositeur et le chanteur se disputent à qui confondra le sens des paroles? Cette sorte de musique n'est assurément ni italienne, ni latine, ni hébraïque; car je défie les personnes qui savent ces langues, d'entendre un seul mot des paroles que l'on chante.

Quand je vais à l'église ou à l'opéra, ce n'est point le chant des oiseaux que je veux entendre, mais la voix d'un homme qui parle doucement à mon esprit, à mon imagination, à mon cœur. (*Extrait d'une Dissertation de l'abbé Conti.*)

———

Quel plaisir peut-on avoir à ces sortes de spectacles, dit M. Eximeno, en parlant de l'opéra? A mon sens, la preuve la plus certaine de l'ennui qu'on y éprouve, c'est le bruit qu'on ne cesse d'y faire; il est vrai qu'à la fin de l'air, lorsque la cadence arrive, il règne un profond silence, et qu'après que le chanteur a parcouru d'une haleine une longue suite de sons qui ne signifient rien, le théâtre retentit

de cris et de battemens de mains : les musiciens ne
pourraient-ils pas s'excuser en alléguant ces deux
vers :

> *E poichè paga il volgo sciocco , è giusto*
> *Sciocamente cantar per dargli gusto.*

Voyez le *Traité dell'origine e delle regole della*
Musica , par D. Eximeno. Roma , 1774.

LES QUATRE PARTIES

DU JOUR A LA MER.[1]

Tranquilles habitans des campagnes fer-
tiles, que nous avons vues fuir sous l'horizon; diligens laboureurs, qui, dès l'aube
du jour, allez, par un travail assidu, arracher à la terre votre modique subsistance; et vous, infatigables vignerons, qui,
courbés sur le cep que vous avez planté,
ne cultivez pas pour vous le doux fruit de
la vigne; et vous, enfans des arts, qui,
répandus dans les villes, préparez pour
l'oisive opulence les instrumens du luxe et
des délices, soit que vos bras robustes consacrés à la noble architecture, convertissent
en palais la masse informe des carrières,
soit que vos mains industrieuses rendent
malléables les plus durs métaux; et vous,
citoyens fortunés, qui, placés dans la classe

---

[1] *Note de l'editeur.* Les Quatre Parties du Jour à
la Mer ont été imprimées en 1785, mais sur une
copie incomplète où ne se trouvait point la description des attérages et de l'échouement.

la plus désirable dans la société, entre l'a-
bondance et le besoin, servez également
l'un et l'autre par vos travaux publics ou
domestiques..... ô hommes! qui que vous
soyez, rendez grace à la nature bienfai-
sante, qui laisse tous les jours sous vos
yeux, les lieux chéris où vous êtes nés !
Heureux celui qui ignore les merveilles et
les périls de la navigation, art sublime,
utile autant que funeste, produit de tous
les arts et de la cupidité !

LE MATIN.

Heureux bergers, saluez l'aurore; que
vos troupeaux bondissent sur l'herbe fraîche. La nature, attentive au grand spectacle
qui se prépare, cesse d'être muette ; l'o-
deur suave du matin s'est répandue dans
vos campagnes; le chant des oiseaux s'est
fait entendre; les sombres forêts reçoivent
une impression de lumière ; les couleurs
sortent du néant, et la cime radieuse des
montagnes annonce aux vallons l'astre
du jour.

Ainsi vous aurez vu ses rayons bienfai-

sans, tandis que nous, qui voguons vers les
régions occidentales, voyons à peine pâlir
l'étoile du matin. Cependant la proue du
navire ne trace plus sur l'océan des sillons
de flammes argentées. L'horizon, qui s'é-
tend sous un voile dont l'épaisseur se dissipe, laisse apercevoir la triste uniformité
de la plaine liquide. Le sommet des mâts
s'est découvert ; les voiles et les manœuvres se présentent à l'œil du maître qui
les parcourt ; le pilote n'a plus besoin des
feux de l'habitacle pour observer l'aiguille
aimantée ; le gabier est déjà dans la hune ;
il aperçoit, il compte les vaisseaux qui
voguent autour de nous à différens* aires
de vent. Le matelot, fatigué des veilles de
la nuit, s'assied sur le tillac; il se réjouit
d'apercevoir au lever de l'aurore les signes
d'un vent favorable. Une étincelle sortie
du sein de l'onde, peint d'or et d'azur les
nuages amoncelés vers l'orient; le ciel s'en-
flamme; le soleil s'élance sur l'horizon. Où
êtes-vous, légers habitans des airs, qui, par
la variété de vos plumages et la mélodie
de vos concerts, charmez les yeux et les
oreilles? C'est à vous qu'il appartient de
célébrer la première heure d'un beau jour.

Tendres amans, hâtez-vous d'en jouir, rendez hommage à la nature, vous lui devez
tous vos plaisirs; embellissez - vous de ses
attraits.

Pour nous, qui ne sommes séparés que
par un bois flottant des vastes profon-
deurs de l'océan, le retour de la lumière
ne nous montre que des abîmes ; et tandis que le murmure d'un ruisseau fuyant
entre des saules, occupe délicieusement
celui qui respire sur ses bords la fraîcheur
du matin, le mugissement des vagues qui
se brisent sur l'avant du navire, est le redoutable réveil du marin qui cherche avec
inquiétude un repos nécessaire.

Les humides habitans des mers se dérobent aussi à l'empire de la nuit; ils viennent présenter leurs brillantes écailles au
père des couleurs, et divisés ou réunis
par l'instinct des besoins, on les voit courir
après la proie que la nature voulut leur indiquer ; ainsi l'éclatante dorade s'élance
sur un moindre poisson, qui fuit jusque dans
les airs son ennemi étonné ; mais le cartilage
spongieux qui le soutient est bientôt des-
séché, et la dorade attentive, jugeant sa
chute prochaine, le reçoit entre ses dents

meurtrières, avant qu'il soit retombé dans son premier élément.

Témoin de ce spectacle, l'industrieux matelot suspend à une ligne un fer aigu et recourbé, qu'il enveloppe d'une étoffe légère, et lui donnant la forme volatile, qui attire la dorade, il la voit bientôt nager sur les flancs du navire. Plein d'espérance et de joie, il agite sa ligne, il la plonge, il la retire, et le poisson vorace, trompé par ses mouvemens, devient lui-même la proie du pêcheur satisfait. Alors on accourt sur le pont, on admire, on est ébloui des riches couleurs du poisson expirant. Mais ces jeux innocens vont disparaître ; le maître ordonne qu'on dispose les manœuvres ; la sage prévoyance de celui qui commande les veilles de la nuit a opposé une moindre voilure à l'impulsion du vent. En vain l'impétueux aquilon préparait dans l'obscurité les orages menaçans, le matelot ne craignait pas de voir fuir et rompre entre ses mains les toiles déployées ; les arbres qui les supportaient n'en voyaient plus leur cime couronnée ; mais le soleil dissipe à l'orient les humides vapeurs qui s'élevaient dans la moyenne région ; un souffle pur a

dévoilé l'azur du firmament. La mer abandonnée à ses propres élans, marque par ses
ondulations la trace légère des zéphirs, et le
vaisseau dont les bras sont dépouillés de
leurs forces mouvantes, divise plus len-
tement la colonne d'eau qui s'oppose à
son passage. L'agile matelot va lui rendre
sa vîtesse; il vole des haubans sur la hune, s'é-
lance sur la vergue, et s'y tenant suspendu,
il dégage d'une main hardie le cordage qui
tenait la voile captive; elle s'enfle aussitôt,
et reçoit dans son sein le vent qu'elle avait fui.

Pendant que le capitaine ordonne et
conduit la manœuvre, le pilote, averti
par un sable dont la chute précipite et
mesure les heures, prépare l'utile instrument qui doit déterminer la course du navire; son bois triangulaire est armé par un
de ces côtés d'une lame de plomb qui lui
fait couper perpendiculairement la surface
de l'eau; et tandis que le navire s'éloigne
du point fixe où le bois s'est plongé, le cor-
deau qui le saisit s'échappe en tournant librement sur un pivot, et marque par ses
nœuds, divisés en distances égales, l'espace parcouru pendant la cent vingtième
partie d'une heure.

Cependant un nuage épais s'élève sur l'avant du vaisseau ; le passager timide s'effraie à l'aspect des fourneaux enflammés, et le noir cyclope qui habite cet antre enfumé, prépare, en chantant, les légumes et les viandes salées. Non loin de là une odeur malfaisante frappe les sens alarmés ; mais l'équipage s'applaudit de ne voir rendre à la pompe agitée que des eaux noires et croupissantes, signe heureux des efforts impuissans que fait la mer pour pénétrer dans les fonds du navire. Le matelot satisfait abandonne les pistons, et vole à un nouveau travail ; les uns puisent de l'eau que d'autres répandent de la poupe à la proue ; le pont est inondé, et les pores du bois humectés ne sont plus desséchés par l'ardeur du soleil. Alors on ouvre les panneaux, et l'air, captif pendant la nuit, circule librement ; mais l'airain sonore s'est fait entendre : que celui qui travaille et celui qui se repose volent sur le tillac ; on va rendre au souverain maître des élémens l'hommage qui lui est dû. L'enceinte de nos temples borne trop à nos yeux sa grandeur infinie. O vous ! qui errez sur le vaste sein des mers, prosternez-vous au pied de son trône redoutable; il est suspendu sur vos têtes; publiez ses merveilles, vous en êtes entourés; célébrez ses bienfaits; il renouvelle pour vous la colonne de feu qui conduit les israélites dans le désert; il recommande aux cieux de tourner sur leur axe, et de vous présenter dans un ordre immuable les révolutions des astres. Il trace sur un cercle les signes auxquels vous devez reconnaître la marche du soleil; il lui prescrit des limites, afin que vous distinguiez la région qu'il habite; il chasse du centre de la terre les tourbillons de matière magnétique; et les faisant circuler d'un pôle à l'autre, il ordonne à l'aimant de vous marquer leurs traces invisibles; il assujettit le tems et l'espace à vos calculs; il distribue les vents sur tous les points de l'horizon, et trace à chacun d'eux la ligne qu'ils doivent parcourir.... Que son bras tout-puissant les enchaîne ou les déploie sur les flots irrités, l'Océan sera votre tombeau. Adorons le Dieu de l'univers; que nos fronts s'humilient devant sa majesté sainte.

L'équipage qui s'est rassemblé pour satisfaire à ce pieux devoir, cherche dans un léger repas le retour de ses forces; et

ceux qui ont vu commencer et finir huit
fois de suite les révolutions du sable, sont
remplacés sur le pont par leurs compagnons
reposés. Les maîtres préparent et distribuent
divers travaux. Le vent favorable n'est
plus contraint par l'exercice des manœuvres; mais la molle oisiveté n'apprendrait
point au matelot à lutter contre les tempêtes ; il faut que ses bras nerveux soient
toujours en action, et que le travail ali-
mente sa vigueur. Cependant le pilote veille
sur le gouvernail ; il commande au timo-
nier d'en compasser les mouvemens, afin
que le navire ne s'écarte pas de la ligne
droite qu'il doit décrire ; il observe les
banderolles flottantes, et compare leur direction avec celle de la boussole ; il s'aperçoit que le vent qui prolongeait la poupe,
la coupe obliquement ; il fait orienter les
voiles, leurs angles s'ouvrent, et le vaisseau fuit plus rapidement.

Quel est celui que je vois appuyé sur la
lisse ? Il examine le sillage du vaisseau, et
trop lent à son gré, il voudrait précipiter sa course.... Mortel ! ainsi s'écoule le
torrent de la vie ; et tes desirs impatiens appellent l'avenir : il arrive ; mais tu n'es plus.

LE MIDI.

Lorsque le soleil, réunissant ses rayons, les darde perpendiculairement sur les campagnes, le voyageur fatigué regarde autour de lui; il s'étonne de ne point apercevoir les toits des maisons; mais il entend la voix bruyante des villageoises qui portent sur leur tête des corbeilles d'osier: elles s'avancent d'un pied léger à travers les haies d'aubépine. Alors il voit les moissonneurs abandonner la faulx, et leurs petits enfans, qui ramassaient les épis échappés de la gerbe, s'assemblent autour d'eux; ils vont à la rencontre des femmes, qui ont déjà posé sur le gazon le pain noir avec l'ail et le sel, et les vases qui contiennent l'eau rougie. Le voyageur aborde cette troupe rustique, qui le salue avec bienveillance, et lui apprend à quelle distance il est du bourg le plus voisin. On lui indique tous les points de remarque. Là, il trouvera une fontaine couverte de cresson, et il la laissera à l'occident, pour suivre une allée de noyers qui se présente à lui: plus loin il apercevra des prés bordés de

chênes antiques, et le sentier qui les traverse le conduira jusqu'à la porte de l'hôtellerie où il doit se reposer. Ainsi l'habitant des rives de la Seine parcourra les pays
divers qu'arrosent le Danube, l'Euphrate
et le Gange, et trouvera chaque jour sur
sa route, les signes sensibles qui distinguent
les provinces, les climats et les nations.
Mais nous, qui cherchons sur l'océan un
nouveau monde; nous qui, des ouvrages
innombrables du Créateur, n'apercevons
plus que le feu et l'eau, qui pourra nous
apprendre la distance où nous sommes des
lieux que nous avons quittés, de ceux où
nous tendons? Isolés sur le globe, ignorés
de ses habitans, nous occupons un point dans
l'espace. En vain nous fuyons sur l'aile rapide des vents, aucun objet nouveau ne s'offre à nos regards. Quoi! l'univers ne serait-
il plus qu'une masse fluide? Soleil! toi qui
nous accompagnes, qui luis également sur
les continens et sur les mers qui les entourent, arrête un moment ton char radieux!
Le maître de la nature l'ordonne ainsi, et
nous permet de t'interroger. Homme! viens
développer les facultés sublimes que le
Créateur a renfermées sous l'argile.

Le pilote prépare ses instrumens, il
va mesurer la circonférence des cieux ;
il trace sur un cercle un angle égal à celui
que décrit le soleil sur l'horizon ; il l'observe, il le suit dans sa course ; l'astre
s'élève, atteint le méridien ; il s'y fixe un
instant, et laisse apercevoir sa distance au
zénith. Alors nous connaissons le point du
ciel correspondant à celui du globe où
nous sommes, et cette indication nous
apprend notre position relative à l'un ou à
l'autre pôle.

Cette heure salutaire qui nous instruit,
qui nous éclaire, interrompt le travail des
matelots. On leur distribue, avec économie,
une eau rare et précieuse, quoiqu'elle ait
perdu toute sa saveur et sa limpidité. Le
cambusier mesure les petites portions d'un
vin rouge et épais, qui usurpe le nom célèbre des côteaux de la Garonne. On présente
avec plus d'abondance les pains durs et bri-
sés, dont une forte cuisson a extrait tout
l'humide : on divise en parties égales la mo-
rue sèche et le bœuf salé ; et le matelot
content commence un repas frugal, assai-
sonné par l'appétit. Mais quelle inertie dans
les airs en suspend le mouvement ! les

voiles ne font plus d'efforts pour s'éloigner du mât qui les appelle; leur chute
perpendiculaire annonce le silence des
vents; la mer abaisse ses flots audacieux;
les monstres qui habitent ses antres pro-
fonds, s'élèvent sur la surface unie; et les
oiseaux aquatiques ne trouvant plus la
même élasticité dans l'air raréfié par la
chaleur, se reposent sur l'Océan; le vaisseau reste immobile.

Quelle est donc cette masse flottante
dont la vélocité étonne notre impuissance?
sa grosseur surpasse celle des éléphans
de la Lybie: c'est l'énorme baleine qui sil-
lonne les ondes. On redoute son approche;
la nef légère qui se trouve à son passage en
est souvent renversée. Plus loin on aperçoit
l'espadon, son terrible ennemi: il semble
s'indigner de ce que la nature lui a refusé la
force et la grandeur; mais son agilité,
son courage, lui font aspirer à l'empire
de la mer; il va le disputer; sa fureur lui
cache le danger: il redresse la redoutable
épée dont son front est armé, cingle sur
la baleine qui l'attend avec mépris. Il l'approche, s'élance dans les airs, soudain il
replonge. Il veut lui percer le flanc; mais

elle évite son atteinte, et sa queue se déploie pour briser à son tour l'arme cruelle dont elle est dépourvue. L'espadon fuit et revient; il attaque, il se défend : aussi prompt que la bombe chassée par le salpêtre, il s'élève et retombe comme elle. Enfin il est vainqueur : sa tranchante épée s'est fait jour dans le corps de son ennemi ; mais il ne peut plus s'en dégager lui-même, il reste attaché sur la plaie qu'il a faite. Alors on voit les deux monstres se débattre; l'onde en est agitée; elle se teint de leur sang, et leur combat finit avec leur vie. Féroces animaux ! est-ce vous qui avez offert les premiers aux hommes ces sanglans spectacles ? ou les hommes cruels vous en ont-ils donné les premières leçons? Inhabile aux combats, le soufleur pacifique se réjouit du calme des ondes; il joue sur leur surface, il s'étend sur le dos, il se redresse et paraît marcher sur les eaux; il les pompe, il les aspire, et les fait jaillir de ses narines. L'œil se plaît à tous ces mouvemens : on cesse de se plaindre de l'absence des vents qui nous dérobent ces spectacles divers. Mais un monstre hideux et formidable nage autour du navire.

Attiré par l'odeur forte qui s'exhale du bord, il ouvre sa large gueule, garnie d'un triple rang de dents, et semble attendre sa proie. O matelots! qui supportez impatiemment la chaleur accablante, ne vous confiez plus à la sérénité perfide de la mer! Qu'il vous souvienne du sort déplorable de votre jeune compagnon! Fier de son adresse et de sa légèreté, on le voyait nager de la poupe à la proue : il appelle ses camarades, il leur vante la fraîcheur de l'eau ; elle rend à ses membres leur souplesse et leur ressort. Les plus hardis se disposent à l'imiter; mais on entend un cri perçant, la pâleur de la mort est déjà sur son front : il a vu le requin, ce monstre vient à lui. On frémit, on jette des cordages, le nageur s'en saisit : on l'enlève, il est hors de l'eau ; mais le monstre s'élance, il l'atteint, et cet infortuné ne peut plus conserver que les restes sanglans de son corps déchiré.... Ses forces l'abandonnent, la corde lui échappe, il retombe, il disparaît, il est dévoré. Ainsi les matelots frémissent à l'aspect du requin, lors même qu'ils n'ont point à le craindre : ils voudraient en purger les mers ; ils se disputent à qui lancera le premier le

harpon acéré. Les uns cachent le fer meur-
trier sous un appât de viande salée ; et tandis que leurs mains présentent au monstre
un aliment, leurs yeux menaçans lui pro-
mettent la mort. D'autres préparent des
palans pour le hisser à bord. L'avide
requin dévore tout ce qui s'offre à lui ; il
sent le fer et veut le repousser ; ses dents
vont le briser. Les efforts violens qu'il fait
pour se dégager, fatiguent les matelots :
on le perce avec les crocs, on l'entrave
dans les cordages, et, à l'aide des poulies,
on l'amène sur le pont. C'est alors que sa
force se déploie ; le fouet de sa queue
ébranle le navire ; son sang ruisselle de
toutes parts, il paraît expirant, et c'est à
coups de hache qu'il faut lui arracher la vie.

Cependant des nuages légers paraissent
à l'orient ; ils se croisent, et le vent qui les
chasse arrive jusqu'à nous : la voile s'enfle,
résiste, et le navire obéit.

LE SOIR.

Tandis que les esclaves de la mollesse
distribuent les heures entre le plaisir et le
repos, il est des hommes dont la vie labo-

rieuse semble un effort continuel de la
nature. O vous ! qui étendez vos besoins
jusqu'aux superfluités étrangères, riches
fastueux, apprenez ce qu'il en coûte de
peines et de travaux pour satisfaire la frivolité de vos goûts, l'extravagance de vos
desirs ! Mais que votre orgueil barbare
n'imagine pas commander à l'indigence :
vous en êtes tributaires. Semblables à ces
masses insensibles dont l'architecte forme
le faîte d'un palais, on les voit prêtes à
écraser les colonnes qui le soutiennent ;
mais leur volume et leur poids sont dans
les proportions de l'édifice. L'inquiétude
de l'abondance vous tient lieu d'humanité ;
elle vous conduit à la porte du pauvre :
vous sollicitez son industrie, et sans cesser
de lui être odieux, vous devenez son bienfaiteur : ainsi nous voyons la même nuée
engendrer les orages destructeurs et les
pluies salutaires.

L'astre que nous avons vu s'élever rapidement jusqu'au sommet de la voûte
azurée, abaisse ses feux étincelans, et
s'annonce déjà sur un autre hémisphère.

O vous dont les savantes veilles éclairent
nos travaux ! venez jouir du fruit de vos

leçons; voici le moment où l'on peut vous
offrir un spectacle digne de vous. L'étroite
enceinte de ce navire est devenue le théâtre
des arts.

Nous n'avons pu demander au soleil que
l'indication précise de la région qu'il habite; mais pour trouver sur la mer le point
que nous cherchons, ce n'est pas assez de
savoir la distance où nous sommes de l'un
et l'autre pôle, il faut aussi déterminer le
chemin que nous avons fait, à l'orient ou à
l'occident.

L'usage du loch nous a appris la quantité de chemin que nous parcourions dans
un tems convenu; l'aiguille aimantée nous
indique de quel point du globe part le vent
qui nous chasse, et la carte réduite nous
met sous les yeux la position graduée de
la terre que nous avons quittée, et de celle
que nous cherchons en sortant du port. En
perdant la terre de vue, le pilote en a conservé la distance, il la mesure sans cesse.
Ce premier point de départ noté sur la
carte, il y place aussi son navire, et le suit
dans sa course; il marque à toutes les
heures les rhombes de vent qu'il a parcourus,
et ce qu'il fait de chemin par chacun d'eux.

Si le vent le contrarie, il en calcule le re-
tard, et le retranche de sa route ; s'il le
pousse avec impétuosité, il en mesure la
vitesse ; si le calme succède, il en compte
la durée. Quelle que soit enfin la variété
du tems, son art l'assujétit à la précision
du calcul et de l'observation ; il compasse
sur sa carte tous les mouvemens du vaisseau ; et flottant au gré des vents sur la
plaine liquide, il ose dire : *Je suis là.*

Les jeunes pilotins examinent les opérations du maître, et tracent d'une main
incertaine la marche du navire.

Les combinaisons les plus savantes se
réduisent pour eux à des pratiques dont
l'exécution devient familière, et leur mémoire docile leur épargne les efforts pé-
nibles de l'imagination. C'est ainsi qu'à
l'aide des tables calculées par Bouguer, la
marche du soleil dans l'écliptique s'aperçoit chaque jour, et nous permet de fixer
sa hauteur méridienne. Son amplitude
prévue, selon les saisons et les climats,
offre pareillement au pilote un moyen sûr
d'estimer la différence des pôles magné-
tiques aux pôles de l'univers, et les variations merveilleuses de l'aimant cessent

d'être un phénomène inquiétant pour le navigateur.

Tels sont les sentiers lumineux qu'ont tracés sur l'Océan les successeurs d'Euclide et de Ptolémée. Pendant que leur génie créateur dirige la main qui nous conduit, l'industrieux matelot devient un artisan.

Je vois des ateliers, j'entends le fer gémir sous les coups du marteau ; ici la hache et la scie taillent et disposent les bois pour les besoins du navire ; là, on visite les voiles, et l'aiguille répare les outrages du tems ; les uns enduisent de brai les cables et les cordages ; d'autres les décomposent, et tirent encore parti de leur vétusté ; ceux-ci, profitant d'un instant de loisir, lavent dans l'eau salée les lambeaux qui leur servent de vêtemens, et leurs chansons rustiques semblent braver le travail et la misère.

O matelots ! hommes précieux, enfans de la patrie, qui plus que vous a droit à ses bienfaits ? Soldats dans les combats, ouvriers dans nos chantiers, vos jours de repos sont encore consacrés à la charrue ! Echappés aux fureurs de Mars et de Neptune, vous revoyez avec joie vos chau-

mières ; devriez-vous y trouver l'indigence ?

Cependant le capitaine observe la marche
de son navire, il le voit fléchir sous la
voile ; le centre de gravité lui paraît altéré,
il ordonne au maître de la calle d'en visiter
l'arrimage ; les consommations l'ont allégé,
il faut rétablir l'équilibre des masses ; on
emplit d'eau salée les pièces qui contenaient
l'eau douce, et la somme des poids se
trouve proportionnée à la pression du vent.

Mais quel cri de joie s'est fait entendre ?
quel son frappe mon oreille ? C'est du
sommet des mâts qu'un gabier attentif nous
annonce la terre : la sphéricité des mers
l'intercepte pour nous. On vole dans les
haubans ; on ne voit rien encore, mais le
gabier répète : *terre ! terre !* et la joie se
répand sur les visages. Le pilote étonné
garde seul un triste silence ; il rougit, il
accuse l'incertitude de son art ; il impute
aux courans la différence du chemin qu'il
avait estimé ; puis soudain il rappelle l'observation qu'il a faite de la hauteur du
soleil ; et la comparant sur la carte à la
latitude du lieu qui semble s'offrir à nos
regards, il prend un ton plus assuré, et

détruit notre espoir. Cependant l'objet qui nous est indiqué grossit et se découvre à l'horizon : il ressemble à un nuage fixe. Bientôt il est mobile, et nous présente une colonne de fumée dont l'ascension nous étonne : c'est un feu très-distinct, et dont la densité s'aperçoit à travers les rayons du soleil. Mais quelle terre pourrait ainsi, malgré la sûreté de nos calculs, sortir de l'océan ? Nous nous trouvons à deux cents milles de ces régions nouvelles qu'aborda le premier le célèbre gênois. Eh ! qui peut estimer la variation perpétuelle des courans ?. Si dans certains lieux de la terre le gisement des côtes, l'abaissement des pôles, ou l'élévation de l'équateur, augmentent ou diminuent par des observations connues leur masse et leur vîtesse, pouvons-nous calculer dans les climats voisins, la répercussion des vents et l'inégale pression de l'atmosphère ? Phénomènes sans cesse renaissans, quel autre que le maître de l'univers peut déterminer l'ordre qui vous astreint, et les révolutions que vous opérez ? Ainsi l'exacte géométrie et la sublime astronomie nous élèvent quelquefois jusqu'aux régions éthérées, et soudain nous replongent dans le cahos de l'ignorance.

Tels sont, dans la nuit profonde, les éclairs brillans du tonnerre : nous mesurons les cieux, et la mer se couvre de nos débris. Nos frêles connaissances portent, ainsi que nous, l'empreinte du néant.... Mais l'objet qui fixe notre attention grossit et s'approche....., Dieu ! c'est un navire enflammé ; on distingue les mâts et le corps du vaisseau. Le bruit du canon arrive jusqu'à nous.... Ce sont des hommes, ils vont périr ; nous entendons sonner leur dernière heure ; ils nous voient forcer de voiles, et un sentiment plus doux se mêle à l'horreur de leur position ; ils lancent à la mer les esquifs.... ils se jettent à la nage ; les plus agiles abordent la nacelle ; pourront-ils tous y atteindre ? Le feu couvre et dévore le bâtiment qu'ils ont abandonné, les voûtes s'embrasent, l'air comprimé retentit de l'explosion du navire, dont les débris sont dispersés sur les flots.

Mais les secours ne sont pas inutiles : la chaloupe arrive au milieu des nageurs épuisés ; on les a recueillis, et, dans ce désastre affreux, un cri de joie parvient à nos oreilles.... Ils sont sauvés ! personne n'a péri ! O moment délicieux que celui où chacun de nous embrasse ces infortunés ! ils ne sont plus étrangers, ce sont nos frères et nos amis.

Oui, c'est ainsi que l'Éternel forma le cœur de l'homme. « O être faible ! lui dit-il, « pour te distinguer des autres animaux, « je t'ai donné la raison, et tu résisteras « souvent à sa voix. — Mais je te donne la « pitié, afin qu'il te reste toujours quelque « chose d'humain. »

LA NUIT.

O nuit ! étends ton crêpe funèbre ; mes yeux sont rassasiés du spectacle des abîmes ; les rayons brillans du soleil me font trop regretter les champs heureux qu'il féconde et qu'il embellit : vous qui en avez joui ; vous qui foulez d'un pied léger les vertes prairies ; nous voici arrivés au même terme. La nature vous dérobe, comme à moi, ses éclatantes merveilles ; au lieu de ces riches côteaux dont les fruits colorés d'ambre et de pourpre attiraient vos regards, vous êtes entourés d'un océan de ténèbres ; vous ne distinguez plus le chêne superbe de l'humble fougère qui couvre ses racines ; le silence et l'effroi règnent dans vos campagnes ; le sommeil, triste image de la mort, va surprendre votre vie. Citadins, villageois, subissez le joug de la nuit ; cessez d'être plus fortunés que moi ! Insensé ! que dis-tu ? n'as-tu donc jamais entendu le son des flûtes et des musettes qui retentissent dans les hameaux, lorsque les heures du travail fuient devant celles du repas ? Quoi ! voici l'heure où les feux multipliés dans les cités, rendent à la nuit la parure et l'éclat du jour ; voici l'heure où les nations assemblées dans les métropoles de l'Europe, écoutent les leçons du génie. A sa voix, les hommes de tous les siècles sortent de leurs tombeaux ; les annales du monde s'ouvrent à tous les yeux ; le crime et la vertu présentent ces grands spectacles qui commandent aux mœurs, et les jugemens de la postérité sont prononcés par l'écrivain célèbre qui sait en être l'organe. Théâtre des beaux arts, temple de l'harmonie, je ne suis plus dans votre enceinte. Que dis-je ! ô terre ! je ne suis plus dans ton empire ; rebelle à la nature, j'ai franchi ses limites, et j'erre en frémissant sur son vaste

tombeau ; mais le courage et l'industrie
m'environnent. Ces matelots simples et
grossiers enseignent au philosophe qui les
observe et à la jeune fille qui n'ose les regarder, à habiter sans terreur leur fragile
demeure. Lorsque la nuit s'élève sur le
trône des airs, lorsqu'elle agite en silence et
disperse les ombres, le matelot sourit au
travail de la nature qui doit enfanter un
beau jour ; il chante ses amours, il salue
la nuit qui fut témoin de ses plaisirs, et la
lune, à son lever, le trouve dansant sur le
pont.

Ces jeux bruyans plaisent au capitaine
sans le distraire de ses soins vigilans ; la
sérénité de ses compagnons est sur son
visage, mais l'inquiétude du danger, le
feu, l'eau, la faim, les écueils, les orages...., fantômes de la mort, vous ne l'a-
bandonnez pas ! c'est maintenant qu'il se
dérobe à tous les yeux pour régler avec
son lieutenant combien de jours encore
il nous est permis de vivre. Il examine
l'état des subsistances : peut-être un arma-
teur avide en a réduit la mesure, et a
osé dire aux vents : je vous prescris un
terme.

Mais que cherche cet homme, un fanal à la main ? qu'est-ce qu'il examine d'un œil attentif? il monte, il descend, il se promène de l'avant à l'arrière..... Eh ! mes amis, c'est à sa prudence que notre vie est commise ! C'est lui qui visite les lampes, les fourneaux, qui éteint tous les feux....; s'il en rejaillit une étincelle sur les bois, les résines...., la mort la plus horrible...., Homme faible ! apprends donc à converser familièrement avec la mort; fille et compagne de la vie, ses pas suivent tes pas. Ne crains plus de la voir dans les différens postes où elle te menace : ici elle vole avec les vents qui poussent ton vaisseau; mais ne l'as-tu pas vue sous de riches portiques s'asseoir en un banquet au milieu des convives? Ne se plaît-elle pas à surprendre, entre les myrtes, un jeune amant dans les bras de son amante? Combien de fois la lampe funèbre vient se mêler aux feux que l'ivresse et la joie allument dans les cités? Et lorsque tes vains efforts irritent sa colère, lorsqu'il lui plaît de multiplier ses victimes, son souffle empoisonné n'attaque-t-il pas tous les êtres vivans? La guerre, la peste, la famine attendent in-

cessamment ses ordres pour détruire les
nations et les empires. Mais écartons ces
sombres images : un ciel pur et serein, la
lumière douce et brillante des étoiles, la
mer resplendissant des reflets de la lune,
le sillage égal du navire, le silence de
l'univers, tout nous invite au silence et au
repos.

———————

Attérage au point du jour. — Vue des côtes de Saint-Domingue.

Ce n'est plus une illusion : la terre est
devant nous, nous la voyons sortir du sein
des mers. Une large ceinture de côtes mon-
tagneuses termine l'horizon ; le verd sombre
qui les colore se répand sur cette masse immobile, dont l'élévation ou l'abaissement
des nuages étend ou resserre le développe-
ment. Les anciens marins n'ont plus aucun doute. Le capitaine reconnaît et nous
montre le cap *Samana ;* nous voguons
à pleines voiles vers ce grand promon-
toire, et déjà les parfums d'une autre atmosphère arrivent jusqu'à nous. La brise
de terre est chargée de toutes les émana-
tions des plantes odorantes. Les fleurs de

l'oranger, de l'acacia, du thym, du ro-
marin, se détachent de leur tige pour venir
sur l'aire des vents, nous signaler la terre
qui les produit. Les oiseaux qui l'habitent
essaient aussi leurs forces sur l'Océan ; ils
ne se laissent point emprisonner dans une
île ; toutes celles de cet archipel composent
leur domaine.

Nous ne sommes plus qu'à dix milles de
la côte, dont les anses et les caps se des-
sinent en fuyant sous nos yeux. D'immenses
forêts, des coteaux verdoyans, entrecoupés
de dunes blanchissantes, des pics sourcilleux
nous cachent les mines de *Cibao;* nous cin-
glons vers le sud-ouest. La montagne de la
Grange et celle *de la Selle,* nous présentent
leurs formes bizarres. Après avoir prolongé
les vastes déserts occupés par les successeurs de Colomb, nous apercevons avec
joie les traces de la culture et de l'industrie
européenne. A peine avons-nous doublé la
Pointe de *Monte Christ* et la baie du *Fort*
Dauphin, que la terre et la mer nous présentent un autre spectacle. Nous ne sommes
plus dans les solitudes de l'Océan ; des bateaux pêcheurs nous environnent ; des bar-
ques de passage se succèdent d'un port à

l'autre. Des navires d'Europe se préparent comme nous à aborder au *Cap*. Ce n'est plus la sauvage magnificence de la nature qui nous étonne, c'est sa fécondité secondée par le travail de l'homme. Une riche plaine se déploie devant nous [1]. Nous apercevons les feux qui convertissent en cristaux les jus de la canne ; la beauté des plantations, divisées par des haies de citronniers ; des troupes de laboureurs noirs ; le rapprochement des hameaux et des superbes bâtimens qui distinguent les grandes propriétés ; de nombreux troupeaux, errans dans les savannes et autour de ce bassin ; l'entassement des mornes chargés de l'arbuste précieux que produit l'Arabie : voilà le tableau ravissant qui s'offre à nos regards ! O prodige de l'industrie ! Un espace de terre égal à celui qu'enferme le parc de Versailles, produit plus de richesses que la moitié de l'empire de Russie ! C'est-là que cent vaisseaux trouvent leur chargement. Une forêt de mâts nous

---

[1] *Note nouvelle.* C'était alors l'âge d'or de la colonie. Depuis cette époque la ville du Cap a été incendiée deux fois, et détruite de fond en comble, ainsi que cette belle plaine de *Limonade* et du quartier *Morin*.

annonce la rade ; des banderolles flottantes sur les ressifs, le pavillon du *fort Picolet*, en indiquent l'entrée. La barque du pilote aborde le vaisseau, et nous voyons, pour la première fois depuis deux mois, des habitans d'un autre monde. Ils nous en apportent les productions : l'orange, l'ananas, la banane, la sapotille, sont étalées sur le pont ; les passagers, les matelots goûtent avec délices les fruits inconnus de la zone torride. On nous demande avec impatience des nouvelles d'Europe, et nous, celles de la Colonie. Hélas! dans cet échange, il n'arrive que trop souvent d'apprendre la perte imprévue d'un parent, d'un ami. Pourquoi faut-il que dans cet instant rapide de la vie, il y ait tant de place pour les longues peines et les noirs chagrins ?

Nous sommes dans la rade ; les voiles sont carguées, l'ancre est parée, le câble se déroule, le navire est mouillé en face de la ville. Ses somptueux édifices couvrent la base du morne qui la couronne ; mais c'est sur la montagne que les regards se portent avec étonnement, en y voyant suspendus à différens étages, des maisons, des jardins en terrasses, et des eaux jaillissantes. — La cloche sonne, et l'équipage chante l'hymne d'actions de graces.

Echouement sur la côte de l'île de Cuba.

Nous partîmes du Cap, le 8 août, sur la corvette *la Bergère*, commandée par M. de la Cardonie, qui avait ordre de revenir en France par le canal de Baham. Le 10, nous doublâmes la pointe de Mezzy, et nous prolongions la côte de l'île de Cuba, parsemée d'îlets et de ressifs très-inexactement marqués sur la carte. Le pilote-côtier nous faisait ranger la terre à huit ou dix milles de distance. Une brise réglée, un ciel azuré, un horizon sans nuages nous promettaient la plus heureuse navigation. La lune paraissait à l'orient, et le soleil dardait encore obliquement ses feux qui s'éteignaient à l'occident. L'équipage était sur le point: c'était le moment du repas du soir. Un des matelots de Beaupré s'écrie : *Arrive, brisans de l'avant*. Un gabier de la hune crie encore plus fort : *N'arrive pas, mouille, nous sommes environnés de brisans*. L'effroi est général, chacun est à son poste. Le

capitaine ordonne le silence, fait carguer
les voiles, jeter la sonde; nous filions huit
nœuds ! La sonde annonce quinze brasses
d'eau, et de seconde en seconde, le fond
s'élève jusqu'à cinq, jusqu'à trois brasses.
Tout est perdu, la quille touche, la corvette talonne; l'aire du vaisseau prolonge
son sillage; la nuit arrive, nous ne voyons
plus la terre; la brise redouble et nous
pousse sur les ressifs; on jette une ancre;
le câble rompt; on frémit; nous courons
sur les rochers ! une seconde ancre tient,
le vaisseau est arrêté; mais l'eau nous
manque pour le tenir à flot. On met les
canots à la mer; on parcourt, avec des
fanaux et la sonde à la main, ce funeste
parage. La circonférence des ressifs est
reconnue; nous sommes enfermés dans un
cercle de brisans; on ne retrouve plus la
passe par laquelle nous y sommes entrés;
et quand même elle serait signalée, comment y parvenir ? Elle est sûrement à l'est
d'où nous arrivons, et la brise d'est est
permanente dans cette zone ! Nous voilà
donc cloués sur un plateau d'une lieue de
diamètre, n'ayant plus sous nos pieds un
volume d'eau suffisant pour porter le bâti-

ment ! Le calme qui survient semble éloigner le danger du naufrage ; mais les signes
d'un orage prochain se manifestent ; le ciel
se couvre de nuages ; la mer devient hou-
leuse. Si l'agitation lointaine de l'atmosphère arrive jusqu'à nous, il n'y a plus
d'espoir de salut. Les officiers, les maîtres
entourent le capitaine ; sa sérénité les ras-
sure. Il leur dit froidement : *Nous sortirons
d'ici sur un radeau ; il faut y travailler.*
Chacun se met à l'ouvrage ; on rassemble
les mâts de hune, les vergues de rechange ;
on prépare les planches, les cordages, les
tonneaux vides. Pendant ce travail, qui
s'exécute avec ordre, on distribue du vin
aux matelots. Nous avions déjà passé plus
de la moitié de la nuit dans les angoisses de
notre position. M. de la Cardonie interro-
geait le pilote espagnol sur la situation des
terres et des lieux habités de la côte. Il n'y
en avait pas de plus près que la Havanne,
et nous en étions à quatre-vingts lieues. Il
fallait, pour y arriver, traverser des forêts,
des déserts ; mais la grande difficulté était
de gagner la terre, éloignée de plus de
trois lieues. Comment traverser les ressifs
sur un frêle radeau ? Comment le faire

remonter contre le vent et les courans, si
nous voulions sortir par la passe ? Nous
n'avions point de chaloupe ; nos deux canots, dont l'un était un yôle, ne pouvaient
pas contenir plus de vingt hommes, et nous
étions en tout quatre-vingt-dix : ces deux
embarcations ne pouvaient servir qu'à diriger le radeau. On calculait tout ce qu'il
pouvait porter en provisions : il paraissait
impossible d'y réunir en eau et en vin, bis-
cuits et salaisons, pour plus de quatre ou
cinq jours de vivres, et nous pouvions
errer plus long-tems sur ce parage avant
de gagner la terre. Cette perspective était
triste ; mais il faut se préparer aux nouveaux périls qui nous attendent par quelques heures de repos. Je me retirai dans
ma chambre, où je trouvai mon nègre assis
sur un baril de piastres qu'il voulait à tous
risques me conserver. J'eus de la peine à
lui faire entendre qu'un baril de biscuit
méritait la préférence. Je fis avec lui un
petit paquet de vêtemens qui devait composer tout notre équipage, et nous nous
endormîmes. Au point du jour, j'entendis
un mouvement violent sur le pont, des cris
d'appareillage. La brise s'était levée ; elle

nous était contraire ; mais M. de la Cardonie risqua le seul expédient qui pût
nous sauver : il savait que son bâtiment
était excellent voilier, tenant le vent,
comme un bâteau bermudien ; il fit couper
le cable, orienter les voiles, et nous courons des bordées entre les ressifs, prêts à
nous perdre à chaque instant. Au bout d'une
heure, nous n'avions rien gagné, et le cercle
de rocher était si menaçant, qu'on allait
jeter la dernière ancre et revenir au radeau,
lorsque le vent tourna d'un quart au nord,
et nous permit d'enfiler la passe. Il est plus
facile de peindre avec des couleurs qu'avec
des paroles, ce qu'on éprouve intérieure-
ment après avoir échappé à un grand péril.
J'appliquerais à cette sensation, et à celle-là
seulement, la définition du bonheur par
M. Dubucq, *l'intérêt dans le calme.*

Nous entrâmes le sur-lendemain dans le
magnifique port de la Havanne. Nous comp-
tions y faire une agréable station. Nous
avions besoin de nous réparer. On nous
procura tous les secours qui nous étaient
nécessaires, mais sans nous permettre de
descendre à terre. La corvette fut gardée
à vue au mouillage. Les représentations et

les instances de M. de la Cardonie auprès du gouverneur, eurent pour réponses des complimens, des rafraîchissemens de tout genre et un refus persévérant de nous voir , sans autre explication. Il fallut s'en tenir là , et remettre à la voile quand nous fûmes réparés.

Attérage aux côtes de la Guyane.

La première terre que nous vîmes après notre départ du Hâvre , fut celle de Santo-Yago , l'une des îles du cap Verd , et nous mouillâmes dans la baie de la Praïa, devenue célèbre deux ans après par le combat du bailli de Suffren.

Deux vaisseaux de la compagnie des Indes hollandaise avaient relâché comme nous dans cette rade : ils venaient y faire de l'eau, ce qui était devenu très-difficile dans la situation déplorable où se trouvaient toutes ces îles. Elles étaient affligées depuis cinq ans d'une horrible sécheresse , qui avait tari presque toutes les sources , et détruit les subsistances en grains , légumes , fourrages et bestiaux. On comptait déjà 16,000 hommes morts de faim ou de maladies con-

tagieuses que produisent la disette et une
atmosphère enflammée. Une compagnie
privilégiée pour l'approvisionnement de
ces îles annonçait de Lisbonne des envois
de farine qui n'arrivaient point, et ses agens
s'opposaient à ce que le gouverneur prît
dans notre bâtiment, pour son hôpital et
son état-major, une centaine de quarts de
farine que je lui fis offrir. Voilà l'esprit du
monopole et des compagnies privilégiées !
tant qu'elles n'en sont pas atteintes, la famine et la peste leur paraissent plutôt des
moyens que des fléaux.

En sortant de la Praïa, nous portâmes au
sud-ouest et passâmes la ligne, pour chercher cette côte, dont les courans portant du
sud au nord, feraient manquer Cayenne,
si on ne venait reconnaître le Cap nord. A
plus de cent milles de la terre, on est averti
de son approche par un phénomène qui lui
est propre. C'est la rivière des Amazones,
qui, à cette distance de son embouchure,
vient rouler ses eaux limoneuses au milieu
de l'Océan, et en coupe l'azur par une nappe
blanche qui paraît à l'horizon. Préparé à ce
changement de couleur, le capitaine nous
annonça notre position ; nous étions dans les

eaux du plus grand fleuve du globe. Nous trouvâmes le fond à soixante brasses, et nous naviguâmes encore quarante heures avant d'apercevoir le cap d'Orange, la seule haute montagne de ce continent. Mais voici un autre prodige ! A mesure que nous avancions, la mer était couverte de bois ; nous en étions environnés : c'était, à perte de vue, des trains de bois flotté que les courans et la marée portaient et rapportaient dans différentes directions. Combien mon ignorance et ma curiosité amusaient les marins pratiques de cette côte ! Rien de tout cela ne les étonnait ; ce spectacle nouveau pour moi, s'était répété plusieurs fois pour eux. Ils m'apprirent que les bords de la mer, depuis l'Amazone jusqu'à l'Orénoque, étaient couverts de forêts qui paraissaient et disparaissaient comme par enchantement. Les observations bien incomplètes des naturalites ne nous donnent point encore d'explication satisfaisante de ce mouvement extraordinaire des eaux et des bois. On sait seulement que les courans déposent sur la vase une multitude de graines qui produisent, en moins de dix années, des hautes futaies d'un aspect ravissant. Là, ce sont de longues et

superbes avenues parallèles au rivage, à la
suite desquelles on attend un château : ici
on voit un massif de plusieurs arpens d'arbres magnifiques, qui se présentent au milieu des eaux comme une armée navale en
bataille ; plus loin, la forêt se dessine en
festons, en s'enfonçant dans le continent.
Vient ensuite une plage nue, couverte d'arbres morts, entassés par millions, et flottant
avec la marée, qui les porte en pleine mer.
Ainsi à côté de ces vivantes productions de
la riche nature, paraissent de vastes cata-
combes. L'œil embrasse à-la-fois les merveilles de la vie et de la mort. Habitans du
même sol, comment ces arbres contemporains ont-ils un sort si différent ? Les uns
conservent toute la vigueur de la jeunesse,
tandis que les autres, frappés subitement
de paralysie, périssent tous ensemble. Ce
prodige s'explique par un autre qui reste
inexplicable. Le *paletuvier* germe, croît et
s'élève jusqu'à cinquante pieds de tige sur
la vase, dans l'eau salée ; si la mer se retire, les racines se dessèchent, se détachent
de la vase, et l'arbre, en équilibre, cède
au courant d'air qui l'agite. S'il survient un
coup de vent, c'est un espace immense de

forêts renversées en un clin-d'œil ; voilà ce
qui s'offre à la vue : mais le raisonnement
s'égare sur les causes inaperçues de cette
retraite de la mer , et de son retour sur la
même plage , à de longs intervalles. On
pourrait croire qu'un mouvement lent et
rétrograde des eaux , laisse à découvert de
nouvelles terres ; mais ce que la mer perd
ainsi dans le nouveau Monde, elle devrait le
reconquérir dans l'ancien ; et l'on remarque
plutôt en Europe la décroissance des eaux
que leur invasion. Sur la Méditerranée ,
l'ancien port de Fréjus s'est enfoncé de trois
quarts de lieue dans les terres. D'ailleurs ce
que j'observe ici sur les côtes de la Guyane ,
présente un caractère de désordre et d'irré-
gularité qui échappe à tous les calculs ; la
mer couvre et découvre les mêmes plages ,
y détruit et y renouvelle les plantations des
paletuviers , sans qu'on remarque aucun
rapport entre ce mouvement et l'époque
des grandes marées , ni avec l'état orageux
de l'atmosphère. Serait-ce donc vers les
pôles que les grands courans de l'Océan se
dirigeraient constamment ; mais comment
en expliquer le refoulement à l'est ou à
l'ouest ?

En naviguant sur cette côte , on reconnaît successivement le cap d'Orange , l'embouchure des rivières d'Oyapock et d'Approuague , et l'énorme rocher appelé *le grand Connétable ,* qui paraît être au milieu des eaux , l'hôtellerie de tous les oiseaux de mer habitués dans ces parages. Nous tirâmes un coup de canon , et l'air fut obscurci par les nombreux bataillons de frégates, d'aloyons, de courlis, etc., qui déposent leurs œufs sur le sable. La rive opposée se couvre , à marée basse , d'une autre espèce d'oiseaux dont le plumage enrichit d'un rouge éclatant la sombre bordure des paletuviers. Ce sont les flamans qui viennent chercher sur la vase les coquillages et les petits poissons que la mer y laisse en se retirant : cette abondante récolte leur est disputée par des troupes de chiens sauvages qui sortent régulièrement des forêts à l'heure du passant , et nouveaux ictyophages , vivent uniquement de leur pêche. L'industrie de ces animaux semble accuser la nôtre : quel utile emploi celle de nos pêcheurs trouverait dans ces parages ? Nous étions environnés de poissons de toutes les formes , dont les uns paraissaient faire route avec

nous, et les autres éviter le sillage du bâtiment. La grande raie, la lune, la vieille,
l'espadon, se montraient à la surface de
l'eau. L'immense population de l'Océan
aime à se réunir sur les côtes inhabitées ;
c'est là que les monstres marins établissent
leurs croisières.

Arrivés dans la rade de Cayenne, nous
la trouvâmes immense et solitaire ; la barre
qui la traverse du nord au sud, en interdit
l'entrée aux vaisseaux de guerre, qui trou-
veraient un bon mouillage dans ce vaste
bassin. On aperçoit le fort sans aucune autre trace d'habitation et de culture. Ces
remparts indiquent qu'on trouvera là des
hommes ; mais leur industrie se cache,
ainsi que l'objet de leur réunion, dans ces
déserts.

FIN DU SECOND VOLUME.

TABLE

DES MATIÈRES

Contenues dans le second volume.

— — —

FIN DE LA TABLE DU SECOND VOLUME.

Les Quatre parties du jour 341